MARIA PUBLIG

Waldviertel-falle

MOHNRAUSCH Die Wiener PR-Lady Walli Winzer kann es kaum fassen, trifft sie im Griechenlandurlaub doch tatsächlich auf ihre Jugendliebe Rudi. Neue Gefühle füreinander erwachen. Aus dem einstigen Träumer ist inzwischen ein erfolgreicher Kaufmann geworden. Voller Freude besucht er sie im Waldviertel, da er auch Geschäfte mit dem Inhaber der Mohnölmühle in Großlichten betreibt. Seit der neuen Kreation, den Mohnkipferln, des Dorfbäckers, herrscht im Ort besonders gute Stimmung, was Bürgermeister Brunner auf seine Politik zurückführt. Das sehen einige naturgemäß anders. Vor allem, nachdem Ungereimtheiten bei Förderungen aufgetreten sind. Als Gegenkandidatin ruft das nicht nur Lena Breitenecker auf den Plan. Aber auch woanders gibt es Meinungsverschiedenheiten. Die Ehe des Bäckers scheint plötzlich belastet. Wenig später liegt er tot in seiner Backstube. Dorfpolizist Sepp Grubinger setzt bei den Ermittlungen auf den Spürsinn der findigen Walli Winzer.

Maria Publig wurde in Wien geboren und verbrachte mit ihrer Familie viele Sommer im südlichen Waldviertel. Nach ihrem Studium arbeitete sie als Journalistin für Tages- und Wochenzeitungen. Später wechselte sie als Moderatorin und als Redakteurin in den ORF. Bevor sie sich dem Krimischreiben zuwandte, schrieb sie Kultursachbücher, die international ausgezeichnet wurden. Wovon sie überzeugt ist: Für gute Gedanken und Kreativität muss man sich Zeit nehmen. Die gönnt sie sich zwischendurch – ziemlich oft im Waldviertel.

MARIA PUBLIG

Waldviertelfalle

KRIMINALROMAN

GMEINER

Personen und Handlung sind frei erfunden.
Ähnlichkeiten mit lebenden oder toten Personen
sind rein zufällig und nicht beabsichtigt.

MIX
Papier | Fördert gute Waldnutzung
FSC® C014496

Besuchen Sie uns im Internet:
www.gmeiner-verlag.de

Im Ehnried 5, 88605 Meßkirch
Telefon 07575/2095-0
info@gmeiner-verlag.de

1. Auflage 2024

Herstellung: Mirjam Hecht
Umschlaggestaltung: U.O.R.G. Lutz Eberle, Stuttgart
unter Verwendung eines Fotos von: © Josef Reiter / istockphoto.com
Druck: GGP Media GmbH, Pößneck
Printed in Germany
ISBN 978-3-8392-0655-3

Für Lotana

PROLOG

Sie fröstelte. Zitterte am ganzen Körper. Ob es aus Angst war oder weil sie hier unten in der feuchten Grube saß, wusste sie nicht. Nur, dass sie schon so lang eingesperrt war. Sich kaum bewegen konnte. Ihre angewinkelten Beine schmerzten. Die sie ausstrecken wollte. Es aber nicht konnte.

Sie trommelte gegen die Wände. War verzweifelt. Geröll rieselte auf sie herab. Bedeckte ihren Körper mit Erde und Granitsplittern. Um sich zu schützen, schloss sie die Augen. Legte die Hände über den Kopf. Wartete ab, bis der Steinhagel vorbei war.

Als sie die Augen wieder öffnete, hatte sich für sie nichts verändert. Alles war dunkel wie zuvor. Zwei Spalten an der Falltür über ihr ließen Tageslicht vermuten.

Erst durch die verzweifelte Bewegung hatte sie bemerkt, dass sie ihre Beine kaum spürte. Diese nicht bewegen konnte. Das Kauern die Blutzufuhr beeinträchtigt hatte.

Doch sie wollte stehen. Musste stehen. Sie zwang sich.

Mit ihren Unterarmen zog sie sich an den Wänden hoch. Es misslang. Sie rutschte ab. Wieder. Und immer wieder. Probierte es nochmals. Das Gleiche.

So oft, bis ihre Arme schmerzten. Aufgeschürft waren. Regelrecht brannten.

Wie ihre Seele.

Vor Verzweiflung.

Warum hatte man sie hierher verschleppt. Eingesperrt. Verschnürt. Wie ein Gepäckstück. Das fragte sie sich, seit sie hier war. Was sie allerdings niemanden fragen konnte, da man ihr gleich den Mund verklebt hatte. Damit sie nicht schrie. Nichts verriet.

Fest hatte sie ihre Ellbogen in die Seitenwände verkeilt. Sich mit Unterstützung der Hüfte hochgezogen. Ihre Beine nachgeschliffen. Wollte sich auf ihnen abstützen. Das ging nicht. Stattdessen stürzte sie. Schlug mit dem Kopf an die Wand, dann auf dem Boden auf. Blut rann ihr aus der Nase. Ihr Kopf schmerzte – bis da nichts mehr war.

KAPITEL 1

Das hatte sie nun davon. So früh auf der Leiter zu stehen und Lindenblüten in einen Korb zu legen. Als hätte sie nichts Besseres um diese Zeit zu tun. Um 8.00 Uhr morgens nämlich. Das war für sie eine absolut unchristliche Zeit. Normalerweise schlief sie da noch und träumte wonnig.

Vor Kurzem hätte sie sich so eine sinnentleerte Tätigkeit unmöglich vorstellen können. Stadtpflanze, die sie war. Keine Schlüsselblume konnte sie von einem Haustorschlüssel unterscheiden. Also natürlich nur bildhaft gesprochen. Fremd waren ihr sämtliche Abläufe in der Natur gewesen, bevor sie vor ein paar Jahren hierhergezogen war.

Und jetzt hatte sie sich zu so etwas breitschlagen lassen. Vorhin. Während des Telefonats, das sie am Flughafen entgegengenommen hatte. Mit dem Dorfpolizisten Sepp Grubinger. Nämlich Lindenblüten zu brocken. Darum hatte er sie gebeten. Umbringen könnte sie sich jetzt dafür, so selbstlos gewesen zu sein und zugestimmt zu haben.

Offenbar war er sehr früh in seiner Polizeidienstaußenstelle in Großlichten gewesen und war auf keine bessere Idee gekommen, als sie zum ehestmöglichen

Zeitpunkt am Handy zu kontaktieren. Wie oft er es probiert hatte, wollte sie gar nicht wissen. Denn das Display hatte gleich nach ihrer Ankunft am Wiener Flughafen in Schwechat mehrere Anrufe angezeigt. Jeden hätte sie im Laufe des Vormittags zurückgerufen. Doch bevor sie überprüfen konnte, wer es nicht erwarten konnte, dass sie aus Griechenland kommend nun österreichischen Boden betrat, erwischte Sepp Grubinger sie persönlich am Telefon. Im Reflex hatte sie abgehoben und bereute es im selben Moment.

Vom Flug her fühlte sie sich schlapp, und gleich um 6.00 Uhr morgens die Stimme des Dorfpolizisten zu hören, ließ sie nichts Gutes ahnen. Sofort waren ihre Gedanken bei ihrem alten Schulhaus, das sie hatte renovieren lassen. Sie hoffte, dass in dieses hübsche historische Gebäude, in dem Kinder im 18. Jahrhundert bereits fleißig gelernt hatten, während ihrer Abwesenheit nicht eingebrochen worden war. Denn was würde ein Polizist, mit dem Walli Winzer privat sonst eher wenige Worte wechselte, um diese Uhrzeit von ihr wollen?

Das Telefonat war dann kurz und direkt gewesen. Der vermeintliche Einbruch war gleich mal vom Tisch. Zu Wallis Erleichterung. Das hatte Sepp Grubinger auch sofort bemerkt und sich sogar entschuldigt, sie unbeabsichtigt erschreckt zu haben. Aber für ihn begann der Tag nun mal um diese Zeit.

Walli Winzer war regelrecht verblüfft gewesen über sein Eingeständnis. Denn in der Regel zeigte sich der Dorfpolizist ihr gegenüber wenig zuvorkommend. Was nicht hieß, dass er nicht vielleicht dazulernen konnte.

Immerhin wohnte sie nun schon ein paar Jährchen im südlichen Waldviertel. Genauer gesagt in Großlichten nahe Gföhl.

Ein beschauliches Plätzchen war das. Umgeben von dichten Wäldern und weiten Fluren, wohin das Auge reichte. Durchkreuzt nur von Bächen und vom Flüsschen der Kleinen Krems. Wie Walli Winzer andernorts diesen Landstrich gerne erklärte: Es hatte sie in eine Region verschlagen, wo sich Fuchs und Hase Gute Nacht sagten.

Und das war gut so. Für die Phase in ihrem Leben, in der sie sich erholen wollte. Vom hektischen Alltag in Wien. Der sie manchmal an die Grenze ihrer Belastbarkeit brachte. Eigentlich müsste sie sagen: *gebracht hatte.*

Denn knapp vor einem Burnout hatten sie ihre Freunde – allen voran die Breiteneckers – aus der Gleichförmigkeit des an ihrer Substanz zehrenden Societylebens herausgelockt. Hierher ins Waldviertel. Das eine Welt für sich war. Abgeschieden am nördlichsten Punkt Österreichs. Manche nannten es daher auch das österreichische Kanada.

Und zu dieser in vielem recht eigenen Welt zählte auch dieser Dorfpolizist. Für den, wie er meinte, 6.00 Uhr morgens nahezu mitten am Tag war. Wo er offenbar jede und jeden ohne triftigen Grund anrufen konnte.

»Frau Winzer, ich muss Sie dringend sprechen«, hatte er zu ihr gesagt.

Walli war von der schlaflosen Nacht am griechischen Flughafen noch so benommen, dass sie vorerst nicht richtig reagierte. Sie fragte nicht nach, weshalb Grubinger sie brauchte, sondern bemerkte nur, wie wortreich er sie überfiel. Wie er in seinem Informationsdrang nicht zu bremsen war.

Dabei war sie nur drei Wochen fort gewesen. Er konnte sich doch nicht nach ihr gesehnt haben, denn Genaueres bekam sie telefonisch in der Eile nicht mit. Nur so viel, dass es etwas Heikles sei.

Stundenlang hatte sie auf ihren Abflug gewartet. Gemeinsam mit einem Heer anderer Passagiere. In der stickig-heißen Wartehalle des Flughafens von Heraklion in Kreta. Mit dem Quengeln übermüdeter Kinder im Hintergrund. Die pure Freude war das bis in die Morgenstunden hinein für sie gewesen, deren Gejammere mitanhören zu müssen. Erwürgen wollte sie am liebsten einige davon. Als Zumutung empfand sie solche Menschenmassen.

Spätestens in diesem Moment war sie unendlich dankbar dafür gewesen, dass ihr solch eine Brut erspart geblieben war. Sich mit so kleinen Ungeheuern jahrelang herumärgern zu müssen, das wäre nichts für sie gewesen. Später waren die meisten sowieso undankbar. Warfen einem Dinge an den Kopf, worüber man nur so staunte. Was man als Mutter nicht alles versäumt habe. Während wiederum andere vermeintliche Überversorgung beklagten. Egal, wie es die Eltern auch machten, mittlerweile hatte Walli Winzer den Eindruck gewonnen, Kinder hätten später an allem etwas auszusetzen. Nichts konnte man ihnen recht machen.

Aber das lag wohl in der Natur. Denn wie sollten sie sonst lernen, auf eigenen Beinen zu stehen? Sie mussten sich von manchem lossagen, um ihren eigenen Weg zu finden.

Solch kontroversen Debatten blieben Walli erfreulicherweise eben erspart.

Diese Gedanken gingen ihr durch den Kopf, als sie auf der Leiter stand und frische Lindenblüten in den Korb legte. Sie hielt ihn in der Hand und achtete darauf, die Blüten gleichmäßig darin zu verteilen. Es sollten an einer Seite nicht zu viele übereinanderliegen. Denn die Dolden wollte sie nicht beschädigen. Sonst würden sie Saft verlieren. Und genau den brauchte Grubingers Frau Resi jetzt dringend.

Es hatte einige Zeit gedauert, dem Dorfpolizisten zu entlocken, weshalb Resi gerade jetzt ihre Lindenblüten haben wollte und weshalb sie sie nicht direkt anrief, sondern ihrem Mann den Auftrag dazu erteilte.

»Bei Ihnen steht einer der letzten Lindenbäume unseres Orts. Alle anderen wurden durch neue Baumarten ersetzt. Unsere alte Lehrerin hat seinerzeit scho gwusst, was sie an der alten Linde hat. Nicht nur Schatten im Sommer, sondern der Baum hat ihre Gesundheit das ganze Jahr erhalten«, hatte Sepp Grubinger ihr am Telefon erzählt.

»Die Resi is jetzt ganz auf dem Kräutergesundheitstrip. Natürlich nimmt sie auch Medikamente, wenn sie die braucht. Aber der frische Lindenblütentee oder -saft hilft ganz guat bei Erkältung und grippalem Infekt. Und sie hat beides zammen mit hohem Fieber«, zeigte sich Grubinger besorgt. »Daher hat sie mich gebeten, Sie um diese Medizin zu ersuchen.«

Was durfte Walli Winzer seinem Ersuchen daher entgegenhalten? Nichts. Eben. Zumal Sepp Grubinger wirklich besorgt geklungen hatte. Ob es ausschließlich wegen seiner Frau war oder mehr wegen der Sache, über die er mit ihr reden wollte, wie er angekündigt hatte, konnte sie nicht ausmachen. Jedenfalls hatte er sich für demnächst bei ihr angesagt. Da wollte Walli das Säckchen mit den Lindenblüten schon vorbereitet haben.

Da der Dorfpolizist seines Körperumfangs wegen nicht mehr zu den Topathleten zählte, hatte die Wiener PR-Expertin sich bemüßigt gefühlt, selbst auf die Leiter zu steigen. Na ja, gertenschlank war auch sie nicht mehr, aber immerhin wähnte sie sich wendiger als er. Sie lehnte auf der Leiter am Baum und streckte ihren Arm weit nach vorne, um eine besonders schöne Dolde zu erreichen. Aus den Augenwinkeln sah sie währenddessen ein getigertes Etwas auf vier Pfoten über die Wiese trippeln.

Das konnte doch nicht wahr sein! Sie war eben erst in Großlichten eingetroffen. Hatte schnell ihr Auto vor dem Haus geparkt. Sogar der Koffer lag noch im Gepäckraum. Wie konnte ihr Kater Filou bereits wissen, dass sie da war? Er lief doch ausgedehnte Runden, für die er einige Zeit brauchte, um nach Hause zu kommen. Aber Katzen hatten eben den sprichwörtlich sechsten Sinn. Und Filou verfügte sowieso über ein besonders feines Sensorium, freute sie sich.

Walli Winzer sah auf den Korb, der inzwischen halb voll geworden war. Sie befand, dass es genug war. Dabei ließ sie Filou nicht aus den Augen und stieg einige

Sprossen hinab. Da der Kater plötzlich zur Gänze hinter einem Strauch verschwunden war und länger nicht zum Vorschein kam, neigte sie sich gefährlich zur Seite, um nach ihm zu schauen.

Nur hatte sie nicht mit ihren überschüssigen Kilos gerechnet. Die Leiter kippte. Walli ließ den Korb fallen und erwischte gerade noch rechtzeitig einen der Äste, um sich daran festzuhalten. Sie konnte dadurch Schlimmeres verhindern.

Mit ihren Beinen bemühte sie sich, den Rahmen der Leiter zu erreichen, um sich an diesem abzustützen und langsam, aber sicher Bodenhaftung zu bekommen. Das gelang ihr aber nicht so leicht.

Während sie heftig strampelte, um die Leiter zu erreichen, betrat Sepp Grubinger den Garten und staunte. »Ja, Frau Winzer, was machen Sie denn da? Warum hängen Sie am Baum?«

Na ja. Manchmal schien er gedanklich wirklich nicht auf der Höhe, stellte die Wiener PR-Lady erschöpft fest. Seufzte und konnte sich kräftemäßig kaum noch halten.

»Helfen Sie mir! Oder glauben Sie, ich mache hier freiwillig meine morgendlichen Turnübungen?«

Sepp Grubinger sammelte sich wieder und stellte sich verunsichert unterhalb die leidlich Geprüfte. Er überlegte kurz, wie er sie auffangen könnte, ohne ihr dabei zu nahe zu kommen. Die Frage erledigte sich allerdings von selbst. Denn Walli konnte sich nicht mehr länger halten und landete direkt in seinen Armen. Wie von der Tarantel gestochen, ließ der Dorfpolizist sie augenblicklich fallen und blieb wenige Meter von ihr entfernt stehen.

»Das ist ja noch einmal gut gegangen«, murmelte sie erleichtert und nickte ihm dabei dankend zu.

»Wie ist das passiert?«, fragte er und rückte seine Polizeikappe zurecht.

Inzwischen stand auch Filou vor Frauchen und sah sie überrascht an. Erfreut strich er um ihre Beine. Er wollte, dass sie ihn hochhob. Walli griff nach ihm und drückte ihn zur Begrüßung an sich. Der Kater war sichtlich glücklich, seine Halterin nach drei Wochen Abwesenheit wieder bei sich zu wissen. Vor Freude hörte er gar nicht auf, sein Köpfchen an ihrer Wange zu reiben. Sie wiederum küsste ihn einige Male auf seine Ohren, was ihn dazu veranlasste, sein Haupt zu schütteln. Das ließ Walli Winzer zurückweichen, und sie stellte ihn auf den Boden zurück.

Sepp Grubinger sah inzwischen den leeren Korb und die verstreuten Lindenblüten. Er kniete sich auf die Wiese und begann, eine nach der anderen einzusammeln. Da es doch recht viele waren, fühlte auch Walli sich dazu bemüßigt, ihm zu helfen. Beide verstrickte das sofort in ein Gespräch, das sie im Haus bei einer Schale Kaffee fortsetzten.

»Ich war noch nie auf Kreta. Aber wenn Sie so davon schwärmen, werde ich das einmal mit meiner Resi besprechen«, antwortete der Dorfpolizist auf Wallis letzte Worte hin.

»Sagen Sie, und Ihre Frau hat jetzt die Sommergrippe?«

»Na ja, wahrscheinlich ist es ein grippaler Infekt mit allem, was dazugehört: Husten, Schnupfen, Heiserkeit.

Aber sie schwört auf Lindenblüten, darauf, dass die ihr helfen. Weil die jetzt blühen, will sie unbedingt frische und nicht getrocknete für den Tee verwenden.«

»Ja, ich hab das von Ihnen als dringende Bitte verstanden. Aber Sie wollten mir noch etwas anderes erzählen. Das auch wichtig klang. Etwas … wie soll ich sagen … was Sie am Telefon aufgeregt hatte.«

Sepp Grubinger nahm einen Schluck Kaffee und versuchte, wieder Fassung zu gewinnen. »Ich habe die Information von jemandem, der ungenannt bleiben möchte. Denn er will ja im Dorf weiterleben. Wenn sein Vorwurf öffentlich würde, wär das keine Minute mehr der Fall.«

»Also, Grubinger, Sie machen es ja richtig spannend. Was gibt's denn?«

»Frau Winzer, Sie werden es nicht glauben, aber …« Der Polizist stockte beim Reden. »… unser Bürgermeister …«

Walli Winzer seufzte. Gingen ihr die unzähligen Geschichten, die um den Bürgermeister Großlichtens kursierten, doch langsam, aber sicher auf die Nerven. Josef Brunner war ein Schlawiner, von deren Sorte sie in Wien viele kannte. Dort konnte man den Kontakt mit dieser Spezies Mensch meiden. Musste in der Regel nicht auf engstem Raum mit ihnen zusammenleben. Was hier deutlich schwieriger war. Sie sah Sepp Grubinger lange und gespielt gelassen an, um ihm das Gefühl ihrer vollen Aufmerksamkeit zu geben.

Er fühlte sich sichtlich nicht wohl dabei, etwas wiedergeben zu müssen, das er nicht geprüft hatte und ins

Reich der Gerüchte gehören konnte. Dennoch sprach er es endlich knapp und nüchtern an: »Bürgermeister Brunner soll stiller Teilhaber der örtlichen Baufirma von Eduard Altmeier sein. Ja, und dem lässt er gezielt Bauaufträge und Informationen zukommen. Wir haben es bisher vermutet, aber mein Informant weiß es jetzt sicher. Was sagen Sie dazu?«

Walli Winzer reagierte darauf keineswegs verblüfft. Sie stand ruhig vom alten Tisch in der Mitte des modern gestalteten Wohnzimmers auf und öffnete das Fenster. Filou saß draußen auf dem Brett, miaute und wollte hereingelassen werden. Behände stürzte er in die Stube, um in die Küche abzubiegen. Er war sich sicher, dass Frauchen inzwischen seine Morgenration an Futter vorbereitet hatte. Walli lächelte und schüttelte seiner Impulsivität wegen den Kopf. Dann wendete sie sich wieder Sepp Grubinger zu. »Also, ehrlich gesagt, verwundert mich das nicht. Es gibt doch nichts, wo der seine schmutzigen Finger nicht drin hätte. Nur müsste sich endlich jemand getrauen, ihm das Handwerk zu legen.«

»Um ihn zu überführen, dafür fehlten bisher immer die Beweise«, ergänzte der Dorfpolizist. »Mir sind die Hände gebunden, wenn es nur Vermutungen gibt.«

»Ihr Informant müsste aus seiner Deckung gehen und die Fakten auf den Tisch legen. Dann können Sie etwas tun.«

»Na, darum geht es doch. Er möchte es ja gerne, aber ihm fehlt der Zugang zu den Dokumenten, die alles beweisen. Er hat nur ein Gespräch mitgehört, wo Brunner den nächsten Deal mit Altmeier besprochen hat. Er stand unentdeckt in deren Nähe.«

»Ja, und was soll ich da tun?«, fragte Walli Winzer weiter.

»Ich dachte, dass Sie … und Harry Kain. Dass Sie sich eventuell auf den Weg machen könnten, um …«

»Grubinger, ich muss Sie diesmal leider enttäuschen. Für so etwas habe ich jetzt absolut keine Zeit. Ich erwarte in den nächsten Tagen Besuch aus Griechenland. Mein Freund aus Jugendtagen wird zu mir kommen.«

Sepp Grubinger verzog enttäuscht sein Gesicht. Er stand auf und griff nach seiner Dienstkappe. Damit machte er deutlich, dass ihn hier nichts mehr hielt.

»Herr Grubinger, sind S' doch nicht gleich wieder eingeschnappt. Sie werden das schon machen«, versuchte Walli Winzer ihn aufzumuntern. »Bleiben Sie. Sie haben Ihren Kaffee ja noch gar nicht fertig getrunken. Erzählen Sie mir, was sich in den paar Wochen sonst noch getan hat.«

Sepp Grubinger legte seine Kappe wieder zurück und erzählte von dem neuen Mohnkipferlrezept der Bäckerei Schiefer, das alle im Ort begeisterte. Die Leute sagten, dass die Kipferl nicht nur köstlich schmeckten, sondern beim Kaffee regelrecht entspannten. Er selbst habe sie noch nicht probiert.

Inzwischen war Filou wieder ins Zimmer zurückgetrippelt. Er sah sichtlich zufrieden aus und setzte sich auf den großen Handknüpfer in der Mitte des Wohnzimmers, den die PR-Expertin von einer Türkeireise mitgebracht hatte.

Der Kater schien allerdings nicht sonderlich erfreut über die weitere Anwesenheit des Dorfpolizisten zu sein. Schließlich entzog er ihm die Aufmerksamkeit von Frauchen. Und nach seiner köstlichen Morgenration fehlten eindeutig noch ihre Streicheleinheiten. So sehr hatte er sie vermisst. Danach würde er sich gemütlich aufs Ohr rollen.

Filou wäre nicht Filou, wäre ihm nicht sofort auch eine Lösung eingefallen, um den lästigen Konkurrenten zu vertreiben. Langsam machte er sich auf den Weg Richtung Tisch und legte sich gemächlich auf die klobigen Schuhe des Polizisten. Dieser war darüber nicht schlecht erstaunt. Als er kurze Zeit später eine wohlige Wärme in seinen Schuhschaft rinnen spürte, war seine Duldsamkeit allerdings dahin.

Er schüttelte den Kater ab, danach sah er auf den Boden, der aber trocken geblieben war. Der Dorfpolizist war verunsichert. Filou jedoch hatte punktgenau gezielt und getroffen.

Einige Hin-und-her-Bewegungen im Schuh bestätigten schließlich seine Vermutung. Es reichte ihm für heute: »Frau Winzer, ich glaube, wir setzen unser Gespräch ein anderes Mal fort.« Sprach es und war dahin.

Geht doch, rekelte sich Filou jetzt genüsslich. Denn gleich würde er die volle Aufmerksamkeit seines Frauchens ganz für sich allein haben.

2. KAPITEL

»Hallo, Walli, bist du endlich da?«, mahnte eine Stimme aus dem Mobiltelefon.

Walli Winzer hatte den Anruf entgegengenommen, das Handy aber auf den Beifahrersitz gelegt und reagierte nicht darauf. Sie konzentrierte sich darauf, sich mit ihrem neuen E-Car in eine winzige Parklücke einzufädeln.

»Haaaaallo! Bist du da?«, dröhnte es nun unwirsch aus dem Telefon. »Was ist los?«

Walli stellte den Motor ab und griff zum Handy. »Ja, ich hab eben eingeparkt. Bin gleich da.«

»Ich warte schon geschlagene zwanzig Minuten auf dich …«

Die PR-Lady hielt das Telefon inzwischen weit vom Ohr weg, griff ihre große Tasche vom Sitz und versperrte das Auto. Dann begab sie sich flotten Schritts Richtung Bäckerei. Zwischendurch holte sie das Telefon wieder ans Ohr, als es lauter wurde, nahm sie es wieder weg und flüsterte in unregelmäßigen Abständen ein nichtssagendes »Ahm« hinein. Sie täuschte vor, Lenas Vorhaltungen tapfer zuzuhören. Sagte aber kein Wort. Sie wollte der Standpauke ihrer besten Freundin Lena Breitenecker nicht noch weiteren Zündstoff liefern, wofür ein falsches Wort zweifellos genügt hätte. Als sich deren Stimme gemäßigt hatte, hauchte Walli ein kurzes »Bis gleich!« hinein und legte auf.

Pünktlichkeit war nie ihre Stärke gewesen. Also, im Berufsleben schon. Da musste man oft über den eigenen Schatten springen. Aber im Privatleben wollte Walli Winzer mehr sie selbst sein. Dazu zählte, dass sie nicht ständig auf die Uhr sehen wollte und daher den Zeitbegriff mitunter etwas Lockerer nahm. Was natürlich bei der einstigen Frau Lehrerin, die Lena in Wien vor der Übernahme des elterlichen Waldviertler Bauernhofs gewesen war, definitiv nicht gut ankam.

Als Walli Winzer den kleinen Platz am Ende des Orts Großlichten überquerte, grüßten sie einige Dorfbewohnerinnen freundlich, andere sahen aus Gewohnheit an ihr vorbei. Daran hatte sie sich als Zugereiste inzwischen gewöhnt. Und Darling aller war oder wollte sie sowieso nie sein. Auch in Wien nicht, was durchaus Gründe hatte.

So leitete sie eine der erfolgreichsten PR- und Werbeagenturen des Landes. Dass sie bei ihrer Konkurrenz deswegen keineswegs beliebt war, war ja klar. Dass sie mit ihren unorthodoxen Geschäftspraktiken mitunter gehörig übers Ziel schießen konnte – auch. Aber wie hieß es: Der Zweck heiligt die Mittel. Dieser gab ihr meist recht.

Nur was Lena betraf, plagte sie jetzt das schlechte Gewissen. Dabei würde Walli sicher nicht alles auf Filou schieben können. Aber er hatte sie derart mit Beschlag belegt, dass sie sich so schnell nicht von seinem Liebesanfall trennen konnte. Na ja, eher *wollte.* Denn der Abschied von Rudi Lehner in Kreta war ihr auch nicht leichtgefallen. In den wenigen Wochen waren sie einander wieder nahegekommen. Wie einst in ihrer Jugendzeit.

»Hallo, Frau Winzer! Sie schauen ja echt erholt aus. Das erkennt man auch an ihrer Sonnenbräune«, kam ihr der Elektriker des Orts entgegen, der die Installationen in ihrem Haus durchgeführt hatte und den sie gut kannte.

»Danke, manchmal braucht man das.« Zu mehr war sie nicht aufgelegt. Denn gleich würde Lena mehr aus ihr herauslocken.

»Hallo, meine Liebe!«, trippelte Walli leichten Fußes samt gewinnender Gesten in die nach Mehlspeisen duftende Bäckerei. Ihr Blick fiel auf den Schaukasten mit einer Vielzahl an Torten und Plundergebäck. Doch sie mahnte sich zur Zurückhaltung und suchte lieber nach der Sitzecke mit der Freundin. Auf dem Weg dorthin grüßte sie Bekannte links und rechts des Gangs.

»Lena, so schön, dich zu sehen!« Walli war deren griesgrämiger Blick nicht entgangen. Dieser erhellte sich aber, als Lena Breitenecker sie näher kommen sah.

»Ich weiß, dass ich spät dran bin, aber …«

»Walli, lass gut sein. Ich habe schon so viele Ausreden in meinem Leben gehört, dass ich deine nicht auch noch brauche.«

Walli Winzer lächelte ertappt, umarmte die Freundin und legte ihre neue bunte Strandtasche aus Griechenland ab. Danach setzte sie sich neben Lena und versuchte zu erklären: »Im Moment geht bei mir alles ein bisserl langsam. Die ganze Nacht hab ich kein Auge zugemacht. Zuerst musste ich am Flughafen in Kreta auf unseren Rückflug warten. Nach drei Stunden Verzögerung ging es dann endlich los. Nicht genug: Wir mussten noch eine Stunde über Wien kreisen, ehe wir landen konnten. Das nenne ich nachhaltige Flugordnung! Dann hab ich mich ins Auto geschwungen und bin direkt mit Sack und Pack hierhergefahren.«

»Du bist nicht in Wien in deiner Wohnung gewesen?«, fragte Lena überrascht.

»Ich wollte gleich nach Großlichten. In Wien ist ja alles okay. Silvia kümmert sich nicht nur um die Agentur, sondern fährt einmal die Woche in meine Wohnung und schaut nach dem Rechten. Die Reinigungsfirma hat den Schlüssel und gießt die Blumen. Du weißt doch: Ich hänge dem Prinzip ›Vertrauen ist gut, Kontrolle ist besser‹ an – und das erledigt Silvia.«

»Na, nach solch einer Nacht und der Fahrt kann ich mir vorstellen, dass du dich wie gerädert fühlst.«

»Nicht nur das …« Walli erzählte ihrer Freundin schnell vom Besuch Grubingers, der stante pede Lindenblüten für seine kranke Resi abholen wollte. Ja, und dass Filou nach ihrer langen Abwesenheit natürlich auch noch seine Streicheleinheiten eingefordert hatte, aber das erwähnte sie nur in einem Nebensatz.

Lena war ab jetzt voll im Bilde, bis auf Grubingers Verdächtigungen bezüglich Bürgermeister Brunner.

Na ja, und da gab's noch etwas.

Denn warum sie so schnell ins Waldviertel kommen

wollte, das wusste die beste Freundin noch nicht. Walli sah sie daher verschmitzt an, was Lena irritierte.

»Was ist? Warum schaust du so?«

Walli lächelte und ihre Augen funkelten. »Du wirst nicht glauben, wen ich in Kreta getroffen habe.«

»Aber du warst doch ständig unterwegs. Hast doch gar keine Zeit gehabt, dich mit jemandem zu treffen. Warum also so geheimnisvoll?«

»Lena, alles musst du auch nicht wissen. Viel unterwegs war ich ja mit *ihm!*«

»Also, jetzt mach's nicht so spannend. Mit wem?« Lena wurde wieder ungeduldig.

»Kannst du dich noch an den großen Schlanken erinnern? Der eine Zeit lang in unserer Clique war und mit dem ich kurz beisammen war?«

Lena Breitenecker runzelte nachdenklich die Stirn. Doch dann erinnerte sie sich. »Ah, ich weiß schon. Der, der immer herzlich und voller Idealismus war. Ständig redete er davon, dass alle Menschen im Leben die gleichen Chancen haben sollten, Geld nicht die Welt regieren dürfte, sondern Herz und Vernunft. Ja, und jede und jeder im Leben nur das tun sollte, was ihm oder ihr in erster Linie Freude machte.«

Jetzt musste selbst Walli lachen. »Ja, liebe Lena, das waren noch Zeiten! Da haben wir alle daran geglaubt. Heute unvorstellbar.«

Lena Breitenecker verzog erstaunt das Gesicht. »Also, ich glaube immer noch daran, falls dir das entgangen sein sollte. Aufhören werden ich damit nie. In meinem Bereich setze ich das weiterhin um. Egal, was andere tun oder meinen. Für mich ist das kein Trend, sondern gehört zu meinem Leben.«

Walli Winzer sah ihre langjährige Freundin sanft an. Sie bemerkte, dass Lena allerdings ernst geworden war. »Lena, klar hast du ja recht. Ich bewundere deinen unerschrockenen Glauben an das Gute im Menschen.«

Lena schüttelte den Kopf. »Wie du das sagst, Walli. Man könnte fast meinen, dass manches an dir vorübergegangen ist.«

Walli Winzer wurde nachdenklich, streckte ihren Rücken durch und atmete tief durch. »Ganz und gar nicht. Aber das Geschäftsleben verlangt von mir andere Parameter, als der soziale Bereich das tut, in dem du tätig warst, und nach denen ihr jetzt auch euren Biohof führt. Wenn ich im PR-Bereich nur fair agieren würde, könnte meine Agentur keinen Tag überleben, das sage ich dir.« Als sie an die Deals dachte, die sie immer wieder gegen ihre Mitkonkurrentin Nadja Widner eingefädelt hatte, musste Walli lachen. Die hatte sich doch tatsächlich erdreistet, nicht nur ihre Ex-Lover aus hohen Wirtschaftskreisen flachzulegen, sondern gleich auch Wallis Betriebsgeheimnisse auszuspionieren. Doch nicht mit ihr! Dem hatte sie sofort einen Riegel vorgeschoben. Wenn es sein musste, auch drastisch. Da endete nämlich Walli Winzers Interpretation der Frauensolidarität.

»Na gut, die Nadja Widner ist wirklich eine Nummer. Aber erfreulicherweise gibt es ja auch Silvia, Anna und andere Frauen, wo dein Netzwerk klappt und ihr euch gegenseitig unterstützt.«

Walli zwinkerte der Jugendfreundin zufrieden zu.

»Aber jetzt erzähl: Wie heißt denn der Knabe von damals?«

»Rudi Lehner.«

»Ja richtig. Ich kann mich nur entfernt an ihn erinnern. Denn gemeinsam viel unterwegs waren wir damals nicht. Ich hatte Hans eben erst kennengelernt, und wir wollten allein sein. So wie meine Kids das heute machen, ununterbrochen mit anderen abhängen, das gab's bei uns noch nicht.«

»Du hast recht. Wir waren auch meist allein und haben viel geredet.«

»… so wie du das heute machst«, ergänzte Lena.

Beide lachten laut.

Als Walli Winzer dabei ihren Kopf wandte, fiel ihr ein Mann auf, der eindringlich auf den Bäcker, Toni Schiefer, einredete. Auch ein anderer Besucher, der abseits vom Verkaufstisch stand, versuchte ihn zeitgleich von etwas zu überzeugen, weshalb dieser sich offenbar überfordert fühlte. Daher vertröstete er den zweiten und rügte im Vorübergehen auch noch einen Mitarbeiter. Dieser hatte einen Korb abgestellt, ohne das Gebäck abzudecken. Danach verschwand der Konditor mit dem anderen im Büro.

»Der Schiefer hat's auch nicht leicht, neben dem Hannes Lechner und dessen super Haubenküche mit seiner Bäckerei-Konditorei zu überleben«, lenkte Walli Lenas Aufmerksamkeit kurz auf den Betreiber.

»Ja, wobei das ja völlig unterschiedliche Leut sind, die bei beiden einkaufen. Der Hannes is ja schon eine

Fremdenverkehrsattraktion, seit er im TV als Spitzenkoch auftritt. Sonst hättest du ihm nicht das Haubenlokal in deinem Reiterhof vermietet. Gib's zu, Walli.«

»Na ja. … Das stimmt schon. Vor allem für die Wienerinnen und Wiener gehört das zum Urlaub dazu. Genuss mit Kulinarik und Natur hier im Waldviertel. Und das vom Feinsten. Wenn so ein Könner wie der Hannes etwas ausprobieren möchte, bin ich die Letzte, die ihn daran hindert.«

Lena Breitenecker grinste die Freundin an. »Da weiß ich schon, wohin du deinen Rudi demnächst ausführen wirst.«

Walli gab sich verschämt, so als wären ihre geheimsten Gedanken entdeckt worden. Daraufhin führte sie weiter fort: »Du wirst sicher nicht erraten, was der Rudi beruflich macht.«

Lena wurde neugierig. »Und was?«

»Er ist Olivenbauer und betreibt eine Ölmühle in Griechenland.«

Nun verschlug es Lena Breitenecker tatsächlich die Sprache. »Okay«, entkam ihr diese kurze Bemerkung, die sie später ergänzte. »Aber irgendwie verwundert mich das nicht.«

»Also, ich war schon überrascht«, entgegnete Walli.

»Warum? Ein Philosoph, der aufs Meer schaut und wartet, dass die Oliven reifen. Das war der Rudi schon damals. Warum sollte er jetzt anders sein?«

»Da irrst du dich kräftig. Allein seine Ölmühle wirft viel ab. Er kam in den 1980er-Jahren genau zum richtigen Zeitpunkt nach Griechenland und brachte mitteleuropäisches Know-how und ebensolche Kontakte mit.«

»Welche Kontakte? Es waren damals doch alles Aussteiger oder Einsteiger in ein völlig entschleunigtes Leben. Nur uns verschlug es in die zehrenden Mühlen des Alltags.«

Das erheiterte auch Walli. »Wir sind in Österreich geblieben, wo sich für mich neue Möglichkeiten aufgetan haben, weil die Wirtschaftsfunktionäre – wie immer – an allem Alten festhielten.« Sie lachte. »Wie heute.«

»Geh, Walli, du bist schon böse. Sei froh, dass es dir so gut geht«, mahnte Lena sie.

»Weil's doch wahr ist. Irgendwie brauche ich als kreativer Mensch manchmal auch Reibung. Die Aufträge fliegen mir eh nur so zu. Deshalb hab ich auch Zeit für das Waldviertel, diesen schönsten Arsch der Welt. Alles andere macht mein Büro.«

Jetzt musste die gebürtige Waldviertlerin Lena einmal protestieren. »Eine Region, von der du weiterhin nicht loslassen kannst. Walli, du solltest in Großlichten sein, um dich von deiner harten Aufbauzeit und den vielen Partys zu erholen. Du weißt, dass dir das nicht mehr gutgetan hat. Deshalb haben Hans und ich dich ja überredet, in ein entspannteres Leben auszuweichen. Wir mögen dich doch.«

»Das war auch eine gute Idee. Aber so manches geht mir doch ab, weil …«

Zu mehr kam Walli Winzer nicht, denn plötzlicher Tumult in der mit Kunden randvollen Bäckerei unterbrach das Gespräch.

Eine Frau mit Dackel hatte in einer Nische am Schaufenster Platz genommen und beim Ausbreiten der Zeitung einen neben ihr am Gang Vorbeikommenden touchiert. Der hatte abrupt versucht, dieser unabsichtlichen Attacke auszuweichen, und mit seinem Schuhabsatz versehentlich die Pfote des Hundes erwischt. Das Aufjaulen des armen Tieres rief die übrigen Gäste der Konditorei auf den Plan. Einige erschraken über sein Heulen so sehr, dass sogar eine Kaffeetasse fallen gelassen wurde. Der Dackel sprang auf und kläffte den Mann an. Der stand nun eingekeilt zwischen einem Paar, das die Bäckerei verlassen wollte, und der Dame mit dem Hund. Keiner von ihnen konnte vor oder zurück. Der Hund hatte sich vor alle gestellt und kläffte unaufhörlich.

Jetzt stürmte Bäckereiinhaber Schiefer aus dem Bürobereich in den Verkaufsraum und suchte nach der Hundehalterin. Diese war von Neugierigen so verdeckt, dass sie nicht zu ihrem aufgebrachten Tier nach vorne kommen konnte. Sie rief immer wieder den Namen des Dackels: »Fifi – aus. Bist du endlich ruhig! Komm her!« Auch wenn der Hund zu ihr hätte laufen wollen, wäre es aufgrund der Menschenmenge nicht möglich gewesen.

Mühsam boxte sich Toni Schiefer unter Attacken des aufgebrachten Hundes zur Eingangstür durch und hielt der Kundin den Weg frei, um mit dem bellenden Dackel abrauschen zu können.

Die Frau des Bäckers stand inmitten des sich auflösenden Gewühls, als ihr das Tablett samt Getränken aus der Hand geschlagen wurde.

Der Bäcker reagierte zornig: »Muass des jetzt a no sein! Hol an Fetzen und wisch des auf.«

Vor all den Gästen war der Frau das unwirsche Poltern ihres Mannes sichtlich peinlich. Sie beachtete ihn nicht weiter, neigte sich hinunter und murmelte: »Irgendwann kracht's, mein Lieber!«

Jemand wollte ihr helfen und rügte Schiefer: »Geh, Toni, redt ma so mit seiner Frau?«

Toni Schiefer wandte sich nach der Stimme um und erkannte seinen erwarteten Gast, den er gleich darauf ins Büro begleitete. Vorher warf er seiner Frau, die auf dem Boden die Scherben zusammenkehrte, wortlos einen bitterbösen Blick zu.

Walli Winzer hatte sich wegen des Lärms die Ohren zugehalten und legte nun ihre Hände vor sich auf den Tisch. »Na, da geht's zu.«

Lena Breitenecker sah beklommen nach der Bäckerin, die jetzt von einer Mitarbeiterin unterstützt wurde. »Weißt was: Wir zahlen«, schlug Lena ihrer Freundin vor. »Du kommst eh später zu uns. Da reden ma weiter.« Sie stand auf und ging zur Kassa.

3. KAPITEL

Nachhaltig war das von Walli Winzer keineswegs gewesen: das kurze Stück mit dem Auto zur Bäckerei am Ortsende und wieder zurück zu ihrem Haus zu fahren. Doch sie hatte es damit verbunden, Lena in deren Bauernhaus abzusetzen, weil diese zuvor zu Fuß unterwegs gewesen war und Walli vorwarf, es ihr nicht gleich gemacht zu haben, sich jetzt aber darüber freute.

Na ja, die einstige Lehrerin einer Brennpunktschule im zehnten Wiener Gemeindebezirk war in vielerlei Hinsicht ein Vorbild für ihre Umgebung. Doch mit den derart überbordenden moralischen Anwandlungen ihrer Freundin konnte und wollte es die PR-Lady aus Wien nicht aufnehmen. Vielmehr spürte sie im Augenblick wieder ihre Übermüdung wegen der durchwachten Nacht. Sie wusste daher, dass es heute für sie nicht nur bei einem Caffè Latte bleiben würde.

Fünfhundert Meter zu gehen, war zwar sonst nicht die Welt. Doch wenn man seine Augen nur mühsam offen halten konnte, war jeder vermeidbare Schritt willkommen.

Walli parkte ihren Tesla in der Hauseinfahrt, öffnete das Gatter zum bunt blühenden Bauerngarten und schloss die Haustür auf.

Kater Filou stürmte ihr entgegen und begrüßte sie liebevoll. Aufgeregt strich er um sie herum.

Sie stellte die Tasche ab und zog die Schuhe aus. Danach machte sie es sich in ihrem Ohrensessel am Kamin bequem. Filou sprang hoch und legte sich auf ihren Schoß. Wenig später schrillte das alte Festnetztelefon am Tischchen neben ihr. Es stammte noch aus den 1950er-Jahren. Sie hatte es auf einem Flohmarkt gekauft. Es war eine kleine Reverenz an die alten Schwarz-Weiß-Krimis, die Walli zeitweise aus ihrer DVD-Sammlung kramte und gerne ansah. Das Bakelit-Telefon wirkte innerhalb des sonst modernen Raumdesigns bewusst retro.

»Hallo, Harry, schön, von Ihnen zu hören!« Die PR-Lady freute sich, die ihr vertraute Stimme zu vernehmen. Nicht dass ihr der Lokaljournalist während des Urlaubs groß abgegangen wäre. Im Gegenteil: Walli konnte dieses Mal voll und ganz abschalten. Sie hatte den Ausschaltknopf ihres Mobiltelefons betätigt und es wochenlang großteils beiseitegelegt. Infolgedessen konnte sie ihren Alltag zunehmend vergessen.

Denn nicht nur die Kolleginnen und Kollegen des griechischen Malkurses schwebten mit künstlerischer Intuition und bei Diskussionen in ihrer Kunstblase, sondern auch Wallis spezielle Inspirationsquelle in Form von Rudi hielt sie in vielerlei Hinsicht auf Trab. So suchte sie vormittags im Schatten der Pinien nach ihrer künstlerischen Ausdrucksform, um den Nachmittag und Abend mit Rudi Lehner zu verbringen.

Harry Kain zählte im kleinen Waldviertler Dörfchen zu einem ihrer engsten Vertrauten. Als Freund würde sie ihn dennoch nicht bezeichnen. Dazu verhielt er sich – zumindest in ihren Augen – oft zu mühsam. Speziell in praktischen Dingen. Auch in der Art und Weise, wie er generell manches anging. Diskussionsreiche Telefonate mit ihm konnten dagegen durchaus bereichernd sein, vor allem während der langen Abende in der kalten Jahreszeit mit dem mehr als mäßigen TV-Programm und den im Ort früh hochgeklappten Gehsteigen.

»Ich bin auf meinem Weg in die Mohnölmühle bei Ihnen vorbeigefahren und habe Ihr Auto in der Einfahrt gesehen. Das heiß: Sie sind zurück.«

»Ja, seit heute Morgen. Ich bin mit meinen Gedanken aber noch gar nicht richtig angekommen. Was machen Sie in der Ölmühle? Brauchen Sie Vorrat?«, fragte ihn Walli Winzer interessiert.

»Ich arbeite an einer Geschichte für das Magazin ›Griaß di‹. Es wird ein Porträt über den Betrieb.«

Walli dachte gleich an Rudi, der in den nächsten Tagen kommen würde. Vielleicht war das sogar ein kleiner Hinweis, ihn ein wenig mit den örtlichen Honoratioren bekanntzumachen. Dazu zählte auch der Chef der Ölmühle.

Walli Winzer lud Harry für später auf ein Gläschen Ouzo ein. Er würde auf dem Rückweg vorbeikommen.

Harry Kain musste das Wort »Einladung« bloß hören und blühte auf. Walli musste darüber jedes Mal lachen. Denn als PR-Expertin wusste sie genau: In einem Punkt glichen sich alle Journalistinnen und Journalisten – in ihrer Freude über ein kostenloses Buffet. Nach Pressekonferenzen durften sich die Veranstalter zumeist über eine wohlwollende Berichterstattung freuen. Und Harry ließ sich kaum etwas entgehen.

Kurze Zeit später saß Harry Kain Walli gegenüber. Sie hatte zuvor ihren Koffer und die unzähligen Taschen mit Mitbringseln ausgeräumt und die Flasche Ouzo, den griechischen Nationalschnaps, mitten auf den Wohnzimmertisch gestellt. Aus der Eiswürfelmaschine holte sie mit einer Zange einige Würfel heraus und ließ sie in Harrys Glas fallen.

»Ich muss sagen, wenn Sie nicht in Großlichten sind, ist es hier nur halb so lustig.« Er nahm sein Ouzo-Glas in die Hand und begann, dessen Inhalt langsam hin und her zu schwenken. Er betrachtete die beiden Eiswürfel, die vielversprechend an die inzwischen vor Kälte perlende Glaswand klirrten.

Walli Winzer wusste nicht, wie seine Äußerung zu verstehen war. Manchmal hatte Harry – zugegeben – eine recht merkwürdige Art von Humor. Nicht dass sie einander diesbezüglich nicht gelegentlich ähnlich wären. Allerdings war das bei ihr entschieden etwas anderes. Denn anders als Harry lag sie ihrer Umgebung finanziell nicht auf der Tasche. Im Gegenteil: Wo sie nur konnte, unterstützte sie die Menschen um sie herum. Selbst Harry. Und manchmal so, dass er es nicht merkte. Denn jede Form von Dankbarkeit hasste sie. Sie wollte mit allen auf Augenhöhe auskommen. Auch wenn es bei anderen oft nicht so ankam. Sobald sie beispielsweise wieder einmal ihre Designerklamotten vorführte und sich dafür gerne bewundern ließ. Zugegeben: Walli Winzer genoss das. Denn als Kind eines Arbeiters der Floridsdorfer Lokomotivfabrik und später von ihrer Mutter allein umsorgt, hatte sie damals niemand beachtet. Im Gegenteil. Daher genoss sie es jetzt, alle Aufmerksamkeit auf sich zu ziehen. Denn immerhin hatte sie es nicht nur in ihrem Beruf, sondern auch gesellschaftlich geschafft. Bis ganz hinauf: Sie war eine der erfolgreichsten PR-Agentinnen Österreichs geworden.

»Also, was ist, Frau Winzer? Stoßen wir an? Auf Ihre Rückkehr!«

Walli hatte sich ebenso ein Glas eingeschenkt. Harry hielt ihr seines bereits entgegen.

»Cheers!«, lächelte sie und nickte entspannt.

Nach dem ersten Schluck kniff Harry seine Augen zusammen. Er war vom Hochprozentigen überrascht. »Ouzo schmeckt für mich immer ein bisschen wie Zahnputzwasser.« Er goss ein wenig Wasser nach, wie die Griechen es taten. Im selben Moment wurde der Inhalt milchig trüb. »Jetzt sieht es auch noch danach aus.«

»Harry!«, lachte Walli. »Es wundert mich, dass Sie den Vierzigprozentigen so schnell austrinken. Bei dieser Hitze heute!« Sie fächerte sich mit der Hand ein wenig Luft zu.

»Ganz hab ich den Ouzo nicht ausgetrunken. Aber ich wollte ihn wieder einmal pur verkosten. Ist schon lang her, dass ich einen in Griechenland getrunken habe. An der Qualität hat sich nichts geändert«, stellte er zufrieden fest.

»Ich wusste gar nicht, dass Sie einmal dort waren«, war Walli Winzer überrascht und setzte sich bequemer hin.

»Sie müssen ja nicht alles über mich wissen, Frau Winzer.« Harry sah seine Gesprächspartnerin zurückhaltend an. Sogar ein wenig triumphierend. Weil es ihm gelungen war, noch ein paar Geheimnisse vor ihr zu wahren.

Walli reagierte ein wenig verschnupft. War sie doch überzeugt, das meiste aus ihren Mitmenschen durch feine Gesprächstechniken herauslocken zu können, die sie sonst nur im Berufsleben anwandte. Doch ließ sich so ein Verhalten im Privatleben eben auch nicht ganz vermeiden.

Dass Harry nicht viel von sich preisgab, sondern im Gegenteil penibel über sein vormaliges Journalisten- und Privatleben in Wien schwieg, machte ihn für Walli umso interessanter. So hatte sie sich vorgenommen, ihm sein Geheimnis doch noch zu einem geeigneteren Zeitpunkt zu entlocken. Immerhin wusste er fast alles von ihr. Sie hingegen war ja durchaus freimütig. Das hatten ihr schon einige gesagt. Aber sei's drum. Ein anderes Mal. Nicht jetzt.

Harry Kain nahm wieder einen Schluck und schmeckte nach: »Ja, Anis und Fenchel sind mit Wasser verdünnt weniger aufdringlich. Man kann Kräuter und Gewürze wie Zimt und Nelken erkennen. Im Hochprozentigen weniger.«

Auch Walli hatte inzwischen ihren Ouzo verdünnt. »Wann waren Sie das letzte Mal in Griechenland?«

Harry überlegte. »In den 1980er-Jahren, denke ich. Ich kenne dort fast jede Ecke und war oft dort.«

»Für mich war es das erste Mal. Urlaube konnte ich mir lange nicht leisten. Weder finanziell noch zeitlich.«

Harry schaute sie überrascht an. »Da hat sich ja einiges geändert.« Er stockte beim Reden. »Manche fallen im Leben auf die Butterseite.« Er leerte sein Glas in nur einem Zug und stellte es vor Walli auf den Tisch. Die Aufforderung des Nachschlags war unmissverständlich.

Walli gefiel sein missgünstiger Unterton ganz und gar nicht. »Sie glauben allen Ernstes, dass mir in meinem Leben auch nur das Geringste ohne Zutun in den Schoß gefallen ist?«

Er sah sie aufreizend an, blieb aber weiterhin stumm.

Sie ahnte, was er meinte: »Sie meinen meine Affären? Ja, da gibt es einige. Und die nütze ich, wenn es möglich ist, sogar beruflich. Das ist mein persönliches Netzwerk, das bei euren Männerbünden meist von vornherein vorhanden ist. Das habe ich selbst oft genug erlebt. Über alle Parteigrenzen hinweg. Frauen können da noch lang nicht mithalten. Tragfähige Frauennetzwerke wie in den USA oder in Deutschland brauchen hier in Österreich noch mehrere Generationen, bis sie funktionieren. Aber wie heißt es: Die Hoffnung stirbt bekanntlich zuletzt. Deshalb habe ich mir jetzt bereits meine eigene kleine Welt erschaffen. Sie funktioniert. Und es kann doch nicht Ihr Ernst sein, dass Sie *mir* das vorwerfen? Dass ich mich lähmenden Verhinderungsprozessen entziehe.«

Harry Kain fühlte sich ertappt. Auf dieses glatte Parkett der Mann-Frau-Diskussion wollte er sich keineswegs begeben. Und darauf würde es jetzt wohl hinauslaufen. Daher zog er rechtzeitig die Notbremse. Er sah auf die Uhr und signalisierte dadurch, nicht mehr lang bleiben zu wollen.

»Frau Winzer, bekommen Sie das nicht in die falsche Kehle.« Harry griff erneut nach seinem leeren Glas und stellte es nun hörbar auf den Tisch. »Ich wollte doch nur nachschauen, wie es Ihnen geht.« Leutselig und ablenkend fuhr er fort: »Ja, Griechenland ist immer eine Reise wert. Zu jedem Ort. Viel Geschichte und viel landschaftliche Schönheit.«

Die Gastgeberin hatte seinen Themenschwenk verstanden, nahm die Flasche und schenkte ihm nach.

Harry Kain griff erneut zum Wasserkrug und verdünnte. Auch einen Eiswürfel ließ er in sein Glas fallen.

»Warten Sie. Ich habe auch einige Pistazien mitgebracht.«

Walli ging zur Kommode und holte eine bereits vorbereitete Schale mit gerösteten grünen Nüssen.

Harry freute sich darüber. »Damit ist der Tavernenbesuch in Großlichten perfekt«, grinste er. »Damals war die Zeit schön und unkompliziert, als ich die Inseln besuchte.«

»Sie haben wohl viel erlebt, könnte ich mir vorstellen.«

Harry kicherte. »Das kann man wohl sagen, obwohl wir meist eingeraucht waren.«

Walli reagierte verwirrt. »Wie meinen Sie das?«

»Na ja, da gab's für junge Leute alles Mögliche: freie Liebe, Alkohol, bewusstseinserweiternde Essenzen. Das Übertreten von Grenzen interessierte uns. Ein neues, bis dahin unbekanntes Lebensgefühl. Wobei ich bei Haschisch geblieben bin«, stellte er gleich richtig, bevor seine Gesprächspartnerin voreilige Schlüsse ziehen konnte.

Jetzt musste Walli lachen. »So kenne ich Sie gar nicht.«

»In der Jugend sollte man eben alles ausprobieren. Damit man weiß, was man will und was nicht. Später bleibt man dann allem gegenüber entspannter.«

»Ganz mein Sprech, lieber Harry. Da sind wir wieder einmal einer Meinung. Sie werden mir trotzdem nicht glauben, was mir in Kreta passiert ist …«

Das Telefon läutete im selben Moment, und Walli Winzers Tonfall wechselte schlagartig.

Harry war von dem Telefongesülze allerdings bald gelangweilt. Genervt stand er auf und ging zur Kommode, auf der einige Reiseprospekte lagen. Er blätterte darin, bis Walli ihr Telefonat beendet hatte.

Gut gelaunt wandte sie sich ihm wieder zu: »Also, Harry, Sie werden nicht glauben, wen ich getroffen habe.«

Er begab sich zu seinem Platz und setzte sich. »Sie erzählen es mir sicher gleich ausführlich«, sagte er und sah sie dabei treuherzig an.

»Meine erste Jugendliebe!«

Sie vertraute ihm Details an, die er eigentlich gar nicht so genau wissen wollte. Diese aber gutwillig über sich ergehen ließ.

Nach einer Weile – wohl mehr aus Selbstschutz – erinnerte er seine Gesprächspartnerin an die nahende Bürgermeisterwahl. Der Amtsinhaber, Josef Brunner, sah sie als bereits für sich gelaufen an. Denn einen nen-

nenswerten Konkurrenten oder eine Konkurrentin gab es in Großlichten nicht, was Walli Winzer vor Empörung augenblicklich verstummen ließ.

»Kaum ist man weg, denken die Leute nicht mehr an all die Machenschaften von diesem Kerl. Ich erinnere mich noch an das Wohnprojekt am Waldrand. Das ließ er als Bürgermeister vor Kurzem ohne behördliche Genehmigung bauen. Riesige Waldstücke wurden dafür gerodet.«

»Ja, Frau Winzer, die Leute vergessen eben schnell. Darauf setzt die Politik immer und überall.«

»Das ist kaum auszuhalten. Wir Zweitwohnsitzer können uns dagegen sowieso nicht wehren, weil wir gesetzlich bei den Gemeinderatswahlen in Niederösterreich nicht mehr mitstimmen dürfen. Dabei lebe ich doch den Großteil des Jahres hier«, entrüstete sich Walli.

Harry Kain ließ ihre diesbezügliche Aufgebrachtheit unkommentiert. Vielmehr bewegten ihn die neuen Vorhaben, die der amtierende Bürgermeister mit aller Entschiedenheit plante. Er erzählte von dessen großem Einsatz bezüglich des Ausbaus der Mohnölmühle und den Gerüchten um einen Freizeitpark am Ende des Orts.

Walli Winzer glaubte, nicht richtig gehört zu haben. Harry bemerkte, wie ihre Gesichtsfarbe binnen kürzester Zeit von Leichenblass zu Zinnoberrot wechselte.

Schließlich nahm ihr Blick eine gewisse Leere an. Als würde sie nichts und niemand von ihrem Vorhaben abbringen können. »Harry, Lena muss endlich in den Politring steigen. Das hat sie schon einmal vorgehabt. Es ist wirklich an der Zeit. Und wir werden ihr dabei helfen. Es kann mit den üblen Machenschaften dieses Strolchs nicht mehr so weitergehen.

Harry Kain vergrub sein Gesicht in den Händen und stöhnte. »Leicht wird das nicht werden. Der Pepi hat überall seine Verbündeten. Genehmigungen erhält er auch im Nachhinein je nach Zuruf und nach Bedarf. Obwohl das verwaltungstechnisch eigentlich nicht geht. Aber im Gemeinderat sitzen eben seine Freunde. Die tragen alles mit, was er macht. Die anderen werden später weichgeklopft. Mit Zugeständnissen politischer und finanzieller Natur. Natürlich gibt es auch solche, die ihm zu Dank verpflichtet sind. Das will ich ihm gar nicht absprechen.«

»Aber der Gerechtigkeitssinn der Bevölkerung wird sich drehen, wenn die Leute hören, was er alles so gemacht hat.«

»Da könnten Sie schon recht haben. Irgendwann ist bei jedem das Maß voll. Der Krug geht so lang zum Brunnen, bis er bricht, besagt ein Sprichwort. Und der Pepi übertreibt grad wieder sehr.«

»Harry, am Abend bin ich bei Lena zum Essen eingeladen. Da werde ich mit ihr reden. Am besten wäre es, Sie kämen mit. Ihnen fallen immer gute Argumente ein. Überzeugen sollten wir sie gemeinsam.«

Der Journalist vernahm den Vorschlag einer Abendeinladung, wahrscheinlich auch Essen inbegriffen. Augenblicklich begannen seine Augen zu leuchten. Walli sah ihn gut gelaunt an, grinste über ihre treffsichere Einschätzung und griff zum Hörer.

4. KAPITEL

Es war noch nicht spät. Lena hatte diesmal recht früh zu sich geladen. Wie immer war der Abend herzlich und voller persönlicher Gespräche gewesen. So wie es bei ihr eben war. Mit Menschen umgehen, das konnte sie.

Und kochen auch. Das Mahl war mit Lauchcremesuppe, Gemüsestrudel samt Kräutersoße und Panna Cotta mit Himbeeren als Nachspeise mehr als üppig ausgefallen.

Lena schaffte es gut, Gemeinschaft herzustellen. Als ehemalige Lehrerin schien ihr im Leben so ziemlich alles vertraut zu sein. Nichts konnte sie leicht aus der Fassung bringen. Nicht einmal wenn Harry wieder einmal ungebührlich beim Essen zulangte. Als hätte er monatelang nichts zwischen die Zähne bekommen. Walli Winzer sah ihm dann immer fasziniert zu, was er alles in sich hineinschieben konnte. Also, mehr staunend. Doch ließ ihn selbst das unbeirrt. Nichts brachte ihn aus der Ruhe. Ob er anderen genügend übrig ließ, interessierte Harry definitiv nicht. Walli Winzer fragte sich bei solchen Akteuren, die sie immer wieder an Buffets oder bei Pressekonferenzen beobachtete, was deren Motivation zu diesem Mundraub sein konnte. War es nur der sprichwörtliche Brotneid, oder ging es da um mehr?

Beispielsweise um unbewältigte Benachteiligungen im Leben? Darum, sich selbst später noch dafür entschädigen zu müssen, das ausgehalten zu haben? Damals. Oder auch heute noch. Auf sich aufmerksam zu machen, dass man da war? Am Tisch saß und zur Runde zählte?

Lena hatte Walli einmal zugeflüstert, dass Menschen, die solche Gewohnheiten pflegten, im Leben oft unbefriedigt seien. Walli hatte daraufhin verschnupft reagiert. Damals war Harry nämlich nicht mit ihnen am Tisch gesessen, sondern sie selbst wollte sich nach Abschluss einer ihrer regelmäßigen Diäten noch etwas aus der Auflaufform nehmen. Lena hatte allerdings mit ihrer Mahnung ins Schwarze getroffen und Walli die Lust an einem Nachschlag genommen. Unbefriedigt war sie auf keinen Fall. Bei den vielen Verehrern, die sie umschwirrten. Doch hatte Walli sogleich an ihre schwer erarbeitete Linie gedacht, weshalb Lenas Worte schnell den gewünschten Effekt erzielten.

Harry war in seinem Element gewesen. Das Erstaunliche war, dass seine kulinarischen Exzesse keinerlei sichtbare Wirkung zeigten. Obwohl er stets kräftig zulangte, blieb er schlank. Ganz im Gegensatz zur einstigen Partygeherin Walli Winzer. Das Leben konnte schon ungerecht sein, seufzte sie innerlich. Zumindest zeitweise. Denn das herrliche Abendessen bei Lena hatte Harry so richtig auf den Geschmack gebracht.

Das ließ ihn auch auf ihrem Rückweg bereits ans Frühstück denken. Er wollte unbedingt auf dem kleinen Platz am Ende des Dorfes mit einigen Geschäftchen vorbeischauen, um sich in der Bio-Selbstversorger-Ecke schnell noch etwas für den Morgen mitzunehmen.

Walli Winzer blieb in ihrem Tesla sitzen, während Harry etwas entfernt im Shop verschwand.

Im Gegensatz zu ihren langen Wiener Nächten war es für sie um 21.00 Uhr noch richtig früh. Das Abendessen hatte um 17.00 Uhr begonnen. War für sie fast eine Art Kinderjause gewesen. Einige Hugos, die Hans ihr gebracht hatte, hatten sie jedoch bald in die rechte Stimmung versetzt, wodurch Walli vor Begeisterung nur so überquoll und von ihrem neuen Flirt Rudi zu erzählen begann, der inzwischen in Großlichten eingetroffen war.

Auch bei Lena hatte er Erinnerungen an die Unbeschwertheit vergangener Tage geweckt, in denen alle erst dabei gewesen waren, ihr Leben zu entdecken. Die Richtung, in die sie sich alle entwickelt hatten, war doch recht unterschiedlich. Daher freute sie sich, dass das Schicksal sie erneut zusammengeführt hatte und die Zuneigung immer noch da war.

Bei einem Ouzo und den von Rudi Lehner in Salzlake eingelegten Oliven, die Walli mitgebracht hatte, hatten die Freunde ausgiebig vom Griechenlandurlaub gehört.

Da Lena als Biobäuerin für eine große Landwirtschaft verantwortlich war und neben Ziegen auch Kühe und Schweine mit Futter zu versorgen hatte, wurden die Abende jedoch kurz gehalten. Ausnahme waren nur festliche Anlässe. Lena war ihrer Tiere wegen zu einer Frühaufsteherin geworden. Etwas, was sich Walli nie und nimmer vorstellen konnte.

Sie sah auf die Uhr. Harry war schon ziemlich lang weg. Langsam wurde Walli wegen des Wartens unruhig. Nicht dass ihr um ihn bange gewesen wäre. Das nicht. Denn Harry setzte sich immer und überall durch. Egal, welche Hürde er vor sich hatte. Nein. Seiner Gewitztheit wegen machte sie sich keine Sorgen. Er würde schon das Rechte zu tun wissen.

Vielleicht war es auch das, was sie insgeheim mit ihm verband. Diese Zuversicht, in jeder Situation des Lebens zurechtzukommen. Was man nur schaffte, wenn man zuvor einiges erlebt hatte. Ausgekostet hatte. An Grenzen gestoßen war. Sie zu überwinden verstand.

Ja, all das verband sie mit Harry. Der – wie sie – letztlich im Waldviertel gelandet war. Nicht ganz freiwillig, wie sie wusste. Irgendetwas war in Wien vorgefallen. Mit dem er nicht fertig geworden war. Was ihn immer noch bewegte.

Aber darüber sprach er nicht. Ließ sich nichts entlocken.

Ansprechen würde Walli ihn auf jeden Fall gleich auf seine Unverfrorenheit. Was ihm bloß einfiele, sie so lang hier warten zu lassen. Noch dazu, wo keines der Geschäfte mehr geöffnet hatte.

Walli hatte ihr Mobiltelefon zu Hause vergessen, worüber sie sich ärgerte, weil sie ihn nicht anrufen konnte. Dabei war Rudi heute früher als erwartet angekommen. Wahrscheinlich wartete er bereits auf sie. Er war am Nachmittag im Ort eingetroffen. Hatte sie mit seinem Besuch überrascht. Dann hatte sich für ihn ein kurzfristig eingeschobener Termin in der örtlichen Mohnölmühle ergeben, weshalb er Walli nicht zu Lena begleiten konnte. Aber jetzt hatte er es sich sicher schon im Haus gemütlich gemacht, während sie hier wie auf Nadeln saß – und alles nur wegen Harry!

Die beleuchteten Schaufenster zogen nun Walli Winzers Interesse auf sich. Sie stieg aus und ließ die Fahrertür offen. Nur wenige Meter entfernt stellte sie sich vor die Auslage einer Fashion-Boutique. Ihr gefiel die neue Sommermode mit den großen bunten Blütenmustern. Es waren sogar einige recht ansprechende Modelle zu sehen. Auch wenn es sich in der Provinz nicht um Topmarken handelte, waren einige solchen nachempfunden. Sie rückte näher an die Scheibe und prüfte sorgsam. Während sie die Zusammenführung der Muster an den Nähten prüfte, spürte sie plötzlich etwas um ihre Fesseln streifen.

Sie erschrak und sprang instinktiv zur Seite. Doch schon im nächsten Augenblick versank sie in Entzücken. Ein niedliches Kätzchen suchte ihre Nähe. Saß vor ihr und wartete, dass sie sich zu ihm herabbeugte, um es zu streicheln. Da Walli erst mit ihm redete, wurde es ungeduldig und strich im Slalom um ihre Beine. Durch ihre schwarzen Leggins hindurch spürte sie ein Kribbeln an den Waden. Jetzt beugte sie sich zur Katze, um deren Freundlichkeit zu stoppen. Die freute sich über den Erfolg und streckte sich aus Dankbarkeit an Walli hoch. Natürlich mit ausgefahrenen Krallen, sonst machte es einer Katze ja keinen Spaß, was Walli im selben Moment aufkreischen ließ.

Ihre heftige Bewegung wiederum ängstigte die Katze, die sich plötzlich mit aller Kraft von Wallis Bein abstieß.

Mit einem Vorderpfötchen hatte sie sich zuvor jedoch an Wallis feiner Goldkette verheddert. Das Kätzchen riss sie ab und lief mit ihr fort. Doch genau dieses Kettchen lag Walli Winzer am Herzen. Sie hatte es einst von ihrer Mutter zum Abschluss ihrer Ausbildung zur Schaufensterdekorateurin bekommen. Um es zurückzuerhalten, wollte sie das Tier zur Rückkehr bewegen und schrie weiter.

Das Kätzchen blieb auf halbem Weg stehen und drehte sich nach der aufgeregten Stimme um. Es war aber durch die Fesselung der Kette um seine Pfote so irritiert, dass es in die Luft sprang, um darauf – zumindest so gut es ging – in vollem Tempo weiterzulaufen. Es verschwand hinter dem offenen Portal eines Geschäfts auf dem kleinen Platz.

Walli Winzer hastete ihm nach und blieb vor dem Schaufenster stehen. Mehrere Geburtstagstorten mit Marzipan- und Schokoladenglasur, ein Korb mit Mohnkipferln und einige malerisch dekorierte Mohnzelten zogen ihre Aufmerksamkeit auf sich. Aus der offen stehenden Tür duftete es trotz Abendruhe immer noch nach frischem Gebäck.

Walli Winzer schubste diese ein wenig und hoffte, die kleine Räuberin irgendwo drin sitzen zu sehen. Sie ließ ihren Blick durch den Verkaufsraum schweifen. Doch finden konnte sie die Katze nicht.

Um sich keine Schwierigkeiten wegen des Zutritts in die geschlossene Bäckerei einzuheimsen, machte sie durch Husten auf sich aufmerksam. Da alles nichts nützte, entschloss sie sich, laut zu rufen. Denn ihre

Halskette wollte sie unbedingt zurückhaben. Diese kleine Diebin, so unschuldig sie sich auch zu geben verstand, durfte nicht damit entkommen.

Nachdem sich weiterhin niemand gemeldet hatte, entschloss sich Walli, die Bäckerei zu betreten. Sie bewegte sich vorsichtig, um das Kätzchen nicht unnötig zu erschrecken. Es sollte nicht nochmals davonlaufen. Sie wollte ihm doch bloß das Kettchen abnehmen. Dann dürfte es ungehindert wieder seiner Wege gehen.

»Miez, miez, miez«, lockte sie es mit sanfter Stimme und suchte jede Ritze im Verkaufsraum nach ihm ab. Dann ging sie hinter das Verkaufspult und neigte sich nach den Laden, in denen Körbe lagen. Tagsüber wartete darin Gebäck. Sie zog eine nach der anderen heraus. Vielleicht hatte es sich in einer davon versteckt?

Nachdem Walli Winzer erfolglos auch die letzte hervorgeholt hatte, erhob sie sich und stützte die Hände seufzend in die Hüften. Ihr Blick kreiste. Die rückwärtigen Regale waren leer. In der hinteren Ecke des Bereichs stand nur noch ein Holzbehälter. Alles übrig gebliebene Gebäck vom Tag war in ein weißes Tuch gehüllt und schlummerte darunter. Das Gefäß selbst war in die Nische eingepasst, die ein bisschen größer als sie selbst war und eine Mulde bildete.

Walli hielt den Augenblick nun für gekommen und schlich sich langsam in diesen Bereich. Sie streckte die Hand aus, um den Bottich ein wenig zur Seite zu schieben, als hinter ihr ein Metallgegenstand klirrend umfiel.

Der Schirmständer lag jetzt auf dem Boden. Ein blanker Ring hatte sich aus dem Rand gelöst und rollte in die Mitte des Verkaufsbereichs, wo er schnarrend und vibrierend zu liegen kam.

Das Kätzchen blieb wegen seines Versehens starr vor Schreck in der Ecke sitzen. Ein wenig später hüpfte es zögernd ein paar Schritte nach vorne. Es zog dabei sein Köpfchen ein und wusste selbst nicht, was es von seiner Verfolgerin erwarten sollte.

Walli kam langsam hoch und ließ es nicht aus den Augen. Sie drückte sich an das Wandregal und breitete die Arme aus. Dabei löste sich einer der großen Körbe und ging mit Getöse zu Boden. Der kleinen Katze gefiel der Lärm absolut nicht. Sie kümmerte sich nicht darum, die lästige Goldkette am Beinchen loszuwerden, sondern trat augenblicklich die Flucht an.

»Wirst du wohl dableiben? Das gibt's doch nicht, dass ich dir weiter hinterherlaufen muss, du kleines Ungetüm!« Walli zog ihre Leggins rasch zurecht und versuchte, den kleinen Blitz davon abzuhalten, im hinteren Raum über die Stiegen in den Keller zu verschwinden. Erfolglos. Die Schwarz-Weiße war schneller als sie. Sie lief den Gang geradeaus und verschwand irgendwo im Dunkeln.

Walli Winzer fand keinen Lichtschalter. Vor Aufregung keuchte sie. Vorsichtig und wortlos stieg sie hinunter. Tastete sich die Wände entlang. Die Luft hier war gar nicht so stickig, wie sie erwartet hatte. Ventilatoren waren noch in Betrieb, um im Backraum die Tageshitze zu senken. Mehrere Räume konnten von zwei Seiten aus betreten werden. Wofür sie verwendet wurden, konnte Walli jedoch nicht erkennen. Sie machte sich weiter auch keine Gedanken darüber, denn in der Ferne, am Ende des Gangs, sah sie einen Lichtkegel.

Je näher sie kam, desto heller wurde es. Sie hoffte, dort die Katze anzutreffen, dass diese vom Licht genauso angezogen worden war wie sie. Aufgrund des wohligen Geruchs nahm sie an, dass sie gerade an der Backstube vorbeigegangen war.

Plötzlich bog das Kätzchen vor ihr aus einer der dunklen Kammern in den Gang ein. Seine Augen blitzten. Es sah die PR-Expertin und lief aus Furcht geradeaus hinein in den beleuchteten Raum.

»Sehr brav«, motivierte Walli sich. »Gleich habe ich dich. Dann mache ich die Tür zu und du entkommst mir nicht.«

Sie hielt am Türrahmen. Wollte nicht einfach einfallen. Irgendwo würde jemand in der Nähe sein. Es war ja noch Licht. Daher rief sie: »Hallo! Ist da jemand?« Jetzt würde man sie sicher beachten.

Antwort kam keine zurück.

Stattdessen hörte sie Lärm aus anderen Räumen. Dann war es wieder still.

Auch vom Kätzchen war nichts zu sehen.

Walli Winzer wurde mulmig zumute.

Es musste doch jemand da sein. Alles schien belebt. Wahrscheinlich war jemand in einem der Räume hinter ihr.

Sie drehte sich um, sah aber bloß Finsternis. Neugierig betrat sie nun den Raum vor ihr. Niemand war da. Sie stöhnte vor Anspannung, weil das Kätzchen weiterhin mit ihr Verstecken spielte.

»Hallo, Kleine!«, rief Walli Winzer jetzt sanfter. Von ihrem eigenen Kater Filou wusste sie, dass Katzen auf lautes Rufen mit Widerstand reagierten. Das hatte sie eben auch erlebt.

Der Schreibtisch und die vielen Ordner wiesen Walli Winzer darauf hin, dass sie im Büro der Bäckerei gelandet war. Übersichtlich war hier absolut nichts. Aktenordner lagen kreuz und quer über die Kommoden und den Schreibtisch verteilt. Entweder es war bis eben damit gearbeitet worden, oder man legte auf geordnete Büroarbeit wenig Wert.

Das schien dem Kätzchen zu gefallen, das in diesem Wust wie vom Erdboden verschwunden war.

Walli Winzer drehte ihren Kopf nach der Beschriftung eines der Ordner, als plötzlich hinter einem riesigen Zeitungsberg das Kätzchen hervorlugte. Es wollte sofort die Gelegenheit nutzen, nach draußen zu laufen. Noch bevor Walli auf die Idee käme, es zu fangen. Die hatte jedoch zuvor schon das Rascheln der Zeitung am Boden gehört. Schnell versperrte sie mit dem Fuß die Fluchtmöglichkeit des Tiers und griff nach ihm.

»So, jetzt habe ich dich endlich!«, sagte sie und streckte die Kleine mit beiden Armen in die Höhe. Danach drückte Walli Winzer die Katze sanft an sich und befreite sie von dem glitzernden Teil am Beinchen. Zufrieden ließ sie ihr Goldkettchen in die Brusttasche gleiten. Endlich hatte sie ihr Erinnerungsstück wieder.

Das Kätzchen stellte sie auf den Boden zurück. Sofort suchte es das Weite.

Im Flur jedoch kreischte es auf einmal laut auf, was

Walli beunruhigte und dazu führte, dass sie nach ihm sehen wollte. Sie suchte nach dem Schalter für das Ganglicht und fand ihn. Als sie in der Hälfte des Flurs angekommen war, ging das Licht wieder aus.

Sie hörte Schritte. »Ist da jemand?«

Niemand antwortete.

Sie hatte zuvor den Schalter neben der Bürotür betätigt und ertastete in ihrem Umfeld jetzt keinen. Unsicher tastete sie sich zurück. Zu dem, den sie bereits kannte.

Was war hier eigentlich los? Zuerst Schritte. Dann wieder keine. Einmal war das Licht an, später wieder aus. Seltsam.

Aber sie hatte Mamas Goldkette. Und nur darum ging es ihr.

Nachdem sie das Ganglicht eingeschaltet hatte, warf sie noch einen Blick zurück ins Büro. Wenn sie selbst nicht schon einige Künstlerproduktionsstätten und Wohnräume anderer kreativer Menschen in einem ähnlichen chaotischen Zustand gesehen hätte, hätte man meinen können, hier sei eingebrochen worden und jemand war auf der Suche nach etwas gewesen.

Der Gedanke daran ging ihr dann doch zu weit, als sie plötzlich beim genaueren Hinsehen Beine hinter dem Schreibtisch entdeckte.

Walli Winzer erstarrte, entschied sich aber zögernd, die Lage genauer zu prüfen.

Langsam bewegte sie sich auf die unheimliche Stelle zu, als die sich diese schließlich auch erwies: Ein Mann lag am Boden und gaffte mit geöffneten Augen ins Leere.

Eine ausladend große Blutlache um ihn samt einer dunkelroten Verfärbung auf seinem weißen Hemd ließen keinen Zweifel. Er war tot.

5. KAPITEL

»Willst du noch ein Glas Martini?«, fragte Rudi Walli Winzer. Er stand neben der Minibar im Wohnzimmer und zeigte auf die Flasche mit Gin.

»Ja bitte. Noch einen Dirty Martini. Geschüttelt und nicht gerührt. Du weißt schon. Den Gin mit Wermut und Eis in den Shaker füllen und kräftig schütteln.« Sie hielt beim Sprechen inne, fuhr dann fort: »Den Martini brauche ich jetzt nach dem Schock trüb, der passt auch zur Situation: Ein toter Mann liegt erstochen in einem Büro. Mitten auf dem Hauptplatz. Grundlos. Ohne Motiv, wie manche meinen.«

Rudi Lehner-Papadopoulos drehte sich zur Anrichte der Kommode und tat, wie ihm geheißen wurde. Walli sah ihm apathisch dabei zu. In seinen Gesten wirkte Rudi routiniert, was nicht heißen sollte, dass er schon oft Martinis gemixt hätte. »Vielleicht könntest du etwas mehr Wermut als vorher dazumischen? Ich brauche es ein bisserl süßer als sonst. Für meine strapazierten Nerven«, seufzte sie und stützte ihren Kopf auf die Hand.

Rudi reichte ihr das Cocktailglas. Mit seinem lehnte er sich an Wallis Ohrensessel. Sie hatte ihre Beine ausgestreckt und saß dennoch in sich gekehrt da. Gedankenversunken hielt sie das Glas mit beiden Händen, als müsste sie sich daran festhalten. Ohne Rudi durch ein Nicken zuzuprosten, nahm sie ihren ersten Schluck. Er tat es ihr gleich und berührte danach mit seinen Lippen zur Beruhigung sanft ihr Haar.

Walli reagierte mit einem kurzen Lächeln, blieb aber sonst reglos. Zu sehr beschäftigte sie der Gedanke, dass der Mörder oder die Mörderin noch in ihrer Nähe gewesen sein könnte, als sie sich im Untergeschoss aufgehalten hatte. Sie hatte doch Geräusche gehört. Etwas war sogar umgestoßen worden.

Sie versuchte, sich an Details zu erinnern.

»Da war jemand. Ich habe es gespürt und gehört«, rieb sie nervös mit ihrer Hand ihre Stirn. Die andere mit dem Cocktailglas hatte sie auf Rudis Bein abgelegt, der nun lässig neben ihr auf der Lehne kauerte. Dabei streichelte er immerfort ihren Unterarm.

Walli Winzer beruhigte das allerdings kaum. Nach körperlicher Nähe war ihr derzeit nicht. Jetzt, wo sie versuchte, sich zu erinnern. An irgendetwas, das ihr aufgefallen sein könnte.

Sie schloss die Augen und ging gedanklich noch einmal die Stiegen in den Keller hinab. Erinnerte sich, wie sie nach dem Kätzchen suchte. Es dann endlich fand. Sie versuchte, jedes Geräusch zurückzuverfolgen. Sie konzentrierte sich so sehr, dass ihre Hand zu zittern begann und sie ein wenig Martini auf Rudis Hose verschüttete.

Er erschrak wegen der Kälte des Getränks. Durch seine ruckhafte Bewegung streifte er das Glas und der Rest des Martinis kippte nun auf Wallis Bluse.

»Ah!«, entfuhr es ihr, und sie bemühte sich, das kalte Nass von sich abzuschütteln. Sie stellte ihr Glas auf den Boden und zupfte heftig an ihrer Bluse, bis das meiste im Teppich vor ihr versickert war. Die Misslichkeit schien sie allerdings nicht sonderlich zu beeindrucken. Abwesend nahm sie eine der Stoffservietten vom Esstisch und tupfte vorsichtig die verbliebene Nässe ab. Da Rudi sein Hosenbein angewidert betrachtete, reichte sie ihm wortlos das Tuch.

Der Vorfall hatte sie nicht von ihrem ursprünglichen Verlangen abgebracht.

Sie ging jetzt selbst zur Bar, öffnete den Eiswürfelbehälter und griff nach der Wermutflasche. Dann setzte sie sich wieder zurück in ihren Ohrensessel. Rudi, der inzwischen auf dem Sofa Platz genommen hatte, reichte sie auch ein neues Glas und schenkte ihm ein.

Währenddessen sah er sie besorgt an.

Walli stellte die Flasche ab. »So eine blöde Sache«, machte sie sich mit einem energischen Handzeichen Luft. »Warum musste ich auch dem Kätzchen nachlaufen und hinunter in den Keller gehen? Ich bin an allem selbst schuld«, fuhr sie sich niedergeschlagen mit der Hand durchs Haar. »Die vielen Fragen, die ich jetzt beantworten muss, wo ich doch nichts weiß. Vielleicht verdächtigen sie bei der Polizei in Gföhl auch noch mich. Wie schon einmal.«

Um ihren Zorn auf sich selbst und die unliebsame Situation hinunterzuspülen, nahm sie einen großen Schluck und schenkte sich erneut nach.

Fokussiert resümierte sie weiter: »Ich hätte der Katze das Kettchen lassen sollen. Dann wäre ich nicht über den Toten gestolpert, sondern jemand anderer hätte ihn am nächsten Morgen gefunden. Aber so glauben mittlerweile alle, dort, wo ich hinkomme, gibt es kurze Zeit später eine Leiche.«

Walli Winzer schien wirklich betroffen. Es war nicht der erste Tote in ihrer unmittelbaren Umgebung gewesen. »Ich komme mir fast schon wie ein Todesengel vor«, jammerte sie ohne Unterbrechung. Sie sah zu Rudi. »Und das, wo du doch jetzt da bist. Ich hoffe nur, dass Sepp Grubinger die Aufklärung diesmal allein schafft. Denn ich habe keine Zeit, ihm zu helfen.« Walli faltete die Hände vor sich. Rudi Lehner warf sie einen liebevollen Blick zu, den dieser sanft erwiderte. Ohne weiter darauf einzugehen, war sie sofort wieder bei der Sache.

Sie vergrub ihr Gesicht hinter den Fingern und äußerte, was ihr zum Leichenfund in der Bäckerei einfiel. Auch ihre Ahnung, dass da noch jemand gewesen sei.

»Vielleicht redest du dir das alles nur ein, und es war nichts«, versuchte Rudi sie zu beruhigen. »Oft glaubt man, etwas zu hören, wo definitiv nichts ist. Vor allem, wenn man im Finsteren allein ist. Du strengst dich schon seit Stunden an. Möchtest verständlicherweise deinen Beitrag zur Lösung des Falls leisten. Du musst dich aber langsam mal entspannen.«

Rudi Lehner-Papadopoulos stand auf und ging zum Ohrensessel. Dann beugte er sich zu Walli herab, nahm ihr das Glas aus der Hand und küsste sie. Sie wehrte sich nicht. Mehr tat sie aber auch nicht. Ließ ihn bloß gewähren.

Das war Rudi von ihr nicht gewohnt. Er mochte ihre Impulsivität, die sie sonst bewies. Doch heute würde er wohl selbst mehr Einsatz zeigen müssen, damit sich die verfahrene Situation löste.

Dazu nahm er Walli bei der Hand und führte sie zum Sofa. Er setzte sich und sie sich neben ihn. Dann umarmte er sie, was sie willenlos geschehen ließ. Unschwer war dadurch für ihn zu erkennen, dass auch sie die Situation ändern wollte, es derzeit von sich aus aber nicht schaffte. Sie blieb apathisch.

Rudi Lehner streichelte ihr Gesicht, küsste sie erneut lang und innig und zog sie währenddessen fordernd an sich. Walli rekelte sich wohlig, was er dazu nützte, sie in eine Position zu rücken, die es ihm ermöglichte, ihre Bluse zu öffnen.

Lächelnd ließ Walli ihn gewähren, als es plötzlich an der Tür läutete.

Wie ertappt zog sie die Bluse hastig wieder zu und schüttelte Rudi von sich ab. Erschrocken purzelte dieser auf den Boden und bemühte sich, sich seitlich hochzuziehen.

Walli Winzer hatte sich in aller Eile notdürftig zurechtgemacht und öffnete die Tür.

Draußen stand Harry Kain, den sie nicht zu dessen Mühle gebracht hatte. Nachdem er sie nicht beim Auto angetroffen hatte, war er dem Licht und der offenen Tür in die Bäckerei gefolgt und hatte Walli kniend neben der

Leiche gefunden. Sie waren beide nach oben gegangen und hatten die Polizei gerufen.

Nach der ersten vorläufigen Befragung durch Sepp Grubinger war Walli Winzer in ihr Auto gestiegen und Richtung ihres Hauses losgefahren. Den Abtransport der Leiche hatte sie nicht abgewartet und bis eben auf Harry schlichtweg vergessen.

»Ach, sorry. Ich habe einfach nicht mehr an Sie gedacht«, versuchte Walli etwaige Vorwürfe bereits im Vorfeld zu entkräften.

Harry reagierte allerdings keineswegs aufbrausend, was Walli überraschte. Denn sonst nahm er bezüglich Zurechtweisungen kein Blatt vor den Mund. Irgendwie schien ihn Rudis Anwesenheit daran zu hindern.

»Kein Problem, Frau Winzer. Ich habe ja bemerkt, dass Sie«, er zögerte, bevor er weitersprach, »vorhin etwas von der Rolle waren.«

Walli Winzer gefiel seine saloppe Formulierung keineswegs. Obwohl sie sich ihres kleinen Fauxpas ihm gegenüber bewusst war, gab es sonst doch nichts, was er hätte beanstanden können.

Na gut. Dass sie, als er plötzlich neben ihr und der Leiche gestanden hatte, zugegebenermaßen etwas überreagiert hatte und nicht aufhören konnte, lauthals zu schreien, war ausschließlich der Situation geschuldet gewesen. Denn auf der einen Seite war jemand gewesen, der starr den Plafond angaffte, und auf der anderen einer, der so tat, als wäre nichts. Als wäre er eben mal vorbeigekommen, um Hallo zu sagen.

Geht's noch!

Harry Kain erzählte von seinem mehrmals erfolglosen Versuch, mit der Bankomatkarte an der digitalen Kassa des Bioladens zu bezahlen. Erst nachdem er dem Gerät einen kräftigen Schlag versetzt habe, habe es seine Karte wieder ausgeworfen. In einer ausführlichen Darstellung berichtete Harry alles bis ins letzte Detail und dass er Walli anschließend gesucht habe. Erst ihr wildes Schreien habe ihn in die Konditorei geführt. Da habe auch er den Toten gesehen, und danach sei das große Polizeiaufgebot aus Gföhl gekommen.

»Ich hab Sie dann aus den Augen verloren«, gab Walli unumwunden zu.

»Kein Wunder«, zeigte Harry sich voller Verständnis. »Sie waren gleich von der Polizei umringt. Der Sepp is bei mir gestanden. Der Adi Platzer hatte Sie auch mit Beschlag belegt. Sie waren nicht gerade glücklich darüber, Ihrem Gesichtsausdruck nach zu urteilen.«

Walli Winzer sah zu Rudi, der fragend seine Augenbrauen hob und sich zurück aufs Sofa setzte. »Ich lass euch dann mal«, zeigte er sich hilfreich und nahm inzwischen ein Magazin vom Couchtisch.

Walli bot Harry am Tisch einen Platz an und setzte sich zu ihm. Sie erzählte ihm vom langen Warten, dem Kätzchen, der geraubten Halskette, der offenen Bäckerei, dem dunklen Keller. Alles andere wusste er.

»Ja, eine steile Sache«, bemerkte Harry kurz, aber treffend. »Da hätte ich an Ihrer Stelle vor Anspannung auch einmal kräftig drauflosgeschrien.«

»Der Mord muss unmittelbar vorher passiert sein. Als ich seinen Puls fühlte, war der Körper noch warm.«

»Die Gerichtsmedizinerin hat gemeint, dass der Mord etwa eine Stunde vorher geschehen ist.«

»Das könnte hinkommen. Bis alle da waren, dauerte es eine halbe Stunde. Als ich in den Keller kam, lag er schon da.«

»Da war der Mörder bereits über alle Berge. Hat die Tür der Bäckerei dabei offen stehen gelassen. Damit er sie wohl nicht anfassen musste. Wegen der Fingerabdrücke.«

»Gibt es denn welche?«, fragte Walli Winzer interessiert.

Harry lachte matt. »Zuhauf! Vom Tagesbetrieb ist die Eingangstür voll damit. So einfach wird es nicht werden, darunter etwas Brauchbares zu finden.«

»Gut, aber man muss doch nur die deutlichsten herausfiltern, um sie zu überprüfen.«

»Aber die vorrangigste Frage wird sein, ob der Mörder die Tür überhaupt selbst geöffnet hat oder nicht bereits erwartet wurde.«

Harry Kain sah das Martiniglas in Rudis Hand und fühlte sich dadurch animiert. »Hätten Sie vielleicht auch etwas Stärkendes für mich?«, fragte er Walli. »Das könnte ich nämlich gebrauchen.«

Wenig später schwenkte er sein Cocktailglas, prostete seiner Spenderin zu und nahm einen kräftigen Schluck.

»Ah«, schien er nun erleichtert. »Das ist gleich etwas anderes.«

Rudi Lehner hatte sich umgedreht und beobachtete Harry, der ein Taschentuch aus der Hosentasche zog und sich laut schnäuzte. Amüsiert sah er zu Walli, die über Harrys Schnauben mit den Augen rollte.

»Harry, brauchen Sie vielleicht Nachschub?«, fragte sie.

Er reagierte nicht darauf, sondern sah sich seinen Auswurf im Taschentuch an, um es anschließend einzustecken. Mit der linken Hand drückte er auf seinen Nasenflügel, um danach fortzufahren: »Ich meine, vielleicht hat jemand vom gegenüberliegenden Haus aus etwas gesehen?«

»Kann ich mir nicht vorstellen. Als ich im Auto gewartet habe, war es schon ziemlich dämmrig. Wenn sich vor dem beleuchteten Schaufenster nicht wirklich jemand auffällig benahm, hat sicher niemand etwas bemerkt.

»Auch als ich zur Bäckerei ging, war ich der Einzige auf der Straße«, ergänzte Harry Kain und zog nochmals auf.

»Ich glaube, dass da noch jemand war«, kniff Walli Winzer die Augen zusammen und überlegte nochmals angestrengt.

»Als ich später im Keller war, habe ich niemanden bemerkt. Aber mir fällt ein: Der Sepp Grubinger hat mich gebeten, Ihnen auszurichten, dass Sie in die Polizeidienstaußenstelle kommen sollen. Ihr Protokoll hat er morgen fertig. Sie müssen dann nur noch unterschreiben. Glücklich sah er nicht aus. Der hat den Platzer wieder im Rücken sitzen, und der macht ihm Druck.«

»Wenn Sie mir das alles deshalb so genau erzählen, weil Sie mich wieder in Ermittlungen einspannen wollen, sage ich auch Ihnen jetzt schon: *Nein*. Ich bin ins Waldviertel gekommen, um mich zu erholen, und nicht, um ständig Verbrechern hinterherzulaufen.«

Harry Kain sah sie wortlos an und stützte sein Kinn auf die Hand.

»Schauen Sie«, versuchte sie zu erklären: »Ich bin PR-Agentin und nicht wie Sie im Journalismus tätig. Ja, Sie können Ihren Freund unterstützen. Vermutlich wird er das brauchen. Wie so oft, wo der doch ...« Walli Winzer beschloss, besser nicht weiterzureden. Denn alle kannten die umsichtige Art des Polizisten. Daher waren Mordermittlungen für ihn etwas, was er absolut nicht mochte. Was er nur im Angedenken an das jeweilige Opfer für notwendig hielt. Das er mitunter sogar gut kannte. Auch für dessen Hinterbliebene. Na gut, im Falle des Bäckermeisters und dessen Frau war das vielleicht nicht ganz so. Denn verstanden hatten die sich schon lang nicht mehr. Aber den Tod hätte sie ihm wohl auch nicht gewünscht.

Walli seufzte und nannte ihm jetzt den wahren Grund für ihr augenblickliches Desinteresse: »Ich habe Ihnen Rudi Lehner noch gar nicht vorgestellt. Wir kennen einander seit unserer Jugend und haben uns auf Kreta wiedergetroffen. Per Zufall. Aber wahrscheinlich sollte es so sein. Er ist auch geschäftlich hier, und wir wollen zwischendurch miteinander so viel Zeit wie möglich verbringen. Verstehen Sie jetzt?«

Rudi Lehner nickte Harry höflich zu, machte aber keine Anstalten, Wallis Erklärung näher auszuführen. Vielmehr wandte er sich wortlos seinem Magazin zu und signalisierte dem ungebetenen Gast augenfällig, dass es an der Zeit sei, langsam zu gehen.

Harry verstand. Er fühlte selbst, dass der aufregende Tag bald ein Ende finden musste. Er fragte Walli, ob er ein Taxi rufen solle, wissend, dass die Wartezeit in der Nacht mindestens eine Stunde betragen würde. Rudi war innerlich schon geladen und saß wie auf heißen Kohlen.

Walli Winzer war von Harrys nicht enden wollenden Ausführungen auch bereits genervt, ging aber zu ihrer Handtasche und zog den Autoschlüssel heraus. Dann schlich sie sich von hinten an Rudi heran und fuhr ihm liebevoll durchs Haar. »Nicht, dass du schon schläfst, wenn ich wieder zurück bin.«

6. KAPITEL

Am nächsten Tag war auf dem kleinen Wochenmarkt in Großlichten ziemlich viel los. Menschen drängten sich dicht an den Obst- und Gemüseständen. Einige Bauern hatten kürzlich beschlossen, einmal im Monat einen regionalen Markt im kleinen Ort zu veranstalten und ihre Produkte anzubieten. Großen Aufwand sollte dieser allerdings nicht verursachen. Denn auf den Bauernhöfen war viel zu tun und der Verkaufsschwerpunkt aller lag in den umliegenden Städten Krems, Zwettl oder Horn.

Die Stände waren daher klein gehalten. So konnten die Bäuerinnen und Bauern damit rechnen, nach dem Verkaufsvormittag kaum noch etwas mit nach Hause nehmen zu müssen. Man wusste, was in Großlichten gewünscht war, und richtete sich danach.

Nico Salmer, der Postbote des Orts, schob sein Fahrrad durch die Menge. Er blieb immer wieder stehen, um mit Bekannten ein kurzes Schwätzchen zu halten. Da die Sonne schien, waren die meisten gut aufgelegt und lachten über dies und das. Ob der Postbote das auch so amüsant fand wie sie selbst, durfte einigen egal sein. Antwort erwarteten sie von ihm keine. Nico nickte wie meist pflichtschuldig und gab sich verhalten. Dann ging er, wohl mehr aus Schüchternheit, weiter, diesen Eindruck vermittelte er zumindest.

Er lenkte sein Bike über den Pfarrplatz und stellte es am Fahrradständer ab. Jetzt richtete er beide Seitentaschen links und rechts, in denen sich Pakete befanden. Der Weg durch die Menschenmenge hatte sie verrutschen lassen. Beim Weiterfahren würde ihn das behindern. Schnell zählte er auch noch die Pakete auf dem Gepäckträger ab.

Als er wieder aufsteigen und den Weg in eine Seitengasse nehmen wollte, sah er, wie Sepp Grubinger den Markt umging. Ganz gegen dessen Gewohnheit interessierte ihn die Menschenansammlung nicht. Den Blick hatte er zu Boden gerichtet. Schien jedem Gespräch bereits im Vorfeld ausweichen zu wollen.

Nico Salmer war mit Sepp befreundet. Also nicht so, dass sie einander regelmäßig beim Wochenendgrill mit ihren Familien getroffen hätte. Nein. Das nicht. Aber sie hatten einen guten Draht zueinander. Verstanden sich. Waren an ihrer Umgebung interessiert. Beobachteten mehr, als andere sahen.

Wenn sie dann gemeinsam bei einem Bier im Wirtshaus vom Hannes Lechner saßen, fiel ihnen immer etwas zu reden ein. Etwas, was sie bewegte. Ihnen aufgefallen war. Irgendwo. Bei jemandem. Als sie in dessen Nähe gewesen waren. Oder etwas, das ihnen jemand erzählt hatte. Etwas, was nach einer Kleinigkeit klang. Womit der Sepp aber etwas anfangen konnte. Er eine Begebenheit plötzlich besser zuordnen konnte.

Großer Redner war keiner von beiden. Sie saßen beim Hannes bloß beieinander, nippten an ihren Biergläsern und glotzen jeweils vor sich hin.

Das entspannte sie. Ließ ihren Gefühlen und Gedanken freien Lauf. Beim kühlen Bier.

Wäre noch jemand neben ihnen gesessen, hätte der wohl aufgrund der knappen Wortwahl, die sie verwendeten, nicht verstanden, worum es ging. Ab und zu kamen vereinzelt Wörter. Oder Wortgruppen. Niemand konnte damit etwas anfangen. Mit Stichwörtern wie »Und?« oder »Jo eh«. Aber sie beide verstanden.

Das Gesagte arbeitete oft im anderen weiter, was durch dessen Körpersprache erkennbar wurde. Aus der gebeugten Haltung über dem Bier am Barhocker an der Theke richtete sich der eine dann auf, warf den Kopf zurück und wandte sich nun dem Gesprächspartner ein wenig aufmerksamer zu. Dieser löste sich ebenso aus der Stand-by-Haltung und signalisierte, am Thema interessiert zu sein.

Doch für ein gemeinsames Bier hatte Nico jetzt keine Zeit.

Zwei gut gelaunte Männer versuchten, dem Dorfpolizisten ein paar Wörter zu entlocken, wie er aus der Ferne zu beobachten glaubte. An dem ging jedoch alles unbemerkt vorbei. Sepp Grubinger starrte gedankenverloren vor sich hin. Erst als sie laut johlten, sah er zu ihnen hoch.

»Na, heute wieder gut drauf?«, rief er.

»Immer, Sepp, immer. A Kaffee beim Schiefer Toni und a Mohnkipferl dazua, und du bist gleich a anderer Mensch«, lachte einer.

»Das wäre ja a ganz einfaches Rezept, wenn's immer und bei allen so wirken täte«, grinste Sepp Grubinger jetzt vor sich hin.

»Lach a bisserl. Die Welt schaut gleich anders aus«, erwiderte der andere.

Beide waren knapp vierzig. Der eine war groß und schlank mit schelmischem Blick, der andere kleiner und etwas untersetzt. Ihre Redseligkeit schienen sie mit Grubinger fortsetzen zu wollen. Sie stellten sich ihm richtiggehend in den Weg.

Der Dorfpolizist sah einen nach dem anderen an und gab sich darüber erstaunt. Er schüttelte den Kopf. »Das is ja ganz was Neues, dass ihr euch so gut versteht. Irgendwie kommt's mir fast vor, als wär a Wunder passiert.«

Kaum hatte er es ausgesprochen, überquerte der neue Pfarrer den Platz. Er ging zum Pfarrhaus neben der Kirche, vor der eine große, alte Linde stand. Er war ein junger Mann mit dunkelblondem Haar. Etwas schüchtern blickte er nach allen Seiten und neigte seinen Kopf immer wieder zum Gruß. Vor allem den älteren Damen gefiel der Anblick des hübschen Hochwürden sichtlich. Er erinnerte sie wohl ein wenig an Richard Chamberlain, den Hauptdarsteller der einstmals bekannten TV-Serie »Die Dornenvögel«. Der junge Mann huschte ins Pfarrhaus und zog die Tür rasch hinter sich zu.

»No, der hat mit guter Laune aber nix zum tuan«, lachte der eine und wandte sich dann wieder dem anderen zu.

»I glaub, mir sein irgendwann draufgekommen, dass des a Blödsinn is, wenn ma uns immer und überall gegenseitig madig machen. Da is es doch gleich besser, wir haben a Hetz miteinander«, ergänzte der andere.

Grubinger sah beide überrascht an.

»Sepp, dass du so oft zu uns hast Streit-Schlichten kommen müssen, verstehe ich nimma. Du, Spezi?«, sah der eine zum anderen. Der hob gleichgültig seine Schultern.

Sepp Grubinger erinnerte sich an viele Grenzstreitigkeiten, Verstoße gegen Wegerechte oder andere böse Unterstellungen unter Nachbarn. Im Laufe der Zeit hatte er gelernt, dass sich oft lang gehegter persönlicher Groll hinter einer Anzeige versteckte. Oft waren es Kränkungen noch aus der Schulzeit, die irgendwann wieder hochkamen. Oder ein Flirt des Nachbarn mit der Ehefrau. Vielleicht sogar ein bisserl mehr. Noch Jahre später konnte so etwas den eifersüchtigen Ehemann zu einem wahren Feuerwerk an Erfindungsreichtum inspirieren, wenn es darum ging, dem vermeintlichen Konkurrenten das nachbarliche Leben zu erschweren. Seine Aufmerksamkeit sollte nicht mehr der attraktiven Nachbarin, sondern dem Klagsvolumen an Absurditäten, mit dem der Ehemann und dessen Anwalt ihn eindeckten, gelten.

Was hatte der Dorfpolizist nicht schon alles erlebt!

Auch bei den vielen Wienerinnen und Wienern, die in den letzten Jahren nach Großlichten zugezogen waren. Denn vernünftiger als manche Leute hier waren die keineswegs. Im Gegenteil: Vieles nahmen sie viel zu ernst.

7. KAPITEL

Nico blieb länger stehen. Er wollte mit Sepp ein paar Worte wechseln, als er eine Stimme hörte, die ihm durch Mark und Bein ging. Noch bevor er sie ausmachen konnte, stand die zugehörige Person vor ihm.

»Nico, gut, dass ich Sie erwische«, gluckste eine drahtige Blondine, stark geschminkt mit einem schmalen Permanent-Make-up-Augenbrauenstrich. »Ich bin am Nachmittag nicht zu Hause und erwarte ein Päckchen von Amazon. Haben Sie es vielleicht dabei?«

Der Postbote rückte seine Kappe zurecht und war über den Wunsch wenig erfreut. Eben hatte er seine Taschen gerichtet und jetzt kam sie und wollte ein kleines Päckchen, das bestimmt ganz unten lag. Er sah Sybille Karner an und war sich sicher, dass keine gebürtige Großlichtenerin ihm je so etwas antun würde. Die übten sich in Geduld und wollten nicht wie diese Wienerin alles sofort. In beiden Fahrradtaschen müsste er nun bis weit nach unten kramen. Wegen eines Päckchens, das er kurze Zeit später sowieso in ihren Postkasten werfen würde.

»Na, hörn S', der Nico is doch eh auch am Weg zu Ihnen. Da kriegen S' das eben am Nachmittag«, kam einer der beiden Männer der Erklärung des Postboten zuvor. Denn die gut gelaunten Gesellen waren Sepp Grubinger gefolgt und standen nun neben Nico Salmer.

Der hatte aber nicht mit Sybille Karners Hartnäckigkeit gerechnet. Sie tat so, als hätte sie nichts gehört, und setzte ihre Forderung fort: »Dann könnte ich es nämlich gleich mitnehmen und Sie müssten nicht extra bei mir vorbeikommen.«

Ein Argument, das beim Postler nicht zog, denn er musste auch andere Adressaten in derselben Gasse beliefern. Das versuchte er Sybille Karner klarzumachen, als ein lautes Dröhnen jegliche Fortsetzung des Gesprächs verhinderte.

Eine Harley-Davidson fuhr flott, danach gemächlich am Hauptplatz ein. Auf ihr saßen Walli Winzer und ihr griechischer Gast.

Ein Raunen ging durch die Menge, das mehr dem silbernen Blitz als Walli galt. Einige Jugendliche drängten sich sogleich um das Gefährt.

Sie parkten nahe der Kirche, seitlich des Pfarramts. Rudi Lehner-Papadopoulos stieg vom Hintersitz ab und richtete sich Hose und Hemd. Walli trug eine schwarze Motorradlederhose und eine rot-weiß-rot gestreifte Kurzarmbluse. Sie rückte ihre Harley-Street-Bob auf die Standvorrichtung, legte den Helm ab und befestigte ihn am Gepäckträger. Dann gab sie Rudi den Schlüssel und drückte ihm einen Kuss auf die Wange.

»Wir sehen uns später.« Er lächelte, streichelte ihre Wange und brauste wenig später los.

Nico Salmer reagierte erschrocken, als wäre die Eisenbahn plötzlich über ihn drübergefahren. Denn nach Langem sah er Walli Winzer endlich wieder. Drei Wochen war sie nicht in Großlichten gewesen. Er hatte den Auftrag erhalten, ihre Post bei Familie Breitenecker zu deponieren. Doch jetzt war sie wieder zurück und hatte jemanden mitgebracht.

Nico war verstört. Hatte er doch von Anfang an eine gewisse Schwäche für die resolute Wienerin gehegt. Etwas, was viele im Ort so gar nicht nachvollziehen konnten. Er es deshalb niemandem gesagt hatte. Nicht einmal dem Sepp. Es für sich behielt. Auch vor ihr. Er sie dafür bewunderte, dass sie anders als die meisten hier im Ort war.

Was ihm gefiel.

Sie war keineswegs so wortkarg und schüchtern wie er. Im Gegenteil. Sie sprach alles direkt an. War den anderen oft einige Gedankenschritte voraus. Packte an, wenn's notwendig war. Auf ihre Art. Was den Sepp manchmal bei seinen Ermittlungen nervte. Regelrecht sogar verärgerte, hatte er, Nico, den Eindruck. Wenn sie sich wieder einmal nicht an Abläufe hielt. Wie dieser als Polizist es aber musste.

Sybille Karner riss Nico Salmer aus seinen Gedanken. »Was ist jetzt? Haben Sie mein Päckchen vielleicht gar nicht mit?« Ihr Ton war energisch und mittlerweile rau geworden.

Walli Winzer hatte inzwischen das Grüppchen der zuvor Motorradinteressierten verlassen und sprach mit der Vorsitzenden des Dorfverschönerungsvereins, Mizzi Troger.

Nico wandte sich wieder Sybille Karner zu und sah

sie wenig erfreut an. Er begann, in der Seitentasche seines Bikes zu suchen, und streckte den Arm tief nach unten. Das sah unfreiwillig recht komisch aus, weswegen einige Halblustige, die eben aus der Konditorei kamen, schallend zu lachen begannen.

»Na, heite seid ihr ja besonders lustig. Habt ihr schon in der Früh was 'trunken?«, versuchte Sepp Grubinger die Amtswürde seines Freundes und Postbediensteten zu wahren. Der zeigte sich jedoch davon unberührt, weil er zu sehr mit der Suche beschäftigt war.

Sybille Karner trat währenddessen unruhig von einem Bein aufs andere. »Sie müssen doch gesehen haben, was Sie eingepackt haben. Das gibt es doch nicht, dass Sie nicht mehr wissen, in welche Tasche Sie das Päckchen gesteckt haben.«

Ihre Begleitung wirkte inzwischen ebenfalls gereizt und flüsterte ihr etwas ins Ohr. Das zeigte Wirkung, und Frau Karner ließ plötzlich von ihrem Wunsch ab. »Also, bemühen Sie sich nicht weiter. Das wird jetzt ja doch nix. Werfen Sie es mir halt später ins Postkastl. Das wird sich von der Größe her schon ausgehen.«

Kein Dank, kein Wohlwollen. Ja, wie die Karner halt meist so war. Auch Walli Winzer hatte ihre Nachbarin nie anders erlebt: stets fordernd und andere brüskierend. Also nicht dass Walli nicht auch diese legendäre Wiener Borniertheit an den Tag legen konnte. Aber im Waldviertel hatte sie das mittlerweile abgelegt. Sie hatte feststellen müssen, dass sie damit nicht weit kam. Die Leute sahen sie ungläubig an und taten so, als hätten sie nichts gehört und nichts verstanden. Klar, dass so ein Verhalten dann nichts brachte.

Aber die Karner? Die hielt wohl alle außer sich für beklopft. Selbst Walli. Zumindest gab sie ihr das, wo sie nur konnte, zu verstehen. Selbst vor Filou machte sie nicht halt und vertrieb ihn von ihrem Grundstück.

Nach ihren letzten Worten setzte sie auch noch eine abwertende Geste Richtung Nico, was jetzt Sepp Grubinger dazu veranlasste, sarkastisch zu bemerken: »Danke, Herr Salmer, dass Sie sich für mich auf die Paketsuche begeben haben.« Er sprach es laut und betulich in einwandfreiem Hochdeutsch aus, weshalb für alle unschwer zu erkennen war, wem er seine dankenden Worte in den Mund legen wollte.

Hören konnte die Karner diese allerdings nicht mehr, da lautes Gelächter alles am Platz übertönte. Gäste der Bäckerei hatten sich unter das Marktvolk begeben und mischten die Stimmung deutlich auf. Sybille Karner war in der Menge verschwunden.

Sepp Grubinger entdeckte aber Hans Breitenecker, der sich mit Sohn Lukas vergnügt von einem Gesprächspartner verabschiedete. Auf seinem Weg sah er auch Walli Winzer, die nun neben Nico Salmer stand und einige Worte mit ihm sprach.

»Hallo, Walli!«, rief Hans ihr zu.

Walli Winzer konnte ihn nicht sehen und wusste daher nicht, aus welcher Richtung jemand ihren Namen rief. Nach einem suchenden Blick bemerkte sie ihn und winkte ihm zu.

»Ah, heute im Motorradoutfit«, gab er sich erstaunt.

»Cool!«, ergänzte Lukas.

Walli grinste und zog an der Passform ihrer Hose. »Ich werde mit Rudi später eine kleine Spritztour nach Gmünd machen. Jetzt ist er gerade zur Mohnölmühle vom Franz Zirnwald unterwegs. Nachher möchte ich ihm das Schloss in Gmünd zeigen und mit ihm essen gehen.«

»Ah ja. Was macht der denn beim Zirnwald?«, fragte Hans erstaunt.

»Er hat schon in Griechenland Kontakt mit ihm aufgenommen und auch sein Mohnöl verkauft. Da Rudi auf Kreta selbst einen Olivenhain und eine Ölmühle betreibt, will er intensiver mit dem Zirnwald ins Geschäft kommen. In einer Stunde holt er mich wieder ab. Ich setz mich inzwischen in die Konditorei.«

»Walli, du kannst aber auch da vorne Lena besuchen.« Hans zeigte auf die andere Seite des Marktes. »Wir haben dort unseren Gemüsestand und Lena verkauft ihren Ziegenkäse. Du weißt ja, auf den ist sie mächtig stolz. Deshalb ist er ausdrücklich Sache der Chefin«, lachte Ehemann Hans anerkennend. Sohn Lukas verdrehte die Augen. Den Kult, den seine Mutter um ihren kürzlich in Frankreich, der Käsenation Nummer eins, prämierten Ziegenkäse machte, nervte ihn sichtlich. Dabei war er beim Genuss ihrer Köstlichkeiten einer der besten Abnehmer.

Hans rempelte ihn heiter rügend am Oberarm. »Sohn, stell dich nicht so an. Deine Mutter hat es weit gebracht. Was sie sich vornimmt, setzt sie auch um …« Er stockte, bevor er weitersprach. »… wenn insbesondere Bürgermeister Brunner sie zwischendurch nicht nervt. Wie eben vorhin.« Er sah Lukas bekräftigend an und drehte den Kopf in Richtung Stand, der aber von diesem Platz aus nicht zu sehen war.

»Was? Der Brunner ist auch da? Was will der denn?«, fragte Walli mau.

»Der ist schon mitten im Wahlkampf für die nächste Bürgermeisterwahl. Er lässt keine Gelegenheit aus, dort aufzutauchen, wo viele Menschen sind«, wusste Hans Breitenecker.

»Anstatt sich irgendwo zu verstecken und sich erst knapp vor der Wahl blicken zu lassen, damit ihn die Leute nicht lynchen. Bei dem, was der sich in den letzten Jahren alles geleistet hat.« Walli Winzer schüttelte den Kopf.

»Tja, er hofft halt, dass viele das vergessen haben und seine freundlichen Nasenlöcher alles wettmachen«, mutmaßte Hans.

»Das gibt es doch nicht. Politik geht doch alle etwas an. Da kann es einem doch nicht egal sein, wenn einer so dreist in seine eigene Tasche arbeitet.«

»Du sagst es, liebe Walli! Daher ist Lena auch ziemlich sauer auf ihn. Denn er reagiert nicht einmal darauf, wenn man ihn auf all das anspricht. Vielmehr macht er einen reinen Wohlfühlwahlkampf. Der soll darauf abzielen, dass alle denken: Es kommt eh nix Besseres nach, denn in der Politik sind alle korrupt.«

»Also, auf uns Junge macht das wirklich so den Eindruck. Irgendwie sind derzeit alle daneben«, mischte sich Lukas ein.

»Und sitzen die, die nicht regieren, an den Fördertöpfen, mutieren sie genauso schnell zu skrupellosen Aliens wie die anderen. Ich kenne bisher keine Ausnahme«, bekannte Hans freimütig.

»Tja, es fehlt an Idealismus. An Personen, die nicht nur Wirtschaft und Politik beherrschen, sondern denen auch etwas am Gemeinwohl liegt. An der Zufriedenheit der Bürgerinnen und Bürger. Die ihnen Politik so erklären, dass sie sie verstehen und nachvollziehen können«, wusste Walli Winzer.

Hans Breitenecker ergänzte: »Das steht aber im krassen Widerspruch zu dem, was viele derzeit machen: die Steuerzahlerinnen und Steuerzahler als finanzielle Melkkühe zu betrachten.«

»Also, jetzt sei nicht a so! So schlecht steh ma a net da«, fühlte sich nun einer der umstehenden Männer auf den Plan gerufen.

»Ja, wir könnten noch viel besser sein, wenn nicht ständig irgendwelche Skandale die tagespolitische Bühne beherrschen würden«, entgegnete Hans.

»Na, irgendwem werden die schon nützen«, meldete sich ein zweiter.

»Fragt sich nur, wem«, warf nun Sepp Grubinger ein.

Mitten ins Stimmengewirr setzte PR-Profi Wall Winzer nun ihre Botschaft: »I sag euch: So jemand wie die Lena müsste endlich in den politischen Ring steigen. Es mit so einem Fatzke wie dem Brunner aufnehmen. Wieder Anstand zeigen und die Interessen der Bevölkerung vertreten.«

Hans Breitenecker reagierte irritiert, als Walli den

Namen seiner Frau als Bürgermeisterkandidatin ins Spiel brachte. »Wie stellst dir das denn vor? Es müssen noch viele Bauvorhaben für die künftige Seidenstraße über den Westbalkan nach China umgesetzt werden. Da brauchst du Typen, die das knallhart durchsetzen – immer mit einem sanften Lächeln auf den Lippen, und hintenrum verdrehen sie einem den Arm.«

Walli sah ihn bedeutsam an und appellierte an sein Gewissen. »Verstehe. Und die kräftig in die eigene Tasche wirtschaften, weil sie bloß da sind, um mit politischen Spielchen die Leute in Schach zu halten und vom Protestieren abzuhalten. Schlau durchdacht.«

»Das ist ja furchtbar. So schaffen wir bei uns die Demokratie ab. Drüberfahren über alles und jeden, lautet wohl das Motto«, zeigte sich Lukas entsetzt.

»Falls es die in Österreich überhaupt je gegeben hat«, gluckste Hans Breitenecker, »und nicht sowieso überwiegend Funktionäre den Wählerinnen und Wählern vorgegeben haben, wo sie in der Wahlzelle ihr Kreuzerl machen sollten. Nicht nur in den Seniorenheimen.«

»Jetzt bist aber irgendwie schon fast verschwörungsmäßig unterwegs, lieber Hans.« Walli Winzer grinste dabei.

»Na ja, so weit daneben werd ich schon nicht liegen. Hab halt schon einiges erlebt«, entgegnete er matt.

Die Stimmung der kleinen Gruppe schien gedämpft, während einige es inmitten der Marktbesucher besonders lustig haben durften, was die Aufmerksamkeit von Walli und Grubinger erregte.

Nico Salmer schob sein Fahrrad von der Halterung und signalisierte, dass er weiterfahren wollte. Zuvor sah er noch in Richtung seines Freundes Sepp.

»Alles okay?«, fragte er ihn leise.

»Na ja«, antwortete dieser einsilbig. Dann stieg Nico auf sein Bike und fuhr los.

Ohne Absprache peilten Walli Winzer und der Dorfpolizist die Gruppe Halblustiger an. Dann erst sahen sie, was diese so erheiterte: Lena Breitenecker und Josef Brunner standen einander wie Kampfhähne gegenüber. Lena hatte ihre Hände in die Hüften gestemmt, als müsste sie diese beschäftigen, um sie im Zaum zu halten. Bürgermeister Brunner indes kniff die Augen zusammen, wirkte angespannt und hielt sein rechtes Bein angriffslustig einen Schritt nach vorne gestellt.

Das laute Niesen eines der Umstehenden ließ Brunner nun einen weiteren Schritt Richtung Lena machen, was die Menge augenblicklich verstummen ließ, denn Josef Brunner kam seiner Kontrahentin verdächtig nahe. Deren Armlänge reichte jetzt durchaus für eine schallende Ohrfeige auf seine Wange. Die prompt folgte.

Walli glaubte, nicht richtig gesehen zu haben, und erstarrte.

Brunner hielt sich seine rote Wange und sprach kein Wort, während Sepp Grubinger plötzlich wie vom Erdboden verschwunden war.

8. KAPITEL

Er fuhr mit der Harley-Davidson auf einer sanft auf- und absteigenden Bundesstraße, wie sie für die Landschaft des südlichen Waldviertels charakteristisch war. Obwohl Rudi Lehner mit diesem Ding ordentlich hätte Gas geben können, hatte er es nicht eilig. Er kannte die Gegend nicht. War das erste Mal im Waldviertel. Sah sich zwischendurch auch ein wenig die Natur an.

Als Walli ihn eingeladen hatte, war ihm gleich sein neuer Handelspartner eingefallen. Mit dem er bisher nur sporadisch Geschäfte betrieben hatte. Was lag daher näher, als einander persönlich kennenzulernen, um die Zusammenarbeit künftig zu intensivieren?

Rudi Lehner-Papadopoulos atmete den Duft der kühlen Waldluft ein, die intensiv nach Fichtennadeln roch. Immer wieder wurden die schattigen Abschnitte von bunten Fächern diverser Gemüse- oder Kornfelder durchbrochen. Gelbe Rapsfelder wechselten sich mit Kartoffel- und Rübenfeldern ab. Dazwischen sah man Flächen mit goldenen Stoppeln des abgeernteten Weizens, die an blühende Mohnfelder grenzten. Im Juli war deren Anblick einfach malerisch, wie er fand.

Dass nur wenige Besucher unterwegs waren, überraschte Rudi Lehner. Er stellte fest, dass man die landschaftliche Schönheit noch besser für den Tourismus nützen könnte. Auf Kreta gab es im Juli ausschließlich verdorrte Wiesen. Kein Wunder bei 40 Grad. Das war gut für seine Olivenhaine, sonst konnte man außer Schaf- und Ziegenzucht dort nicht viel anfangen. Die Sehenswürdigkeiten hielten sich auch in Grenzen. Waren nach einer Kreta-Reise bereits ausgeschöpft. Doch die Urlaubsgäste kamen regelmäßig wieder.

Die meisten waren Stammgäste. Man verstand es, nicht nur das Meer, sondern auch das besonnene Lebensgefühl der Kreterinnen und Kreter als Attraktion zu vermarkten.

Klar, spätestens seit dem Hollywood-Filmklassiker »Alexis Sorbas« mit Anthony Quinn und Irene Papas aus dem Jahr 1964 waren viele mit dem Kreta-Virus infiziert und wollten die Urwüchsigkeit der Insel samt urtümlicher Bevölkerung hautnah erleben.

Vom Alter her zählte Rudi nicht zur Hippie-Generation, die Anfang der 1970er-Jahre Kreta erobert hatte. Aber seine ersten Reisen mit Anfang zwanzig hatten ihn bereits auf die größte griechische Insel geführt, die ihn ab da gefangen nahm. Was die Natur betraf, war sie zwischen September und Mai keineswegs nur karg. Im Gegenteil: Blüten aller Art konnte man in Kreta bewundern. Jasminduft breitete sich in den Straßen aus, und an den Küsten wetteiferte die Apfel- mit der Marillenblüte, begleitet von der Zitronen- und Orangenblüte, deren Ernte die Kreter bis weit in den November hinein beschäftigte.

Rudi erinnerte sich daran, dass er bald wieder Kontakt mit den Erntehelfern aufnehmen musste. Es war zwar noch Hochsommer und die Ernte würde erst im Herbst beginnen, doch man konnte nicht früh genug mit dem Arbeitsplan beginnen. Denn helfende Hände, die auf der Insel wohnten, waren spätestens dann heiß begehrt. Andernfalls musste man für die Anreise und Unterkunft auswärtiger Erntehelfer sorgen. Und das kostete zusätzliches Geld, das er auf den Verkaufspreis seiner Premium-Oliven aufschlagen müsste.

Rudi sah auf seine Armbanduhr. Er lag immer noch gut in der Zeit bis zum Treffen mit Franz Zirnwald.

Bei der Ausfahrt aus dem Waldstück blendete ihn die Sonne. Er drosselte sein Tempo. Ein eiliger Lastwagen hupte ihn deshalb an und schnitt ihn, weshalb er beinahe von ihm an die Granitwand gepresst worden wäre. Diese begrenzte die Straße und stützte zugleich den darüber aufsteigenden Wald ab.

Rudi ließ den Transporter vorbeifahren und lenkte die Harley wenige Meter weiter. An der nächsten Ausweichstelle blieb er stehen und erholte sich von dem Schreck. Er stellte die Street-Bob ab und löste seinen Helm. Dann ging er einige Schritte und atmete erleichtert durch. Der idyllische Ausblick vom Plateau aus über die wunderbare Landschaft entschädigte ihn.

Gewöhnlich war Rudi Lehner keineswegs leicht aus der Fassung zu bringen. Doch das unerwartete Manöver des Transporters vorhin, das ihm beinahe das Leben gekostet hätte, saß ihm tief in den Knochen. Ferner verspürte er mittlerweile einen gewissen natürlichen Drang. Der machte ihn ebenso nervös. Er legte den Helm auf dem Sattel der Harley ab und begab sich ein paar Schritte in den Wald hinein. Von Vorbeifahrenden wollte er unentdeckt bleiben.

Ein Impuls ließ ihn tiefer hineingehen. Hinter einem Weißdornbusch und einem Haselnussstrauch versteckte er sich. Er lehnte sich mit dem Rücken entspannt an eine der Fichten.

Als er sich erleichterte und so vor sich hinschaute, bemerkte er helle Punkte in der Ferne. Sie bewegten sich hin und her. Rudi glaubte vorerst, nicht richtig zu sehen. Deshalb kniff er die Augen zusammen. Er strengte sie an, um im Unterholz des Waldes Genaueres erkennen zu können. Bald stellte er aber fest, dass, sosehr er sich auch bemühte, seine Neugier ungestillt blieb. Das spornte ihn erst recht an. Er ging einige Meter weiter und hoffte, dadurch mehr zu erfahren. Zwei Männer konzentrierten sich auf etwas. Sie bemerkten ihn nicht.

Um sie besser beobachten zu können, begab er sich in deren unmittelbare Nähe. Ein Vogel flog von einem der Bäume hoch, was ihn erschreckte. Er drückte sich indes bequem an die Hinterseite des Baums, als im selben Moment sein Mobiltelefon in der Brusttasche zu läuten begann.

Erschrocken hob Rudi Lehner ab, damit der Klingelton nicht weiter zu hören war. Er sah nach den Männern, die in seine Richtung starrten. Als warteten sie darauf, dass sich der Ruhestörer zu erkennen gab.

Rudi verharrte an seinem Platz und führte das Handy ans Ohr. »Hallo, was willst du denn?«, flüsterte er. Dabei sah er sich unsicher um, um zu erfahren, ob seine

Anwesenheit unbemerkt geblieben war. Die Männer waren inzwischen zu einem weißen Wagen gegangen und zogen etwas Schweres heraus. Da Rudi in Deckung gegangen war, konnte er nicht erkennen, wohin sie das Ding stellten und was es überhaupt war.

Er legte das Telefon erneut ans Ohr. »Musst du jetzt anrufen?«, knurrte er leise.

»Was soll deine Frage? Immerhin bin ich deine Ehefrau und wir leiten gemeinsam einen Betrieb. Wie lief es in der Ölmühle?«

Rudi Lehner-Papadopoulos konnte nicht glauben, dass ihn Eleni gerade jetzt angerufen hatte. »Nur das willst du wissen? Das gibt's doch nicht«, stöhnte er. »Ich hab dir doch gesagt, dass ich mich melde, wenn ich etwas Neues erfahre. Stattdessen hältst du mich davon ab, rechtzeitig zu einem Termin zu kommen.«

»Ist deine Jugendliebe auch bei dir, weil du so geheimnisvoll tust?« Sie stockte beim Sprechen. »Ich möchte, dass du zurückkommst. Hast du gehört! Da ist viel vorzubereiten, und es kann nicht sein, dass du dich amüsierst und mich mit der ganzen Arbeit allein lässt.«

»Jetzt reg dich nicht so auf. Du bist doch sonst nicht so. Bleib locker. Du hast mir nie nachgestellt. Ich dir auch nicht. Warum also jetzt?«, reagierte Rudi langsam verärgert.

Er drehte sich wieder dem Geschehen zu und versuchte, durch das Dickicht das Ladegut zu erkennen. Zu diesem Zweck richtete er sich auf, während er die Vorwürfe seiner Frau unkommentiert über sich ergehen ließ. Sie kündigte an, mit der nächsten Maschine loszufliegen und die Mohnölmühle selbst sehen zu wollen. Rudi entkam ein kräftiger Seufzer. Einer der Männer hatte ihn gehört und sah ihm unmittelbar ins Gesicht. Er war dabei, auf Rudi Lehner zuzugehen, während dieser heftig ins Telefon protestierte. Dabei nahm er einige Schritte rückwärts, ohne sich umzudrehen, und stieß gegen einen anderen ihm Unbekannten.

Erschrocken beendete Rudi das Gespräch ohne Gruß und steckte das Telefon in die Brusttasche zurück. Ein großer Mann stand vor ihm, mit seinem Motorradhelm in der Hand.

»Ich habe Fotos von der Landschaft gemacht. Da Sie nicht zum Motorrad zurückgekommen sind und der Helm auf dem Sitz lag, dachte ich, ich schaue mal, ob Sie Hilfe brauchen.« Er sah Rudi Lehner prüfend an und reichte ihm den Helm. »Wäre ja schade, wenn der wegkäme. Man weiß nie, wer auf solche Ideen kommt. Sie haben ja auch Ihren Schlüssel an der Harley stecken gelassen. Ganz schön mutig.«

Rudi wurde klar, dass er wirklich recht fahrlässig gehandelt hatte. Seine Beobachtung hatte ihn länger gefesselt als gewollt. An Wallis Street-Bob hatte er dabei gar nicht mehr gedacht. Leicht wäre es für jemanden möglich gewesen, damit wegzufahren. In ein Waldstück hinein. Hinter den Baumstämmen und dem Dickicht hätte er die Harley-Davidson nie wieder gefunden. Was wäre das mit Walli für ein Trara gewesen! Völlig unnötig. Nur weil er sich dazu hatte hinreißen lassen, irgendeiner Sache nachzuspionieren.

»Danke, aber ich wäre sowieso gleich gekommen«,

versuchte Rudi Lehner sich aus der ihm unangenehmen Situation zu winden.

Dem Mann schien die Sache indes egal zu sein. Rudi sah sich nochmals um, aber die Männer samt Kastenwagen waren weg.

Sein Unterstützer war inzwischen vorausgegangen. Dadurch wurde jeder weitere Small Talk zwischen ihnen hinfällig. Er hörte nur, wie eine Frau ihm etwas zurief, das Rudi nicht verstehen konnte. Doch ihr Tonfall klang wenig freundlich. Kurz darauf startete der Motor und der Wagen fuhr los.

Rudi Lehner sah auf die Uhr, setzte rasch seinen Helm auf und hoffte, doch noch rechtzeitig zu seinem Termin zu kommen.

9. KAPITEL

Der Weg zur Mohnölmühle war nicht mehr weit. Rudi Lehner-Papadopoulos wählte demzufolge ein Tempo, das ihn die Landschaft weiter beachten ließ.

Dass Walli sich hier angesiedelt hatte, konnte er gut verstehen. Auch wenn ihn die Leute mit ihrer wortkargen, wenig leutseligen Art so gar nicht ansprachen. Er liebte glutvollere Menschen. Solche, die das Leben genossen. In vollen Zügen. Wie er. Und wie es bei Griechinnen und Griechen in der Regel der Fall war.

Griechenland entsprach auch klimatisch mehr seinen Vorstellungen: Auf milde Winter folgten trockene, heiße Sommer samt lauen Nächten. Unter solchen Bedingungen reiften sogar die Früchte wie von allein. Also, so sagte man zumindest. Allzu viel Arbeit wollte auch er mit seinem Olivenhain nicht haben. Ihn hielt dann mehr die Logistik auf Trab. Alle Arbeitsvorgänge während der Ernte unter einen Hut zu bringen. Das war anstrengend genug. Schließlich auch noch seine Mitarbeiter mit Festen und Unterhaltung bei Laune zu halten. Denn ohne solche konnte es schon vorkommen, dass einige am nächsten Tag keine Lust mehr hatten, die Auffangnetze unter die Olivenbäume zu spannen, um die Ernte einzuholen. Das wollte er auf keinen Fall riskieren.

Während solcher Nächte gab es ab und zu manch nettes Abenteuer. Nur vorübergehend. Nicht auf Dauer. Nein. Das hätte er nicht gewollt. Immerhin war er verheiratet. Wollte das auch bleiben.

Aber die Abwechslung. Die reizte ihn schon. Immer. Auch jetzt mit Walli. Nach so vielen Jahren waren sie einander wieder begegnet. Nicht zu glauben.

Er nahm die Landschaft wieder bewusster wahr.

Dauerhaft an diesem Ort zu bleiben, das konnte er sich nicht vorstellen. Musste er auch nicht. Denn er wollte hier nur Geschäfte machen. Mit jemandem, den er bisher bloß übers Telefon und vom Skypen her kannte. Er hielt persönliche Gespräche zur Vertiefung der Geschäftsbeziehung für unabdingbar und versprach sich von dem heutigen Termin noch einiges mehr.

Wenn alles gut lief, würde er seine Produktion steigern und von anderen Bauern Oliven zukaufen können. Doch noch war es nicht so weit. Erst einmal musste er eine tragfähige Geschäftsbeziehung aufbauen. Dann würde man weitersehen.

Rudi fuhr auf das Werksgelände. Der Betriebsparkplatz war mit Pkws ziemlich voll. Er fuhr nahe an den Eingang des renovierten historischen Gebäudekomplexes heran.

Er entdeckte einen kleinen Abhof-Shop, der Kunden anlockte. Eine Jugendliche, die mit ihrer Mutter vorbeikam, brach in Entzücken aus, als sie die Harley sah. Sie blieb stehen und betrachtete sie genau.

»Das ist ja ein Ding«, sagte sie und ließ ihre Mutter allein ins Geschäft gehen. Sie hatte nur noch Augen für die Maschine. »Wie ist es, mit so einem Ding zu fahren?«, fragte sie beeindruckt.

Rudi lächelte. Er konnte das Glänzen in den Augen der jungen Frau verstehen. Denn als Walli ihm die Harley gezeigt hatte, war er ebenso fasziniert gewesen.

»Ja, sehr beeindruckend, dieses Teil«, entgegnete er stolz.

»Lässt es sich damit leicht fahren?«, fragte sie weiter.

»Also für Männer sicher. Aber die ist nicht wirklich groß. Sie ist zwar schwer, bleibt aber von Anfang an gut in der Balance. Für Frauen ist dieses Modell recht gut geeignet. Es lässt sich gut wenden.«

»Cool. Mir haben Motorräder immer schon gut gefallen. Mama darf ich das nicht sagen. Die flippt vor Angst aus, allein wenn ich nur davor stehen bleibe.« Sie drehte sich um, um zu prüfen, ob sie gehört worden war.

»Die Harley gehört meiner Freundin. Sie fährt regelmäßig damit. Steigungen nimmt sie in jedem Tempo. Die Maschine natürlich. Selbst wenn sie langsam gefahren wird. Walli, also die Besitzerin, hat es mit der Street-Bob meist nicht eilig. Ich habe damit allerdings auch schon ganz schön Gas gegeben«, konnte Rudi es sich nicht verkneifen, vor der hübschen jungen Frau zu protzen.

Das schien ihr etwas zu viel zu sein, weshalb sie beschloss, ihrer Mutter zu folgen.

Rudi legte seinen Helm in die Gepäckbox, zog seine Aktentasche heraus und schloss ab, als er in das stoischstarre Gesicht einer Frau mittleren Alters blickte. »So ein eindrucksvolles Ding motzt sogar einen alten Mann wie Sie auf«, bemerkte sie gewollt unsensibel.

Rudi Lehner überlegte, ob er darauf reagieren sollte. Entschied sich dann aber, sie mit genervtem Blick abzuwehren und sich an ihr vorbeizuschlängeln. Auf frustrierte alte Zicken wie die hatte er es sowieso keinen Bock. Damit bei ihm noch etwas los war, brauchte er schon kräftigere Reize. Junge Frauen. Oder solche, die noch in reiferen Jahren sexy aussahen, sich so fühlten und auch so gaben.

Gut gelaunt ging er im Bürokomplex am Portier vorbei zur Geschäftsleitung hoch.

Eine entschlossene Sekretärin ließ ihn auch hier in der Realität ankommen, die geschicktes Verhandeln und nicht Flirten beinhaltete.

Als Rudi den Büroraum der Geschäftsführung betrat, erhob sich ein braun gebrannter, mittelgroßer Mann und kam direkt auf ihn zu. Freundlich streckte er ihm seine Hand entgegen.

»Franz Zirnwald, wir haben miteinander telefoniert.«

»Freut mich, Rudi Lehner.« Er zögerte, um dann »Papadopoulos« anzuhängen. Seinen Griechenlandbezug würde er dadurch unterstreichen, war er sich sicher.

»Wie lang sind Sie schon hier?«

»Seit gestern«, antwortete Rudi Lehner-Papadopoulos. »Ich hatte noch am Abend ein kurzes Vorgespräch mit Ihrem Stellvertreter Frühwirth.«

»Ach, wir hatten noch keine Gelegenheit, darüber zu sprechen«, nickte Zirnwald dennoch zufrieden.

»Ich war schon sehr lang nicht in Österreich. Sie wissen ja: Corona hat die Jahre an einem vorbeipurzeln lassen. Alles ist aus den Fugen geraten. Irgendwie ist das bis heute noch so«, fuhr er nervös durch sein Haar.

»Na ja, da haben Sie schon recht. Aber jetzt sind die Zeiten – für uns zumindest – wieder planbarer geworden. Denn während bei den einen der Sinn für hochwertige Lebensmittel aus Kostengründen abnimmt, formt sich bei anderen ein ganz besonderes Bewusstsein dafür.«

»Ah, interessant, Ihre Erfahrung.« Nun nahm das Gespräch Fahrt auf. »Aber wie kommen Sie darauf?«

»Viele Menschen vor allem in den Städten entwickeln ein neues Bewusstsein für gesunde Ernährung und lassen sich das etwas kosten. Auch jetzt, wo alles teurer geworden ist.«

»Was mich, ehrlich gesagt, verwundert.«

»Sie wollen anders als früher durch Ernährung und Bewegung noch im Alter fit bleiben. Und dabei spielen vitaminreiche Öle eine besondere Rolle.«

Rudi lachte. »In Griechenland leben die Menschen immer schon nach der gleichen Art relaxed. Man kann sagen: seit Jahrhunderten.«

»Aber durch den Tourismus hat sich in den vergangenen Jahrzehnten sogar auf Kreta einiges verändert. Oder nicht?«

»Das schon. Mancherorts kommt es zu einer regelrechten Massenabfertigung in den Restaurants der Hotels. Aber die sind nicht die Abnehmer unserer teureren Kaltölpressung. Die geht direkt an die kleinen Pensionen in den abgelegeneren Buchten, die auf Individualtourismus oder auf die Vermietung von Appartements auch über den Winter setzen.«

»Ah, das kann ich mir gut vorstellen«, zeigte sich Franz Zirnwald mit dem angeregten Gesprächsverlauf zufrieden. »Darf ich Ihnen etwas anbieten? Waldviertler Whisky vielleicht, der in unserer Region destilliert wurde, oder einen Kaffee?«

Rudi Lehner überlegte kurz. »Der Whisky würde mich natürlich reizen. Aber so früh am Tag? Und ich muss danach mit der Harley-Davidson noch zurückfahren. Da bleibe ich doch lieber beim Kaffee.«

Franz Zirnwald lächelte. »Ich kann Ihnen selbstverständlich auch eine Kostprobe vom Whisky anbieten. Die hat noch niemandem geschadet.« Er sah Rudi Lehner abwartend an. Dieser stimmte durch eine kleine Geste zu.

Der Geschäftsführer der Ölmühle stellte sich an eine technisch beeindruckende Kaffeemaschine, drückte einen Knopf, wonach sich augenblicklich ein köstlicher Duft im Raum ausbreitete. Höflich reichte er seinem Geschäftspartner die Tasse – ohne Milch, wie es in Griechenland üblich war.

»Danke, sehr aufmerksam«, sagte Rudi und zeigte sich von Zirnwalds Kenntnis angetan.

»Mit oder ohne Eis – den Whisky meine ich«, stellte er seinen Gast mit seiner Frage vor die weitere Wahl.

Rudi Lehner-Papadopoulos bevorzugte die britische Variante ohne Eis. Er musterte die goldgelbe Farbe, roch daran und führte das Whiskyglas zum Mund. Danach gustierte er und war überrascht. »Sehr gut«, sagte er und sah zu Zirnwald. »Hätte nicht gedacht, dass so etwas auch im Waldviertel destilliert wird.«

»Warum nicht? Getreide gibt es hier wie überall. Vor allem Roggen und Hafer. Vereinzelt auch Weizen und Gerste. Einige Whisky-Produzenten kaufen aus dem nahen Oberösterreich zu. Wir unterstützen uns gegenseitig, wie Sie merken.« Franz Zirnwald lächelte.

»Nicht schlecht«, sagte Rudi Lehner-Papadopoulos und nahm gleich noch einen Schluck.

»Wenn wir schon am Verkosten sind, lasse ich Sie auch gerne von unserem frischen Mohnöl probieren. Wollen Sie?« Er ging, ohne die Antwort abzuwarten, zu einem der Schaukästen und holte eine Flasche heraus. Er leerte ein wenig davon in ein Schälchen und reichte dieses mit einem Stück Weißbrot seinem Gast.

»Köstlich. Ich kenne Ihre Qualität. Deshalb bin ich ja auch da.« Rudi nahm eine Serviette und reinigte seine Finger.

»Ich gebe Ihnen gerne einen Kanister ab. Oder wollen Sie das Mohnöl lieber in Flaschen exportieren?«, fragte Zirnwald.

»Wir können gerne beides machen. Die Kanister eignen sich mehr für den Restaurantbetrieb oder für den Direktverkauf im Geschäft.«

»Dann sagen Sie mir, wie viel Sie sich vorstellen können.«

»Es gibt Spezialgeschäfte in Athen, die ich beliefere. Dafür möchte ich es mit mehreren Kanistern probieren. Sonst sind Flaschen für mich besser geeignet.«

»Sie sagen mir noch genau, wie viel Sie brauchen. Umgekehrt möchte ich gerne den Vertrieb in Österreich für Ihr Olivenöl übernehmen. Was sagen Sie dazu?«

»Wie viel hätten Sie sich vorgestellt?«

»Für den Anfang zwei Tonnen.«

»Hm. Das ist fürs Erste nicht so viel, lässt sich daher auf jeden Fall machen.«

»Ich möchte erst sehen, wie sich die Topqualität des Olivenöls hier preislich etabliert. Dann sehen wir weiter. Die Marge wird danach auch für Sie interessanter«, stellte Zirnwald klar.

»Einverstanden. Von Ihrem Mohnöl nehme ich 500 Liter: die Hälfte in Kanistern, die andere in Flaschen.«

»Abgemacht. Ab wann soll's losgehen?«

»Ab sofort. Sie liefern Ihr Mohnöl nach der Pressung, also noch im Sommer. Ich liefere nach unserer Herbsternte«, hielt Rudi Lehner-Papadopoulos die Abmachung sogleich schriftlich in seinem Protokollheft fest. »Übrigens, darf ich Sie daran erinnern, dass die Rechnung für die letzte Lieferung noch ausständig ist?«

Franz Zirnwald zeigte sich überrascht. »Davon weiß ich nichts. Das Administrative erledigt bei uns mein Stellvertreter. Eigentlich wollte er bei unserem Gespräch dabei sein. Einen Moment. Ich schau nach ihm.«

Zirnwald stand auf und ging hinaus.

Rudi sah die vielen Papiere auf dessen Schreibtisch, zückte sein Handy und machte aus Neugier Fotos davon. Natürlich wusste er, dass das nicht korrekt war, aber es interessierte ihn, was sein Geschäftspartner sonst noch so vorhatte.

Kurz darauf kam Zirnwald mit einem schlanken, mittelgroßen Mann ins Zimmer. Mit einer Mappe unterm Arm nickte er zum Gruß.

»Sie kennen sich ja bereits: Bertl Frühwirth. Bei uns für Logistik und Administration zuständig«, sagte er und sah seinen Mitarbeiter wegen dessen Verspätung vorwurfsvoll an. »Wir sind in unserem Gespräch schon weit gediehen. Details erzähle ich dir später. Herr Lehner-Papadopoulos wollte auch wissen, warum die letzte Überweisung seiner Rechnung noch nicht vorgenommen worden ist. Weißt du mehr darüber?«

Bertl Frühwirth tat überrascht. »Nicht, dass ich wüsste. Ich werde mich aber nach unserem Gespräch gleich darum kümmern. Wenn, dann kann es nur ein Versehen sein«, versuchte er, verbindlich zu wirken. Seinen Gesprächspartnern blieb nicht verborgen, dass er durcheinander wirkte.

Wenig später trat die Sekretärin ungebeten ein. Die zuvor toughe Frau wirkte gleichfalls nervös und verstört.

Franz Zirnwald sah abwechselnd von ihr zu Frühwirth, dann wieder zu ihr. Er fragte nach der Ursache der plötzlichen Störung. »Sagen Sie, Frau Linsinger, was ist los? Ist etwas passiert?«

Die Frau, die zuvor alles so fest im Griff zu haben schien, wusste nicht recht, wie sie es ihrem Chef sagen sollte. Sie rang nach Worten, die sie in der Eile nicht fand. Daher brach es aus ihr heraus: »Draußen steht die Polizei. Der Toni Schiefer ist tot. Sie wollen Sie dazu befragen.«

Zirnwald sah sie ungläubig an. Eisiges Schweigen breitete sich aus, während Sepp Grubinger unaufgefordert das Büro betrat.

10. KAPITEL

»Sag, was ist dir denn da eingefallen?« Walli Winzer stützte ihren Ellbogen auf Lena Breiteneckers Küchentisch ab. »Noch dazu vor den Leuten!« Sie stöhnte, rieb ihre Stirn und verkniff sich dennoch, draufloszulachen.

»Weil's doch wahr ist. Er hat alles so angelegt, dass es irgendwann einmal krachen musste. Dieser Idiot!«

»Aber doch nicht vor allen!«, zweifelte Walli Lenas sonst so diplomatisches Geschick an. »Was ist dir denn da über die Leber gelaufen?«, fragte die Freundin weiter. »Womit hat er dich denn so provoziert?«

»Ach, es war nur noch der Tropfen auf den heißen Stein. Ein Wort ergab das andere und – meine Hand langte nach seinem Gesicht.«

»Das habe ich gesehen«, lachte Walli nun doch drauflos und hielt sich beschämt die Hand vor den Mund. Sosehr sie sich bemühte, sie konnte nicht zu lachen aufhören. Im Gegenteil: Es steigerte sich immerzu, sodass kurze Zeit später Lena mitlachte.

Beide wischten sich die Tränen aus den Augen.

»Der Depp hatte seinen Parteistand genau neben meinem Verkauf. Ich dachte zuerst, ich sehe nicht recht. Okay, ich habe das hinuntergeschluckt und versucht, ihn zu ignorieren. Immerhin gab es an unserem Stand wegen meiner neuen Ziegenkäsekollektion einiges zu tun. Viele waren schon neugierig, wie er schmeckt, und verkosteten etliches. Daher reichte die Schlange von mir bis zu ihm. Doch die Leute interessierten sich nicht für seine Prospekte, sondern für uns.«

»Oje, da kann ich mir vorstellen, dass ihm das gar nicht gefiel.«

»Was soll ich dir sagen: Er versuchte zuerst auf die freundliche Art, einige meiner Kundinnen und Kunden auch für sich zu gewinnen, und drückte ihnen Infoblätter, besser gesagt, seine *Lügenblätter* über seine Dorfpolitik in die Hand. Als sie ihm diese auf einen Papierstapel zurücklegten, nahm er das zwar noch gelassen hin, aber ich merkte bei ihm schon eine gewisse säuerliche Anspannung.«

»So eine Zurückweisung muss ihn schon leidlich getroffen haben. Denn sonst hat der seine Mimik fest im Griff. Deshalb merkt man ihm seine Lügen nicht an. Der beherrscht sein Pokerface perfekt.«

»Walli, so etwas ist doch das Erste, was die einem in politischen Schulungen beibringen: sich nie etwas anmerken lassen.«

»Aha. Offenbar ging seine Rechnung nicht auf, könnte ich mir vorstellen«, dachte die Freundin die Situation bereits voraus.

»Was heißt, er pöbelte meine Kundschaft an, den Seitenbereich zwischen seinem und meinem Stand freizulassen. Verstehst du? *Meine* Kunden mussten sich aber dort aufhalten, weil sie *meinen* Käse in Ruhe verkosten und der Verkauf ungestört weitergehen sollte. Sie verdeckten seinen Stand überhaupt nicht. Sie waren nur nicht an seinen Aktivitäten – oder wie sage ich es besser – an seiner politischen Heuchelei interessiert.«

»Lena, Lena ... Ihr zwei nebeneinander ... Das konnte nicht gut enden.« Walli grinste, sprach aber lieber nicht weiter.

»Ja, und dann kam's: Nachdem er ein nettes älteres Ehepaar brüsk angepöbelt hatte, fand ich, dass es reichte und ich einschreiten musste.«

Da Walli Winzer bereits wusste, welch unerfreulichen Ausgang diese Debatte genommen hatte, stützte sie bereits abwartend ihr Kinn auf ihre geballte Faust.

»Ich ersuchte ihn zuerst höflich, den Marktbesuchern genügend Platz zu lassen. Er konterte, dass er und seine Partei auch Platzmiete zahlten, womit der Anspruch auf einen dafür vorgesehenen Radius inkludiert sei. Ich hielte diesen eben nicht ein. Das wolle er nur einmal festhalten. Jetzt wurde ich deutlicher, und ein Wort ergab das andere ...« Lena hörte zu sprechen auf.

»Ja, na und – weiter?«

»Ich erinnerte Brunner daran, dass er als Bürgermeister Interesse haben müsste, dass die Wirtschaft und die eigene Erzeugung im Dorf florierten. Und dass meine Familie und ich jeden Tag hart daran arbeiteten. Nicht nur in Großlichten, sondern wir tragen dessen guten Ruf auch durch meinen in Frankreich prämierten Käse in die Welt hinaus. Das trieb ihn so zur Weißglut, dass er mir, als ich von ihm weggehen wollte, nachrief: ›Ja sicher. Mit ihrem *alten Käse*!‹ Was folgte, war ein Reflex, und ich verabreichte ihm eine. Ich bereute es danach sofort.«

Walli Winzer kicherte weiter. »Ehrlich gesagt, Lena: Das hat ihm einmal gebührt. So ein Vollidiot wie der einer ist!«

»Dass ich dazu fähig war, irritiert mich jetzt noch. Ich bin doch Pazifistin!«

»Ja, und auch denen gehen manchmal die Nerven durch«, ergänzte Walli Winzer und sah die Freundin entschuldigend an.

Lena verdrehte die Augen. »Die Schmach wird er nicht auf sich sitzen lassen, da bin ich mir sicher. Noch dazu war das im Vorwahlkampf! Vor seinen Funktionären und den Wählerinnen und Wählern. Ich werde mich auf seine Schikane gefasst machen müssen. Das weiß ich jetzt schon. Dass er mir die Lebensmittelaufsicht schicken wird, gilt als fix. Und das wird das Mindeste sein, was ihm einfällt.«

»Hm, du wirst wohl recht haben, du Arme.« Walli Winzer, findige PR-Expertin und berufsbedingt psychologisch versiert, sah die Gunst der Stunde gekommen, um Lena – mehr beiläufig – auf die längst fällige Gegenkandidatur zur Bürgermeisterwahl anzusprechen. Viele im Ort regten das seit Jahren an. Bisher war Lena aber voll und ganz mit ihren Kindern und der Erweiterung der Käseproduktion beschäftigt gewesen. Sie konnte diese in den letzten Jahren allerdings so gut platzieren, sodass nur der Status quo in nächster Zeit aufrechterhalten werden müsste, ohne Marktanteile zu verlieren. Ja, und die Kinder, Lisa und Lukas, gingen längst ihrem eigenen Leben nach. Waren nur selten zu Hause.

»Sag, Lena«, begann Walli zu überlegen, »willst du dir das wirklich alles gefallen lassen? Weiterhin zusehen, wie der Pepi Brunner Großlichten als seine Erbpacht betrachtet und schaltet und waltet, wie es ihm gerade gefällt? Alle kritischen Stimmen abdreht, indem er sie mit Bürokratie überhäuft und sogar mit Klagen eindeckt, damit ihnen Hören und Sehen vergeht? Sie infolge von allen Vorwürfen ablassen, weil sie nur noch mit Rechtfertigungen beschäftigt sind?«

»Na, du bist gut. Aber du weißt es selbst: Der hat seine Allianzen österreichweit. Über alle Parteigrenzen hinweg. Beschützt von vielen mächtigen Menschen, wie wir wissen. Bis alles im Sand verläuft. So geht das. Den Rest erledigen die feinen Anwälte wie überall auf der Welt. Er ist immer fein raus.«

»Ja, Lena, das funktioniert aber nur so lang, wie seine Gegner und er es auf Gewinnmaximierung angelegt haben. In solchen Systemen kann man auch Unregelmäßigkeiten leichter feststellen. Aber bei dir und bei Hans liegt finanziell alles offen. Euch kann niemand etwas unterstellen. Ihr versteckt auch keine Leichen im Keller«, fügte sie drastisch hinzu.

Lena verzog ihr Gesicht. »Sag, Walli, was dir alles einfällt. Wieso hast du immer solche Ideen? Das ist ja schrecklich.«

Walli Winzer blieb stoisch und nahm ein Stück vom Mohnstrudel, der vor ihr auf einer Platte lag.

»Na, ich meine ja nur«, versuchte sie, sich erneut Gehör zu verschaffen. »Ich denke an die Geschichte mit der Waldrandsiedlung vor Kurzem. Du erinnerst dich. An der er mit seinem Freund, dem Baumeister, fleißig mitverdient hat. Sogar die Unverfrorenheit besaß, eine zweite gegen den Willen der Umweltschützer und aller, die noch halbwegs richtig denken können, hinzustellen. Dann dafür sogar wiedergewählt wurde, weil er es so geschickt hindrehen konnte, als würde er sich um die schlechte Wohnsituation der Bevölkerung kümmern. Vor allem der jungen Menschen. Den sozialen Wohnbau hat er sogar durch die Einplanung von ein paar Behindertenwohnungen für sich reklamiert. So geschickt musst du einmal sein, dass dir das einfällt.«

»Ein findiger Politiker eben. Das muss man ihm zugestehen«, raunte nun auch Lena unwirsch in sich hinein.

»Wir haben ihm allerdings schon einige Striche durch die Rechnung gemacht. Haben im Zuge der Aufklärung einiger Mordfälle verhindert, dass er wie bisher ungestört weitermachen kann. Denn in Großlichten lassen sich nicht alle von ihm blenden«, zündelte Walli Winzer weiter am Gerechtigkeitssinn ihrer Freundin.

Lena wandte sich der Kaffeemaschine zu und schwieg. Sie hantierte auffällig laut und zerschlug unvorsichtigerweise eine Tasse.

»Es reicht jetzt!«, polterte sie daraufhin los. »Mich kostet es genauso viel Kraft, seinetwegen meinen Ärger ständig runterzuschlucken. Da kann ich sie gleich für Produktiveres einsetzen.« Sie sah Walli Winzer mit funkelnden Augen an und stellte sich vor sie. »Du hast mich überzeugt. Ab jetzt wird's ernst: Ich will die neue Bürgermeisterin werden.«

»Bravo!«, jubelte Walli und klatschte in die Hände. »Ich gratuliere dir zur Entscheidung!«

»Dem werd ich's zeigen«, setzte Lena nach.

»Sehr gute Einstellung«, freute sich Walli Winzer.

»Wozu denn?«, meldete sich Hans Breitenecker, der mit Sohn Lukas eben zur Tür hereinkam. »Wir haben alle Sachen im Schuppen aufgeräumt und den Käse ins Kühlhaus gestellt. Jetzt freuen wir uns aufs Mittagessen.«

Lena reagierte überrascht: »Ich dachte, ihr wolltet mit Harry gemeinsam beim Hannes im Wirtshaus essen. Ich hab jetzt nix für euch vorbereitet.« Sie schien definitiv ratlos, wusste aber nach einem Blick in die enttäuschten Gesichter eine Lösung. »Na, da gibt's halt für jeden von euch eine Tiefkühlpizza. Damit lieg ich doch nie falsch«, grinste sie.

Erleichtertes Aufatmen und die Situation war gerettet.

»Was hat euch so begeistert, bevor wir hereingekommen sind?«, fragte Hans und griff selbst nach den Pizzen im Gefrierfach im Kombikühlschrank.

»Hans, gewöhn dich langsam daran: Ab jetzt bist du mit der künftigen Bürgermeisterin von Großlichten verheiratet. Was sagst du dazu? Sicher bist stolz auf sie.« Walli ließ dem ehemaligen Bankmanager aus Wien keine Wahl für etwas anderes als Zustimmung.

Hans glaubte tatsächlich, nicht recht gehört zu haben. Er tat weiterhin geschäftig auf der Küchenplatte, nahm einen Paradeiser aus dem Obstkorb neben sich und schnitt diesen konzentriert in breite Streifen. Währenddessen biss er sich nervös abwechselnd auf die Ober-, dann auf die Unterlippe und sah angestrengt vor sich hin.

Lena wartete seine Reaktion geduldig ab, die allerdings etwas auf sich warten ließ. Um ihn mit den neuen Gegebenheiten zu konfrontieren, fügte sie hinzu: »Das würde heißen, dass ihr manchmal fürs Mittagessen selbst aufkommen müsstet.« Sie stellte sich neben Hans und lehnte ihren Kopf an seine Schulter. »Wie fändest du das?«, fragte sie ihn dabei sanft.

»Puh! Das heißt, ich muss mir mein Essen selber machen, wenn ich nach Hause komme?«, zeigte sich Lukas erst einmal gar nicht erfreut.

Hans reagierte weiterhin nicht. Stattdessen schnitt er und schnitt und schnitt, bis keine Paradeiser mehr im Korb lagen. Dann legte er das Jagdmesser, das er dazu verwendet hatte, aus der Hand, veränderte aber seine Stellung nicht.

»Ich hab schon viel früher damit gerechnet, dass du endlich in den politischen Ring steigst. Es ist für mich daher keine Überraschung. Vor allem nicht nach heute Vormittag.« Er lehnte jetzt seinen Kopf an den ihren.

Walli und Lukas blieben mucksmäuschenstill und taten so, als wären sie nicht anwesend.

»Es wird künftig halt ein bisserl unruhig im Haus sein, Hans.« Lena veränderte während des Redens ihre Position nicht und blieb an ihren Mann gelehnt.

»Ich glaub, das werd ma aushalten«, erwiderte er sachlich. »Wir werden noch jemanden einstellen, der dich nicht nur im Vertrieb unterstützt, sondern auch in der Politik. Das müsste jemand sein, der oder die sich nicht nur mit Technik gut auskennt, sondern dem du auch sonst echt vertraust.«

Hans umarmte Lena, strich ihr übers Haar und drückte sie liebevoll an sich. »Weißt du, jetzt haben wir schon so viel miteinander erreicht, das schaff ma auch!«

Walli musste zugeben, dass sie von der Szene sogar irgendwie gerührt war. Kannte sie beide doch schon so lang. Während ihr Ex-Mann Thomas sich als borniertes Arschloch ihr gegenüber erwiesen hatte, hatten sich Hans und Lena von Anfang an gemeinsam weiterentwickelt. Dazu zählte auch, dass sich beide entschieden hatten, den alten und renovierungsbedürftigen Bauernhof von Lenas Eltern zu übernehmen. Lena war hier aufgewachsen, bevor sie nach Wien gegangen war.

Hans hatte nach der Wirtschaftskrise den Glauben an ein rein profitorientiertes Bankensystem verloren. An dessen Gewinnmaximierung. Ursprünglich war das auch nicht der Plan seiner Bank gewesen. Bauern hatten sich in Niederösterreich vor langer Zeit zu einer Genossenschaft zusammengeschlossen, um sich gegenseitig in Notzeiten zu helfen. In erster Linie wollten sie menschenbezogen arbeiten und leben. Das wollte Hans immer noch. Deshalb hatte er Wirtschaft studiert und war in dieser Bank tätig gewesen: der Gerechtigkeit wegen. Für die Bauern in Österreich. In Niederösterreich.

Dass er dann als erfolgreicher junger Banker schnell zehnmal mehr als seine Frau verdiente, die Lehrerin in einem recht fordernden Umfeld war, irritierte ihn. Als er ihrer beider Geld auch noch in Hedgefonds anlegen sollte, wie ihm seine Umgebung riet, ließ ihn das 2008 endgültig die Notbremse ziehen. Die Familie entschied, ins Waldviertel zu übersiedeln und den Bauernhof weiterzuführen. Lenas Eltern hatten diesen so geliebt, und er sollte zu dieser Zeit verkauft werden. Dessen Umbau und der Einsatz von Hightech zeigten in Kombination mit altem Lebensmittelhandwerk Erfolg. Lenas Käseproduktion war nur ein Teil davon.

Lukas stopfte sich inzwischen vor Hunger ein Stück Mohnstrudel in den Mund. Danach fühlte er sich entspannter. »Das wird sicher eine geile Geschichte: Mama gegen Brunner. Ich klopf mir jetzt schon vor Lachen die Schenkel«, gluckste er vor sich hin und schob den Rest in sich hinein.

Hans hatte seinen Sohn beobachtet und schnitt sich auch ein Stück ab. Brösel fielen zu Boden.

»Ich werde in Zukunft nicht immer da sein können, um Brösel aufzukehren«, sagte Lena und schüttelte dabei ihren Kopf.

»Dafür gibt's Staubsauger«, wusste Lukas sofort Rat und konnte sich über seinen praktischen Vorschlag vor Lachen kaum halten.

»Na bitte, geht doch!«, mischte sich auch Walli ein. »Die Jugend kennt sich aus«, zwinkerte sie dem jungen Mann Anfang zwanzig zu.

»Mama, wir machen das schon. Ich teile mir die Zeit mit dem Studium so ein, dass ich öfter auf dem Hof mithelfen kann. Nicht nur an den Markttagen. Lisa werden wir noch dazu bringen. Und meine Freunde haben sicher auch nix dagegen, sich ab und zu etwas dazuzuverdienen.«

Hans sah Lena zufrieden an und war sichtlich stolz auf die Vorschläge seines Sohnes.

»Jetzt muss ich sowieso weg.« Lukas sah auf die Uhr seines Handys. »Ich muss Adile Gül von der Bushaltestelle abholen. Ich hoffe, sie wartet nicht schon auf mich.«

Er hatte noch nicht zu Ende gesprochen, als im selben Moment Rudi Lehner-Papadopoulos zur Tür hereinkam. »Hallo allerseits, dachte ich mir doch, dass ich dich hier treffe«, richtete er seine Worte an die erstaunte Walli.

Alle sahen ihn ebenso verwundert an und fingen aufgrund der unfreiwillig entstandenen Situationskomik des Die-Türklinke-in-die Hand-Gebens laut an zu lachen. Rudi sah verstört zur Gruppe. Sein verdutztes Gesicht sorgte für einen weiteren Lacher.

»Ich konnte dich am Handy nicht erreichen. Dann war ich bei dir im Haus. Da du nicht da warst, wusste ich, du kannst nur bei Lena sein.«

Walli Winzer sah auf ihr Mobiltelefon und musste gleich wieder loslachen. »Der Akku ist leer. Ich hab auch schon auf dich gewartet.«

Das Gelächter erreichte eine neue Lautstärke.

Rudi Lehner war das nicht ganz geheuer: »Was ist denn los mit euch?«, fragte er etwas irritiert.

»Komm, mein Lieber. Es ist schon spät. Wir machen uns auf zu unserem Ausflug nach Gmünd. Da kaufen wir einiges ein und essen dort zu Abend«, versuchte

Walli Winzer, sich wieder an die vereinbarte Tagesplanung zu halten, um gleich darauf wieder loszulachen. Weshalb, wusste sie mittlerweile auch nicht mehr. Sie fühlte sich einfach nur gut.

Rudi Lehner-Papadopoulos verdrehte genervt seine Augen, schaute nochmals zur fröhlichen Runde, nahm Walli am Arm und drängte sie zur Tür hinaus.

11. KAPITEL

Sepp Grubinger und Harry Kain kamen eben aus der Polizeidienstaußenstelle, als Walli Winzer und Rudi auf der Harley den Hügel zum Hauptplatz hochfuhren. Beide schienen heftig miteinander zu diskutieren. Walli beschloss, stehen zu bleiben, um zu hören, was die beiden beschäftigte. Also, streng genommen ging sie das gar nichts an. Aber in den letzten Jahren hatte sich so etwas wie eine Interessengemeinschaft für knifflige Fälle gebildet. Nicht dass Walli regelmäßig bei Ermittlungen mithelfen wollte. O nein, Gott bewahre! So etwas ging ihr definitiv auf die Nerven. Da wusste sie schon Besseres zu tun, denn auch ihr Team der Wiener PR-Agentur »Firebird« verlangte zeitweise nach ihr.

Das mit Grubinger und Harry war daher ein loser Zusammenhalt, der sie alle verband.

Da Walli in Großlichten wieder einmal eine Leiche aufgefunden und vor Grubinger bereits ihre Aussage getätigt hatte, allerdings noch nicht wusste, was der Polizist an neuen Fakten vorweisen konnte, würde sie, um Näheres zu erfahren, jetzt sogar Rudis Raunzen hinnehmen und neben den beiden anhalten.

»Hallo allerseits«, sagte sie und nahm den Helm ab, um von ihnen besser verstanden zu werden.

»Hallo, Frau Winzer«, erwiderte Sepp Grubinger. »Ich dachte, Sie kommen nach Ihrem Marktbesuch noch zu mir in die Wachstube. Ich hab auf Sie gewartet. Stattdessen hatte ich Besuch von Harry Kain.«

»Ja, ich wollte auch kommen. Aber da war dann die Geschichte mit Lena und unserem Bürgermeister. Ich habe sie nach Haus begleitet.«

»Ich weiß. Sagen Sie, was ist Ihrer Freundin da eingefallen?«, zeigte sich Grubinger bereits informiert. »Der Brunner wird des net so leicht hinnehmen. Schon gar nicht im Wahlkampf. Den Nimbus als starker Mann wird er sich von Lena net beschädigen lassen.«

Walli war sich der Möglichkeit einer Anzeige Brunners wegen tätlicher Beleidigung gegen Lena bewusst. »Wie hoch wäre die Strafe für sie, wenn er Lena anzeigt?«

»Tja, je nachdem, was Brunner vorbringt und seine Anwälte daraus machen.«

»Geht es in Richtung Körperverletzung, könnte das Strafausmaß bis zu fünf Jahre betragen«, war Harry Kain als Lokaljournalist gut informiert.

Walli überlegte kurz, vertrat dann aber eine andere Theorie. »Wie sieht das denn aus, wenn ein angeblich so *starker* Mann eine Frau wegen einer Ohrfeige verklagt. Das wäre die reinste Blamage für ihn. Er wäre die Lachnummer in seiner Umgebung. Die Folge: Er würde während des Wahlkampfs ständig darauf angesprochen werden. Die politische Wohlfühltaktik, die Brunner derzeit fährt, müsste er dann über den Haufen werfen. Also ehrlich, davor wird er sich hüten und die Sache so schnell wie möglich vergessen wollen«, war die PR-Strategin fest überzeugt.

Harry Kain nickte bestätigend, während Walli triumphierend grinste.

»Und ich verrate euch noch etwas«, flüsterte sie und lehnte sich in Richtung der beiden, weshalb die Street-Bob ein wenig zur Seite kippte und Rudi fast aus dem Sitz warf: »Lena möchte die neue Bürgermeisterin werden.«

Harry und der Dorfpolizist gaben sich nun zurückhaltend.

»Sie hat es fix vor, und ich werde sie dabei tatkräftig unterstützen. Ich hoffe, ihr auch!«, mobilisierte sie sofort die ersten Wähler.

Grubinger und Harry wollten offensichtlich nicht voreilig in Walli Winzers Euphorie einstimmen. Stattdessen lenkte der Polizist das Gespräch auf den Mordfall.

»Es gibt übrigens bereits Obduktionsergebnisse.«

»Und wie lauten diese?« Walli war ganz Ohr.

»Der Toni Schiefer wurde mit einem Jagdmesser erstochen.«

»Das ist ja schon einmal ein guter Hinweis.«

»Nicht wirklich. Bei uns hat fast jeder so eines zu Hause. Aber es grenzt den Täterkreis ein, denn es wurden keine Holzpartikel in der Wunde gefunden. Das heißt: Der Griff muss aus Hirschhorn gewesen sein. Die Klinge hat der Mörder oder die Mörderin dem Schiefer zehn Zentimeter tief ins Herz gestoßen.«

»Das heißt, er muss den Täter gekannt haben, wenn

er ihn so nahe an sich herangelassen hat und der Mörder so genau zielen konnte.«

Walli Winzer verschränkte ihre Arme nachdenklich vor ihrer Brust und wechselte unruhig von einem Bein aufs andere. Dadurch schaukelte die Maschine. Rudi versuchte, die unerwarteten Bewegungen der Harley, so gut er konnte, auszugleichen.

»Ich hab es schon gesagt: Mir war, als wäre da noch jemand gewesen.«

»Sie haben das bei Ihrer Aussage zu Protokoll gegeben«, bestätigte Grubinger. »Aber wenn Sie niemanden gesehen haben, nützt uns das auch nix.«.

»Ich stelle mir die Situation immer wieder vor. Vielleicht fällt mir doch noch etwas dazu ein. Aber es kommt einfach nix«, resignierte sie. »Nur, dass er oder sie irgendwie an mir vorbeigekommen sein muss. Denn ich hab zuerst Geräusche vor mir, dann hinter mir gehört.«

Der Polizist und Harry Kain sahen sie abwartend an, ob ihr noch etwas einfiele.

»Na, das ist ja schon mehr als vorher«, hielt der Polizist fest. »Im Protokoll steht das noch nicht, Frau Winzer«, freute er sich über die neuen Details.

»Ja, das ist mir noch eingefallen.«

»Lassen Sie sich Zeit«, ergänzte Harry. »Oft dauert es etwas, bis die Erinnerung an eine gefährliche Situation wiederkommt.«

Walli seufzte und sah dabei nachdenklich auf die Straße vor sich. »Und wie geht es seiner Frau?«

»Sie nimmt das eher gelassen. Um nicht zu sagen: Sie

scheint darüber fast erleichtert. Sehr eigenartig, so eine unterkühlte Ehe.«

»Wieso? Wenn aus einer Liebesbeziehung irgendwann eine Zweckgemeinschaft geworden ist und die wirtschaftlichen Verhältnisse keine Trennung zulassen? Und beide in einem Alter sind, wo sie in einer strukturschwachen Gegend wie hier keine adäquate Tätigkeit finden würden?«

»Also, Frau Winzer, Sie denken wieder einmal zu sehr als Städterin. Natürlich gibt es auch hier Trennungen. Aber bei uns auf dem Land bleiben Ehe eben meist bestehen. Vor allem, wenn Betriebe dranhängen. Meist kann der eine den anderen nicht ausbezahlen. Außerdem wollen sich Geschäftspartner darauf verlassen können, dass ein Familienbetrieb auch im Falle eines Unfalls oder plötzlicher Erkrankung des Geschäftsführers von der Ehefrau, einem Familienmitglied oder einem Mitarbeiter weitergeführt wird. Für diese Absicherung gibt es meist bessere Konditionen und eine sicherere Auftragslage. Sie sehen also: Es ist keine Seltenheit, dass Ehepaare – trotz zerrütteter Ehe – zusammenbleiben.«

»Also dieser Schiefer hat sich seiner Frau gegenüber sogar vor den Gästen nicht gerade höflich betragen. Dass da nichts mehr lief, war deutlich für alle zu sehen.«

»Na ja, Frau Winzer«, lächelte Harry Kain matt, »in Beziehungen kann man nicht hineinschauen. Ich hüte mich daher, meine Schlüsse übereilt zu ziehen.«

»Also ich weiß nicht, was Sie für Erfahrungen gemacht haben«, sah Walli Harry von der Seite argwöhnisch an. Harry Kain war ein schwer zu fassender, manchmal sogar seltsamer Kauz mit einem Vorleben in Wien, das er in Gesprächen ausklammerte.

Walli spürte, dass Rudi, der sich die ganze Zeit über nicht zu Wort gemeldet hatte, langsam die Street-Bob auf die andere Seite gleiten ließ, als wollte er ihr damit ein Zeichen geben.

»Ja, wir fahren gleich weiter«, beruhigte sie ihn mit einem kurzen Blick.

Rudi Lehner fühlte sich plötzlich einbezogen und ergänzte seine Sicht der Dinge: »Sexualität ist eine vielschichtige Sache. Paare können tagsüber rau miteinander umgehen und es nachts dennoch durchaus lustig haben. Manche Frauen wollen das so.«

Walli glaubte, nicht richtig zu hören. Sie fand solch männliche Fantasien gar nicht komisch. »Wie kommst du denn auf so etwas Dämliches? Keine Frau will Gewalt im Bett. Nicht einmal, wenn sie aus einer Familie stammt, in der die auf der Tagesordnung stand. Das sind Märchen, die teilweise sogar medial verbreitet werden, und manche Frauen glauben das vielleicht auch noch«, empörte sie sich. Damit klar war, dass sie jegliche Art von Gewaltverherrlichung ablehnte. Bestürzt herrschte sie Rudi daher an: »Du bist wohl nicht bei Trost. Dabei warst einmal für Peace und Weltfrieden.«

Bevor man sich zu sehr im Privaten verstrickte, unterbrach Harry Kain die eingetretene Stille mit einem Angebot an Walli. »Ich hatte Ihnen doch von der Mohnölmühle bei Maissau erzählt, über die ich eine Reportage schreiben möchte. Erinnern Sie sich? Wollen Sie mit mir hinfahren oder nicht?«

Sie blickte Rudi an. Immerhin war ihre gemeinsame Zeit limitiert. Sie wartete seine Reaktion ab.

Er zeigte sich entspannt und erklärte, dass er noch einige Geschäftstermine habe, Walli sich nicht nach ihm richten müsse und er sich den nächsten so legen würde, dass es für sie beide gut passte. Außerdem fände er es spannend, mehr über die ihm unbekannte Mohnölmühle zu erfahren sowie Harrys Reportage darüber zu lesen.

»Ich melde mich«, rief Harry Kain in die Richtung der beiden. Dennoch wurde er nicht wirklich warm mit diesem Austro-Griechen. Was Walli Winzer an dem fand, war ihm schleierhaft. Aber wie gesagt: Die Liebe ist bekanntlich unergründlich.

12. KAPITEL

»Geh, gib ma zwei von die Langsemmeln. Die hab ich so gerne. Und zwei von die Mohnkipferl da vorne.« Eine Frau um die fünfzig mit geblümtem Sommerkleid tippte mehrmals aufs Glas der Vitrine. »Ja, genau die«, deutete sie schließlich zufrieden.

»Das macht dann 4,60 Euro«, sagte die Verkäuferin und reichte ihr zwei Papiersäckchen über den Tresen. Sie bezahlte, nahm die Sackerl und verließ wortlos die Bäckerei.

Währenddessen hatte sich hinter ihr eine längere Warteschlange gebildet, in der jeder für sich allein stand. Das war für die sonstige Gesprächslaune der Großlichtenerinnen eher untypisch. Nur zwei durchbrachen die Stille und tuschelten miteinander.

»Sag, Mizzi, weiß ma schon, wer des war? Also wer den Schiefer umbracht hat?«

Die Frage war offenbar nicht leise genug gestellt worden, da sich einige Frauen beunruhigt nach ihnen umdrehten.

Mizzi Troger, Obfrau des Dorfverschönerungsvereins, machte ihnen gegenüber eine hilflose Geste und wandte sich danach wieder der Fragenden zu.

Mizzi war stets so etwas wie ein Lexikon dorfinterner

Kommunikation. Ja, manche würden es eher als Klatsch bezeichnen, was sie natürlich sofort abstreiten würde. Sie war einige Male sogar gekränkt gewesen, als jemand ihre Äußerungen so bezeichnet hatte. Nein, sie war nur interessiert an allem, was sich in ihrer Umgebung ereignete, und besaß lediglich ein sehr gutes Gedächtnis für derlei. Dass der Inhalt dabei wie bei einem Stille-Post-Spiel von Bewohner zu Bewohner entfremdet wurde und der Besprochene mitunter auch empörter Empfänger sein konnte, dafür war sie nun wirklich nicht verantwortlich! Oder?

Für Dorfpolizist Sepp Grubinger war sie ein steter Quell der Auskunft und Inspiration. Und wenn andere sie nach ihrer Meinung fragten, hielt sie damit selbstverständlich auch nicht hinter dem Berg. Informiert war Mizzi jedenfalls immer. Auch weil sie sich stets aktiv ins Dorfgeschehen einbrachte und im Kern ein herzensguter Mensch war.

Doch jetzt gab sie sich verschlossen. Das bedeutete entweder, dass sie nichts wusste, oder, dass sie nicht darüber sprechen wollte.

Sie wartete eine Weile, um sich dann doch ihrer Nachbarin in der Warteschlange zuzuwenden. »Du, soviel ich gehört hab, steht noch niemand unter Verdacht. Ich wüsst jetzt auch niemanden, der mir so gach einfiele.«

Ihre Nachbarin war enttäuscht über die fehlende Information und presste ihre Lippen zusammen. »Zerstritten im Ort war er mit niemandem, soviel ich weiß. Vielleicht war es ein Überfall und man hatte es ursprünglich nur auf das Geld in der Abendkassa abgesehen? Des is ja a weg. Und der Toni wollt es anfangs halt einfach net hergeben«, grübelte sie weiter.

»Siehst, des weiß i gar net«, brachte sie Mizzi auf einen neuen Gedanken. »Über des hat niemand was gred. Alle waren nur über die Nachricht vom toten Toni Schiefer geschockt. Keiner hat was nachgfragt.«

»Aber i sag dir's: Da gibt es doch den Sohn von der Wanninger Sissi. Der is seit ewigen Zeiten arbeitslos. Die ärgert sich schon seit Jahren mit dem herum. Bei dem is Hopfen und Malz verloren. Da kannst reden, was du willst: Der macht nix. Sie wundert sich aber, woher er immer Geld hat. Er sagt ihr, dass er Gelegenheitsjobs macht. Manchmal hat er auch beim Toni ausgeholfen. Wenn jemand krank geworden ist oder in der Urlaubszeit. Mehr wollte der Lümmel nie machen. Daher lebt er auch noch bei seiner Mama, die Arme.«

»Geh, sag amoi, du kannst do der ihren Sohn net einfach so verdächtigen. Die hat doch eh schon genug mit eam zum tuan und schamt si vor die Leit. Da kann sie die Unterstellung von dir net a no brauchen.«

Die Mitteilsame zuckte leidenschaftslos mit den Schultern und relativierte ihre These.

Da sich die Länge der Warteschlange kaum verändert hatte, wurde auch sie langsam nervös. »Siehst, weil der Toni Schiefer nimma da is, funktioniert da glei gar nix.«

Damit sprach sie jemandem in der Schlange aus der Seele. Motiviert rief er mit Häme nach Verstärkung. Kurze Zeit später, nachdem eine Mitarbeiterin nach ihr gerufen hatte, eilte Witwe Monika Schiefer aus dem hinteren Bereich der Konditorei nach vorne. Sie wirkte gefasst, um nicht zu sagen beinahe entspannt, was die Redselige erneut zu Spekulationen einlud.

»Also, die Schieferin, i hätt ma net gedacht, dass die sobald wieder im G'schäft steht.«

»Ja, warum soll's denn das net machen?«, zeigte sich Mizzi Troger langsam von den Äußerungen genervt.

Ihre Bekannte sah sie entsetzt an. »Na, stell dir vor, Mizzi, der Deinige wäre tot und du tuast so, als wär nix. Schau, schau … wie freundlich sie is. Das glaub i net, wie sie den Fredl kokett angrinst.«

Jetzt platzte der Obfrau des Dorfverschönerungsvereins aber langsam der Kragen: »Ja, was sollte sie denn deiner Meinung nach tun? Im Zimmer sitzen und heulen? Da is es doch besser, sie lenkt sich ab.«

Mizzi Troger bekundete ihre Sicht der Dinge so laut, dass viele in der Umgebung es hören konnten und sich nach ihr umdrehten. Nur Monika Schiefer war mit ihrer Kundschaft so beschäftigt, dass sie nichts mitbekam und weiter entspannt blieb.

»Die Monika wird vielleicht gar nicht so traurig darüber sein, dass der Ihrige nicht mehr da is«, erklärte nun ein älterer Mann und biss genüsslich in sein Mohnkipferl. Er saß in unmittelbarer Nähe zu den beiden Frauen und hatte ihrem Gespräch wohl von Anfang an zugehört. »Die waren schon lang nimma gut aufeinander zu sprechen, falls ihr das wissen wollt.«

»Da redt der Richtige«, drehte sich Mizzi Troger nach ihm um. »Wie willst denn du das wissen? Jetzt is sicher nicht der richtige Zeitpunkt, um Schmutzwäsche zu waschen«, konterte sie.

»Na, i sag's nur, weil der Toni oft kein Guter war. Die Moni hat sich viel von ihm gefallen lassen müssen.«

»Wieso weißt du denn das?«, fragte seine Nachbarin am Tisch.

»Weil i manchmal unfreiwillig was mitbekommen hab, als i noch berufstätig gwest bin und da auch a bissl was repariert hab.«

»Jetzt setzt du aber an Punkt. In jeder Ehe gibt's amoi Streit. So etwas nimmt doch keiner ernst.«

Mizzi Troger und ihre Gesprächspartnerin konnten nicht mehr weitersprechen, weil die Warteschlange umgehend kürzer geworden war und sich ihre Standplätze weiter nach vorne verschoben.

Mizzi bemerkte nun auch Lena, die die Bäckerei betrat und gleich von einigen Bekannten freundlich begrüßt wurde. Witwe Schiefer forcierte inzwischen den Verkauf, weshalb die Schlange im Nu aufgelöst war.

»Lena, du hättest mich anrufen können, und ich hätte dir was aus der Bäckerei mitgebracht. I bin doch eh gleich bei dir am Hof. Dann hättest nicht extra herkommen müssen«, stand Mizzi mit vollen Händen neben der Biobäuerin.

»Also dann, pfiat di, Mizzi«, verabschiedete sich jetzt ihre vorherige Gesprächspartnerin und ging nach draußen.

»I hab ja net gwusst, dass du da bist«, entgegnete Lena Breitenecker. »Außerdem wollt ich schauen, wie's der Moni geht. Die steht ja jetzt allein mit dem G'schäft da.«

»Allein wird die sicher nicht lang bleiben«, funkte ein humorig aufgelegter Mann ins Gespräch hinein.

Lena lachte und wollte nun Genaueres erfahren: »Und wieso? Das möchte ich jetzt von dir wissen.«

Monika Schiefer war inzwischen dabei, ihre Bäckerschürze abzulegen und in den Kundenbereich nach vorne zu kommen. Ihre Mitarbeiterin übernahm den Normalbetrieb.

Nachdem Lena sie länger betrachtet hatte, stellte sie fest, dass Moni ausnehmend hübsch und jugendlich aussah. Von Trauer oder verweinten Augen war ihr wirklich nichts anzumerken. Offenbar schien sie trotz der bedrückenden Situation geradezu über sich selbst hinauszuwachsen.

Monika Schiefer stellte sich an die Tische ihrer Kundinnen und Kunden, plauderte mit ihnen, ging von einem zum anderen und fand für alle aufmunternde Worte. Fragen nach ihrem eigenen Befinden ließ sie nicht zu. Tat vielmehr so, als hätte es jüngst keinen Todesfall geben. Business as usual eben.

Lena fiel die Zwanglosigkeit an den Tischen in der Konditorei auf. Etliche Kunden hatten sich gesetzt und neue Gäste waren hinzugekommen. Frauen, die miteinander kicherten, während Männer vereinzelt allein saßen und nicht einmal auf ihr Handy starrten, was sonst üblich war. Sie schauten hingegen entspannt vor sich hin, als könnte sie nichts aus der Ruhe bringen.

Sie lächelte Mizzi etwas ratlos an und suchte nach dem adretten jungen Mann von zuvor, um sich weiter mit ihm zu unterhalten. Dieser hatte allerdings das Geschäft verlassen, weshalb sie sich wieder an Mizzi Troger wandte.

»Na, die Moni mausert sich«, stellte sie lapidar fest.

»A bisserl a Trauer könnt sie schon zeigen, so knapp nach dem Tod vom Toni. Die tut ja wirklich a so, als hätte es ihn nie gegeben«, gab sich Mizzi jetzt auch etwas pikiert.

»Du, jeder Mensch trauert auf seine Art. Vielleicht ist für sie Ablenkung in dieser Form die beste Methode, um nicht daran denken zu müssen. Und wie du siehst, ist ja nicht nur sie gut drauf, sondern auch die anderen.«

»Ja, was mich schon a bisserl irritiert, wo ma so viele Probleme im Ort haben. I denk da net nur an den Lärm von die Baumaschinen Tag und Nacht, sondern auch an die windigen G'schichten vom Bürgermeister. Und jetzt ist bald die Wahl.«

Moni Schiefer hatte die letzten Worte Mizzis gehört, die sie nun anlockten. »Griaß euch«, streckte sie der Dorfobfrau ihre Hand entgegen.

»Hallo«, erwiderte diese. »Wie geht's dir denn?«

Moni trat augenblicklich einen Schritt zur Seite und gab sich ausweichend. Lena Breitenecker zog sie mit ihrem Handschlag zur Begrüßung wieder zurück.

Nach einem Seufzer klinkte sich die Witwe ins Gespräch ein: »Du, man muss es nehmen, wie es ist. Die Arbeit geht weiter. Die macht sich nicht von allein.«

»Des is klar. Aber kannst du das allein? I mein, er hat doch immer alles selbst gemacht, wie ich weiß«, fragte Mizzi sie recht unumwunden.

Lena Breitenecker sah sie verstohlen an und beschloss, jetzt das Wort zu ergreifen. »Vieles rennt wahrscheinlich eh von selbst, und es gibt ja Mitarbeiterinnen und Mitarbeiter, die eure Produktionsabläufe kennen.«

»Ja, so viel ändert sich da nicht. Und alle unterstützen mich. Nur mit den Bestellungen bin ich noch nicht ganz vertraut. Aber es ist sowieso erst Monatsbeginn. Da hat der Toni noch die Getreide- und Mohnlieferungen entgegengenommen.«

»Da hast du's aber: A Bäckerei braucht halt an Mann. Der was a Kraft hat. Wie soll denn a Frau die ganzen Getreidesackln schleppen? Ja, und des Kneten vom Teig. Des is alles anstrengend.« Mizzi Troger machte sich tatsächlich Sorgen wegen des Fortbestands der beliebten Bäckerei. »Der Hannes drüben mit sein Haubenlokal und seiner Backwerkstatt is ja ganz was anderes. Der lebt ja von die Wiener, die da sind. Von die Wochenendler. Aber wir, mia wollen unsere Backwaren von euch haben.«

Lena legte Mizzi beruhigend die Hand auf die Schulter. »Die Moni wird das schaffen. Davon bin ich überzeugt. Der Toni hat ja auch nix mehr selbst ins Lager getragen. Mit der Logistik und den Maschinen von heute geht alles fast ohne Anstrengung.«

»Na ja, aber heben muss man doch die Säcke auf die Palette«, wusste Mizzi.

»Ja, i werd ma dafür einfach an Robi zulegen. Den lass i dann arbeiten. Die Säcke holen, Knetmaschinen einschalten, und wenn meine Künstliche Intelligenz noch Zeit hat, darf sie euch auch die Mohnkipferl servieren fahren«, bewies Moni Schiefer amüsiert ihre Zuversicht.

Alle lachten.

»Das ist die beste Lösung«, zeigte sich Lena vom Vorhaben der Bäckerin angetan. »Deine Beschäftigten haben dann wieder mehr Zeit, um mit uns Schmäh zu führen, und niemand soll sich mehr plagen müssen. Da gehen wir rosigen Zeiten entgegen«, nahm die Biobäuerin sich augenzwinkernd selbst aufs Korn.

»Aber sag, weil i schon da bin und gerne acht Mohnweckerl mitnehmen möcht: Brauchst du net vielleicht no an Bio-Mohn? Wir haben was von der letzten Ernte übrig. Zwei Säcke sind's.«

Moni dachte kurz nach. »Ja, warum net? Der Toni hat zwar immer seine fixen Lieferanten. Aber Bio-Mohn haben wir eh no net. Den könnten wir einmal ausprobieren.«

»Na bitte, freute sich Lena, »durchs Reden kommen die Leut zusammen. I ruf di an, wann wir sie vorbeibringen können.«

»Ist mir ein Vergnügen, Frau Bürgermeister in spe«, bedankte sie sich schmunzelnd und wies ihre Mitarbeiterin an, die Mohnweckerl vorzubereiten.

Lena Breitenecker reagierte etwas irritiert auf die Anrede. »Wie kommst du plötzlich darauf?«

Moni Schiefer zwinkerte ihr mit einem Auge zu: »Ich hab da etwas läuten gehört«, sah sie in Mizzis Richtung, die sich verschämt abwandte und die Weckerl vom Lehrmädchen für Lena entgegennahm.

»Also, meine Unterstützung hast du sowieso«, fügte die Bäckerin hinzu.

Lena Breitenecker kam nicht mehr dazu, ihr zu antworten, denn im selben Augenblick erschien der amtierende Bürgermeister Josef Brunner. Wie immer war er von seiner Entourage der ewig gleichen Speichellecker umgeben. Das allein stieß Lena schon ab. Jeder von ihnen war ein finanzieller Nutznießer im Ort. Und das seit ewigen Zeiten.

Dass er sich mit Gefolge bei Moni Schiefer einstellte, war wohl eher auf strategisches Kalkül zurückzuführen. Der Toni hatte ihn möglicherweise bei der letzten Wahl unterstützt, konnte sie sich vorstellen. Immerhin lieferte er seine Semmeln an die Kantine in der Gemeinde und den örtlichen Kindergarten. Und eines wusste Lena: Ohne den Sanctus vom Brunner ging bei einer Vergabe rein gar nix.

Auf eventuelle finanzielle Zuwendungen würde er vor dem Wahlkampf mit Sicherheit zurückkommen, war sie sich sicher.

Josef Brunner bemerkte Lena und sah sie triumphierend an. »Frau Breitenecker, ich hoffe, es geht Ihnen wieder besser. Hausarbeit und Beruf, das ist ein bisserl viel. Da wär's kein Wunder, wenn einem manchmal die Nerven durchgehen. Nicht wahr?«, witzelte er.

Lautes Lachen in der Runde.

»Schauen Sie, ich bin kein nachtragender Mensch.« Brunner unterstrich seine Worte mit einer huldvollen Geste.

»Jetzt bist aber glei stad, Bürgermeister«, pflanzte sich Mizzi Troger in voller Körpergröße vor ihm auf. »Wenn's uns Frauen net gäbe, täten solche wie du schön dreinschauen. Nur beisammenhocken und Blödsinn aushecken. Für so was ham wir nämlich koa Zeit.

Denn wir packen überall an. Wir Frauen. Im Beruf und z'Hause. Deshalb treten ma jetzt auch gemeinsam an. Damit sich des a ändert und net nur wie bei dir bled gred wird. Mit der Lena an der Spitze!«, spielte die Chefin des Dorfverschönerungsvereins ihren Trumpf aus.

Brunner blieb der Mund offen stehen. So etwas war ihm noch nie passiert. Dass ihn jemand mit einer offiziellen Funktion im Ort so offen anzweifelte wie die Mizzi. Über sein plötzlich dümmlich aussehendes Gesicht musste nun Lena laut lachen.

13. KAPITEL

In Gmünd war es mittlerweile Abend geworden. Die Sonne nur noch als großer Feuerball am Himmel zu erkennen. Am Hauptplatz war es bereits ruhig. Vor Kurzem noch hatten viele Menschen in den Geschäften eingekauft. Jetzt saßen nur wenige um die Tische in den Vorgärten der Lokale. Ein Hund kläffte laut, und sein Besitzer hatte Mühe, ihn zu beruhigen.

»Also, so einen bei mir zu Hause zu haben, damit hätte ich keine Freude. Ständig dieses Kläffen. Du weißt nie, wann er zu bellen anfängt und wann er gedenkt, damit aufzuhören. Dazu braucht man wirklich Nerven«, erwies sich Walli Winzer nicht gerade als Hundefreundin.

Rudi Lehner-Papadopoulos richtete seine Serviette und sah Walli besonnen an. »Wenn du dich wirklich mit einem Hund beschäftigst, gibt es Techniken, um ihm das Bellen abzugewöhnen. Du kannst, um ihm das beizubringen, in eine Hundeschule gehen. Aber natürlich: Irgendwann bellt er. Doch du hast es in der Hand, ihn sofort zu stoppen.«

»Trotzdem, ich glaube kaum, dass ich mich je mit dem Gedanken, einen Hund zu besitzen, anfreunden werde. Mir reicht schon mein kleiner Held zu Hause.

Der mit einem Höllentempo durchs Haus fegt, wenn er wieder einmal seine wilden fünf Minuten hat. Da muss ich mich vor diesem kleinen Wurfgeschoss regelrecht in Sicherheit bringen. Denn er kennt da kein Pardon. Hüpft auch schon mal auf meine Schulter, um von dort aus auf die Kommode hochzuturnen.«

Rudi lachte. Er konnte sich lebhaft vorstellen, wie Walli ratlos im Wohnzimmer stand und Filou seine Runden drehte. So ein Kater konnte bei aller Sanftmut manchmal durchaus andere Saiten aufziehen: eigenwillig und hartnäckig sein. Auf Schlüsselwörter reagierte er in diesen Momenten kaum.

Solche Attacken der Lebenslust dauerten bei Katzen im Allgemeinen nicht lang an. Schnell zeigten sie sich erschöpft und zogen es nach ihrem absolvierten Trainingsprogramm vor, wieder in einer geruhsamen Position zu verharren.

»Trotz eurer kleinen Meinungsverschiedenheiten seid ihr aber ein ganz gutes Team geworden, du und Filou.« Rudi erinnerte sich an den Erfindungsreichtum des Katers, um auf sich aufmerksam zu machen. Manchmal durchaus auch, um Protest zu zeigen.

Ein plötzlicher Windstoß wehte die Servietten vom Tisch und rüttelte bedrohlich am Tischtuch. Walli und Rudi hatten alle Hände voll zu tun, um ihre Gläser vor dem Umkippen zu bewahren und das Tischtuch unten zu halten.

Sie hatten noch nicht bestellt und nützten die Gelegenheit, vor dem Lüftchen in den hinteren, geschützteren Gartenbereich des Stadtwirtshauses »Hopferl« zu flüchten. Der kleine Garten war mit seiner begrünten Einfassung fast wie eine Laube ausgestaltet. Mehrere Tische standen ihnen hier zur Auswahl.

»Hier ist es eindeutig windstiller«, bemerkte Rudi.

Er rückte den Stuhl und bot ihn Walli an. Über seine Geste erfreut, nahm sie Platz. Rudi setzte sich ihr gegenüber und lächelte sie an. »Gerade noch geschafft.« Danach blickten sie in die Speisekarte.

Der Kellner kam und ihre Auswahl stand bereits fest. Walli hatte sich für Biokarpfen gebraten mit Petersilerdäpfeln und grünem Salat als klassische Variante entschieden. Rudi liebäugelte mit einem Gefüllten Bauernsteak auf Gemüsevariation samt gemischtem Salat, das er schließlich auch bestellte.

Andere waren vor dem Wind mittlerweile ebenso hierher geflüchtet und ritterten um die verbliebenen Plätze.

Walli und Rudi waren zufrieden und prosteten einander genüsslich zu. Als Aperitif hatten sie zuvor einen Sekt Brut 2018 vom Kremstaler Weingut Eder ausgewählt.

»Angenehm erfrischend«, stellte Walli als Kennerin kulinarischer Highlights zufrieden fest. »Eine schöne Perlage.« Sie hielt das Glas hoch und betrachtete den Inhalt. »In der Gesamtheit schmeckt man den Sommer mit einem Hauch von Pfirsich und sogar ein wenig Blütenhonig heraus, würde ich sagen.« Zur Ermunterung nahm sie gleich noch einen Schluck.

Rudi tat es ihr gleich und nickte danach zustimmend. Walli überkam allerdings der Eindruck, dass er ihre

Meinung nur bestätigte, weil er den Gleichklang ihrer Unterhaltung nicht stören wollte. Und wenn schon! Ihre Auswahl war eine hervorragende Entscheidung gewesen. Da musste sie sich wirklich nichts vormachen und Rudi durfte damit zufrieden sein.

War er auch. Denn er hatte das Glas abgestellt und sah Walli entspannt, nahezu hingebungsvoll an, was sie gerne erwiderte.

Sie rückte sich zurecht und meinte nach einer Weile: »Kaum zu glauben, dass wir einander auf Kreta nach so langer Zeit und so weit weg wiedergetroffen haben. Ich konnte es kaum glauben, als ich dich gesehen habe. Wiedererkannt habe ich dich sofort, als du unsere Gruppe vom Flughafen in Chania abgeholt hast.«

»Ja, ich brauchte zwar etwas länger. Aber nur weil ich durch die anderen Reisenden immer wieder abgelenkt wurde«, nahm Rudi geschickt die Kurve.

Walli war darum nicht verlegen und erahnte wohl den wahren Grund seiner damaligen Zurückhaltung. »Du hast mich nicht gleich erkannt«, warf sie ihre blonde Mähne keck nach hinten. »Nicht nur meine Frisur war es, sondern wohl auch mein Auftreten.« Sie zog ihre Bluse in eine Position, die ihre Proportionen deutlicher zur Schau stellten.

Rudi Lehner-Papadopoulos gefiel, was er sah. Er stützte seine Arme auf die Tischplatte und flirtete sein Gegenüber hemmungslos an. »Ich habe mir aber gedacht, was für eine attraktive Frau da bei uns einzieht. Als du dich dann zu erkennen gegeben hast, war ich hin und weg vor Freude.«

Er lächelte über beide Ohren. Walli sprach kein Wort, da sie seinen Redefluss nicht unnötig stoppen wollte. Immerhin hatte man als Frau in mittleren Jahren nicht jeden Tag das Vergnügen, in solcher Weise umschwärmt zu werden. Und Rudi hatte diesbezüglich, das musste sie sagen, eindeutig dazugelernt. Allerdings nicht nur, was das anging, schmunzelte sie in sich hinein.

»Bei deinem Namen auf der Gästeliste, die meine Frau zusammengestellt hatte, hatte ich so einen ersten Verdacht, verwarf den Gedanken dann aber schnell.«

Seine Frau in Zusammenhang mit ihr zu hören, ließ Walli Winzer wieder auf dem Boden der Realität ankommen. Sie nahm eilig einen Schluck und würgte so die zwischen ihnen prickelnde Stimmung ab.

»Ich wollte dich sowieso fragen, wieso du immer noch verheiratet bist. Also, damit wir uns nicht falsch verstehen: Mir ist es egal, was und wie du das machst. Ich stelle keine weit führenden Ansprüche an unsere Beziehung. Aber deine Frau? Wie kommt die mit deinen Abenteuern zurecht?«

Rudi Lehner-Papadopoulos gab sich gelassen. Er lehnte sich zurück und breitete seine Arme weit über den gedeckten Tisch aus. Er war über Wallis Direktheit doch einigermaßen überrascht.

»Das hat sich gleich nach unserer Hochzeit so ergeben. Elenis Eltern hatten uns zwei nebeneinanderstehende Häuser und den Olivenhain als Mitgift geschenkt. Wie du weißt, haben wir das Nebenhaus zu einer Pension umgestaltet. Das hat zwar eine Zeit lang gedauert, bis sie fertig war. Aber als dann die ersten Touristinnen kamen, waren etliche darunter, die Urlaub mit Abenteuer verbinden wollten. Und das nicht nur bezogen auf Bootsfahrten, sondern wie die Skilehrer bei uns in Tirol mit einem Rundum-Paket. Die Mundpropaganda unter weiblichen Singlegästen machte rasch die Runde und viele Stammgäste kamen nicht nur der schönen Lage wegen, sondern weil wir auch individuelle Wünsche erfüllen. Auch solche, wenn du weißt, was ich meine.«

Walli Winzer reagierte doch ein wenig überrascht.

»Ganz ehrlich, Walli, welchen Mann lässt es kalt, wenn eine schöne Frau ihm einladende Blicke zuwirft? Da macht man ab und zu eben mit. Vor Eleni habe ich keine Geheimnisse, und sie vor mir auch nicht. Ich mache das diskret, wenn sich etwas ergibt.«

Er räusperte sich, während Walli Winzer ihn eindringlich ansah.

»Ja, und so kam eines zum anderen, und wir besitzen heute ein ganzes Tourismusimperium. Die Arbeit im Olivenhain und in der Ölmühle haben wir von Anfang an eingeplant, und unsere Gäste dürfen bei der Olivenernte mitmachen. Mehrere Gäste haben uns Handelskontakte nach Deutschland, Österreich und Großbritannien vermittelt. Na ja, und heute bin ich Manager. Das war ein harter Weg, aber ich bin zufrieden. Arbeite zwischendurch überall immer noch aktiv mit. Um alles hautnah mitzubekommen. Und wenn sich zwischendurch eine kleine Episode ergibt, schlage ich sie nicht aus.« Er sah Walli erneut gewinnend an.

Was sie gehört hatte, versetzte sie keineswegs mehr in Stimmung. Walli Winzer gab sich reserviert und zeigte jetzt Interesse an Rudis Beziehung zu seiner Frau. »Und Eleni lässt dich wirklich einfach so machen, wie du möchtest?«

Rudi Lehner-Papadopoulos blieb entspannt, als könnte nichts auf der Welt ihn je aus der Ruhe bringen. Ganz die griechische Gelassenheit zelebrierend.

Auf empathische Art vermittelte er den Eindruck, dass jede und jeder Teil seines Mikrokosmos werde konnte. Er umsichtig auf seine Umgebung einging. Alles dabei jedoch nach seiner Regie ordnete. Wie bei einem Mobile verstand er es, alles in Bewegung zu setzen. Wann und wie er es wollte. Sein Universum zu erschaffen, in dem er der Fixpunkt war, um den alles Übrige kreiste.

Walli kannte ihn gut. Erinnerte sich an die Intensität, mit der er es immer schon verstanden hatte, Menschen zu vereinnahmen. Doch jetzt war sie darüber verblüfft, wie gut er sich unter Kontrolle hatte. Wie er Kommunikationstechniken und Verhandlungsgeschick vereinen konnte. Denn sie selbst war als PR-Agentin versiert darin. Wandte selbst all das in ähnlicher Weise erfolgreich an.

Doch mit ihm wollte sie keine strategischen Spielchen spielen. Sondern so sein und bleiben, wie sie war. Sie hatten einander in Griechenland so erlebt. Waren einander dadurch wieder nähergekommen. Wie früher in ihren Jugendtagen. Ein kostbarer Augenblick.

Hier war er allerdings anders. Im Waldviertel verhielt er sich als Geschäftsmann. Unverhohlen. Alles musste einen Zweck erfüllen. Auch sein Flirt kam ihr diesmal berechnend vor. Er hatte sie erobert. Wusste daher, worauf es heute noch hinauslaufen würde. Was sie ja sonst auch mochte. Doch die feine Verbindung, die zwischen ihnen bestand und die Walli immer an ihm gemocht hatte, fehlte plötzlich. Auch das betörende Spiel der Liebe, mit dem er sie für gewöhnlich umgarnte. Das alles irritierte sie.

Wo war ihr alter Rudi? Der von früher? Der sanfte und idealistische? So wie er sich jetzt gab, rannten sie in Österreich zuhauf herum. Ein bisschen flirten, dann ab in die Kiste, und das war's dann. Doch mit ihm konnte sie reden. Fühlte sich begehrt.

»Du wolltest wissen, weshalb wir eine sogenannte *offene* Ehe führen?«

Rudi Lehner-Papadopoulos lachte und nahm einen Schluck Sekt, während Walli Winzer auf seine Erklärung wartete.

»Nun ja, für einen Post-Achtundsechziger, als den ich mich bezeichnen möchte, haben sich die Normen eben verschoben. Das war seit damals bis heute der Sinn der Sache, wie du weißt«, dozierte er nun nach Wallis Verständnis zu sehr.

»Das brauchst du mir nicht zu erklären. Ich fand vieles in den 1980ern selbst nicht so schlecht. Da war alles nicht mehr so dogmatisch wie in der vorangegangenen Generation. Wir hatten Spaß. Probierten vieles aus. Wie junge Leute das heute noch tun. Nur das mit Gruppensex, polyamorösen Beziehungen und dergleichen war nicht unseres. Warum also dann Eleni?«

Rudi zögerte. »Ja, so ist das auch nicht. Wir leiten

ein kleines Wirtschaftsimperium auf Kreta. Dafür trage ich die Verantwortung. Auch sie. Und in Griechenland bleibt man eben verheiratet. Das ist Tradition. Erst recht auf einer Insel. Wir haben ein Unternehmen, und wir bleiben auch der Familie wegen verheiratet. Wie sollten wir denn die Bungalow-Anlage im Falle einer Scheidung teilen?«

»Und sie macht dabei mit?«

»Sie hat gewusst, wen sie heiratet, und unserer Abmachung zugestimmt. Es geht ihr dabei ja nicht schlecht.«

»Na gut, das waren wohl eher deine Vorschläge«, gab Walli Winzer sich nüchtern.

»Ich habe dafür ihren Namen bei der Eheschließung angenommen. Ist das nichts? In Griechenland?«

Walli verdrehte die Augen. »Fühlt sie sich nicht gekränkt durch deine Liebschaften? Dass du zum Beispiel hier bei mir bist?«

»Sie könnte selbstverständlich das Gleiche tun. Vielleicht macht sie es auch.«

»Und das wäre dir recht?«, fragte sie weiter.

Rudi gab sich gereizt. »Ehrlich gesagt, interessiert mich das nicht.« Er setzte sich mit einem Mal aufrecht hin und lehnte sich an die Sessellehne. Von Walli abgekehrt, nahm er auch einen anderen Gesprächston an. »Ich wollte dir sowieso sagen: Eleni möchte hierherkommen. Sogar sehr bald. Sie hat darauf bestanden, obwohl ich sie davon abhalten wollte. Ich hoffe, das macht dir nichts aus.«

Na ja, Walli war keineswegs prüde. Es sollte bloß eine Liebelei sein und nichts Ernsthaftes. Oder waren die beiden gar auf eine Ménage-à-trois aus? Seine Ehefrau mit an Bord? Never ever. Aber weshalb würde sie sonst kommen? Rudi hatte doch seinen Aufenthalt in Großlichten als Geschäftsreise ausgewiesen. Was sollte dann seine Frau hier?

Inzwischen stellte der Kellner einen Flaschenkühler mit Eis auf einen Beistelltisch, öffnete eine Flasche Weißwein und reichte Rudi das Glas. Dieser leitete es umgehend an Walli weiter, die eine Kostprobe davon nahm.

Kurz darauf wurde der Hauptgang serviert. Auf Vorspeisen hatten sie der Hitze wegen verzichtet. Walli meinte, sie werde bereits Mühe haben, die erwartbar große Portion zu verdrücken.

»Und? Wie stellst du dir alles Weitere vor?«, fragte sie abwartend.

»Tja, ich werde ihr vorschlagen, nach Wien weiterzureisen. Dort ist mehr los als hier.« Mit Verzögerung ergänzte er und grinste dabei: »Und da ist sie uns nicht im Weg.«

Walli dachte bei ihren Flirts nie an die Ehefrauen. Im Falle Rudis kannte sie diese allerdings. Und deren baldige Anwesenheit steigerte nicht gerade ihre Begeisterung.

»Sag, wie war's in der Mohnölmühle? Darüber hast du mir noch gar nichts erzählt«, wechselte sie das Thema. Der Biokarpfen lag verlockend vor ihr.

Rudi Lehner-Papadopoulos war es merkbar angenehm, nicht mehr über seine Frau sprechen zu müssen. Er legte die Serviette auf den Schoß und nahm einen

Schluck vom Grünen Veltliner, dessen Frische er sehr lobte.

»Alles lief wie erwartet«, widmete er sich Walli wieder entspannt. »Unsere Ölgeschäfte sind unter Dach und Fach.« Dann lachte er. »Wie das klingt. Als hätte ich mit einem Ölscheich verhandelt.«

Er nahm einen weiteren Schluck und vermittelte Walli den Eindruck, als wollte er den Ausgang der Verhandlungen feiern. Seine gute Laune war hiermit zurück.

»Also, ich werde meine Produktion nicht nur steigern, sondern zu diesem Zweck Oliven zukaufen. Ich werde Franz Zirnwald im Jahr mehrere Tonnen hochwertiges Olivenöl liefern und er verkauft es hier«, äußerte Rudi erste Vorhaben. »Im Gegenzug übernehme ich seinen Mohnölexport. Ich vermittle das Öl an Händler und Küchen der inzwischen zahlreichen Hotels. Nicht nur auf unserer Insel, sondern auch auf dem Festland. Dabei schaut einiges heraus.«

Rudi Lehner wirkte zufrieden und richtete sich zwischendurch kurz vom Essen auf.

Walli Winzer verstand, dass er sich über den Geschäftsabschluss freute. Aber sie hatte das Gefühl, als würde sie heute mehr einem Geschäftspartner gegenübersitzen als dem Rudi, den sie in Kreta wiedergetroffen hatte. Der Saiten in ihr zum Klingen brachte, die sie schon lang nicht mehr gespürt hatte. Hier unterschied er sich nicht von anderen. Seine angenehme, einfühlsame Art war plötzlich verschwunden. Kann ein Ortswechsel Menschen wirklich verändern? Oder war es die österreichische Selbstverständlichkeit, dass sich die Männer hier einfach alles nahmen und sich dieses Muster automatisch auf ihn übertragen hatte?

Walli sprach nun über Lenas Absicht, Bürgermeisterin zu werden, um das leidliche Thema Business zu ersetzen.

Rudi war erstaunt, zeigte sich aber vom Vorhaben begeistert.

»Übrigens, darüber hinaus wandelt sie fast ein bisschen auf deinen Wegen: Sie wird die Bäckerei von der Moni Schiefer mit Bio-Graumohn beliefern. Der Zirnwald wird sich zwar weniger darüber freuen, aber ausgebootet wird er nicht zur Gänze. Er liefert ja jetzt auch an dich.«

Rudi wusste nicht recht, ob Walli das keck meinte. Beschloss aber, zu schweigen. Stattdessen nahm er einen Bissen von seinem Bauernsteak.

»Die Moni hat nämlich vor, manches in der Bäckerei zu verändern.«

»Aha«, murmelte er und schluckte hinunter. Er zeigte sich daran nicht ganz so interessiert und fragte daher: »Weiß man eigentlich schon Näheres über den Mord an ihrem Mann?«

»Nicht viel.«

»Ich meine, hat man Fingerabdrücke oder Beweismittel sichergestellt?«

»Der Grubinger wartet auf die endgültigen Ergebnisse der Spurensicherung. Ich bin sicher, dass er sie mir erzählen wird, da wir ja einige Fälle schon gemeinsam gelöst haben. Auch wenn er das im Prinzip nicht darf.«

Rudi Lehner lachte. »Ja, auch ein Polizist braucht seine kleinen Geheimnisse. Wahrscheinlich hat er einen unwirschen Chef, dem er mit seiner Indiskretion eins auswischen möchte.« Rudi ließ wieder einen Hauch des einstigen Rebellen gegen das Establishment erkennen. Das mochte Walli, und es stimmte sie augenblicklich wieder fröhlich.

Sie sprach mit ihm über einige gefinkelte Schachzüge, durch die Bürgermeister Brunner im Wahlkampf ganz schön alt aussehen würde. Rudi zeigte Spaß daran, einige Ideen beizusteuern.

Als sie später auf der Harley in Großlichten einfuhren, war es bereits Nacht geworden. Da Walli beim Planen voll in ihrem Element gewesen war und die Gläser des süffigen Veltliners nicht gezählt hatte, war sie nun recht froh, wieder Boden unter den Füßen zu haben. Rudi hatte die Fahrt auf der Street-Bob übernommen und sie sich an seiner Motorradjacke festgehalten.

Der Abendwind der lauen Sommernacht hatte ihr Gesicht sanft gestreift. Dieses Gefühl von Behaglichkeit würde sie nun selig mit ins Bett nehmen.

Sie legte den Helm ab und wandte sich Rudi zu. Der hatte allerdings anderes vor. Zu ihrem Erstaunen wollte er mit der Harley noch in den Ort fahren, um schnell Zigaretten aus dem Automaten zu ziehen. Erst nachdem er weg war, fiel ihr ein: Weshalb eigentlich?

Rudi rauchte doch nicht.

14. KAPITEL

Es war früh am Morgen. Daher noch beschaulich ruhig. Die Sonne breitete eben erst ihre Strahlen über Großlichten aus.

Sepp Grubinger liebte den erdigen Geruch, den die Nacht hinterlassen hatte. Den kühlen Dunst, der sich mit den warmen Sonnenstrahlen gemeinsam zum Sinnbild des Sommers verband. Diesen für ihn erst spürbar werden ließ. Unvergleichlich. Auf besondere Weise.

In wenigen Stunden würde die Hitze nur noch die notwendigsten Handlungen ermöglichen. Sich brütend über dem kleinen Dorf im Waldviertel ausbreiten. Bleierne Schwere läge dann über allem. Auch über den Menschen. Die ihre kühleren Häuser nicht verlassen würden. Bloß für wichtige Dinge. Alle schweren Arbeiten vorher oder nachher erledigten.

Der Dorfpolizist stellte sich ans Küchenfenster und öffnete es weit. Danach ging er zur Terrassentür und hinaus in den Garten. Er atmete tief ein und lauschte dem frühen Gesang der Vögel.

Sepp Grubinger hatte nicht auf die Uhr gesehen. Daher wusste er nicht, wie spät es war. Aber sein Gefühl sagte ihm, dass es nicht später als 5.00 Uhr sein konnte. Er hatte diese Morgenstimmung schon oft erlebt und empfand sie als ein besonderes Geschenk, das er sich manchmal gönnte.

Viel später stand er sonst auch nicht auf. Seine innere Uhr war auf 6.00 Uhr eingestellt. Um 7.00 Uhr saß er bereits in seiner kleinen Polizeidienstaußenstelle, die das Landeskriminalamt unlängst schließen wollte. Das war noch gar nicht lang her.

Als er das erfahren hatte, war er einem Herzanfall nahe gewesen. So hatte ihn das getroffen. Aus heiterem Himmel. Hätte er seine Arbeitsstätte verloren. Ohne Vorwarnung seines Chefs, dem Adi Platzer. Bei diesem harten Burschen und dessen Mannschaft in Gföhl wäre sein Platz gewesen. Inmitten eines Großraumbüros. Wo jeder und jede alles vom anderen hörte. Vor allem das, was man nicht hören wollte.

Aber das war wohl der Sinn der Sache: die Transparenz, die Kontrolle. Was sie so machten. Alle. Ob das für sensible Menschen wie den Grubinger passte oder nicht, war denen, die sich so etwas ausgedacht hatten, schließlich egal.

Ihm jedoch nicht. Dieser durchgehende Lärmpegel hätte ihn fertiggemacht. Ihn. Der doch so gerne in seiner Polizeistube saß. Wo es still war. Er dort in aller Ruhe nachdenken konnte. Über alles, was im Dorf so los war.

Außenseiter war der Grubinger dennoch keiner. War überall dort, wo die anderen auch waren. War einer von ihnen. Sogar am Sonntag. Nach der Kirche im Wirtshaus. Denn in die Kirche ging er noch. Na ja, nur ab und zu, musste er zugeben. Man soll ja nix übertreiben. Kerzlschlucker war er sicher keiner. Auch keiner, der die ganze Woche die übelsten Dinge beruflich und privat durchzog und sich dann den vermeintlichen Anstand raushängen ließ. Wie manche Politiker das vor den Medien praktizierten. Bekam er so etwas von jemandem mit, ärgerte ihn das. Um nicht zu sagen: Es kotzte ihn regelrecht an.

Auch seine Resi mochte das nicht. Gar nicht. Solche Heuchler. Um die machte sie einen Bogen. Einen großen. Wo immer es ihr möglich war. Ihr soziales Engagement ließ sie sich von denen auch nicht nehmen. Von niemandem. Nicht von so niederösterreichischen Pharisäern. Die dann in der Kirche saßen.

Meist ging sie aber ihrer Freundinnen wegen. Sie war halt im Dorf überhaupt sehr engagiert. Deshalb immer und überall gerne gesehen.

Am Sonntagvormittag wartete er dann manchmal im Wirtshaus gegenüber der Kirche auf sie. Dort traf er auch andere, die sich freuten, dass die Arbeitswoche wieder einmal zu Ende war. Diese wurden immer weniger. Weil bei den Jungen die Ehefrauen weder in die Kirche gingen noch wollten, dass ihre Männer im Wirtshaus die nächste Kreditrate fürs Haus versoffen. Die machten denen zu Hause ganz schön Druck. Was auch gut war. Vor allem in Zeiten wie diesen. Wo die Raten so gestiegen waren.

Sepp Grubinger hörte jetzt einer Amsel zu. Auch im Waldviertel waren diese wie überall in Österreich weniger geworden. Er behielt sie im Auge. Sie flog von Ast zu Ast. Er lächelte und freute sich, dass sie seine Bäume ausgewählt hatte, um mit anderen gemeinsam ihr Morgenkonzert zu starten. Der Dorfpolizist schloss die Augen und lauschte dem Gesang.

Da es noch so früh war und es in der Nacht abgekühlt hatte, fröstelte es ihn. Er hatte bloß ein T-Shirt und eine kurze Schlafhose an. Deshalb ging er wieder in die Küche zurück.

Sonst war ja die Resi immer vor ihm munter und bereitete das Frühstück zu. Aber jetzt war sie von der starken Grippe geschwächt. Daher schlief sie noch. Was gut war. Dass sie sich von der körperlichen Strapaze erholte. Denn die Allerjüngsten waren sie beide auch nicht mehr. Da brauchte der Körper schon mehr Aufmerksamkeit, damit er weiterhin fit blieb und sich regenerierte.

Was ihn aber freute, war, dass er nun selbst entscheiden durfte, was er frühstücken wollte. Seine Frau achtete seit Kurzem darauf, dass sie sich gesund ernährten. Was ja eh gut war. Aber manchmal übertrieb sie halt doch ein bisschen. Wenn sie ihm nur ein Frischkäsebrot mit Kräutern aus ihrem Garten hinstellte.

Am Anfang hatte er geglaubt, dass sie ihn frotzeln wollte. Mit solch einem Minifrühstück. Spaß machte. Mit einem Brennnesseltee dazu. Für ihn. Nur wissen wollte, wie er darauf reagierte.

Manchmal sagten die im Fernsehen, zum Beispiel in der »Barbara Karlich Show«, dass man in einer Beziehung Impulse setzen sollte. Dann blieb diese interessant und lebendig. Sogar die Ehe noch nach Jahren. Na ja, ganz ehrlich: Vielleicht galt das für andere, für ihn jedenfalls nicht. Er hatte seine Resi daher nur ratlos angesehen und nichts gesagt.

Ihr wurde dann unheimlich, weil er so lange nix gesprochen hatte. Nur aufs Brot starrte. Auch ohne Worte verstand sie, was er meinte. Dass so etwas wirklich nicht seins war. Er von so neumodischen Trends absolut nichts hielt.

Irgendwie war sie darüber enttäuscht. Wollte ihm auch nichts antun. Sie mochte ihn ja. Aber bei seinem Übergewicht und dem Bluthochdruck wäre es halt gut, wenn er seine Ernährung umstellen würde, hatte sie ihm gesagt. Und sein Chef, der Platzer, war schon lang dahinter, dass er als Polizist ein paar Kilos weniger auf die Waage brachte. Na, der sollte was reden! Viel weniger wog der nämlich auch nicht. Wahrscheinlich piesackte ihn seine Frau zu Hause genauso. Und was tat der Platzer? Er machte nix, sondern gab stattdessen seine schlechte Laune und die Anweisung sofort an ihn weiter.

Blöderweise hatte er das auch noch der Resi erzählt. Und die hatte das gleich ernst genommen. Sicher waren auch Beiträge in einer dieser Sendungen gelaufen, die sie gerne sah, und jetzt sollte er sich auf *vegan* umstellen.

Sepp Grubinger öffnete den Eisschrank und sah lustlos hinein. Sein Blick erhellte sich allerdings, als er eine Stange Wurst dort liegen sah. Zufrieden zog er sie heraus, auch die Hafermilch und einen Streichkäse.

Während er mit der Brotschneidemaschine Roggenbrot schnitt, dachte er, dass es kein Wunder war, bei so etwas abzunehmen. Wer wollte das schon freiwillig essen. Von Genuss konnte da keine Rede sein. Für ihn zumindest. Füllte bloß den Magen. War meist nach der gleichen Art gewürzt. Schmeckte mehr nach Apotheke. Zumindest das, was er vorgesetzt bekam. Dass diese Sachen darüber hinaus kaum gesalzen waren, war ihm dann auch schon egal.

Der Resi zuliebe hatte er beim ersten Mal das Schnittlauchbrot gegessen und den Brennnesseltee getrunken. Er wollte sie nicht kränken. Immerhin meinte sie es ja gut mit ihm.

Später hatten sie dann miteinander darüber gesprochen und verhandelt. Seitdem ging es besser. Mit dem Essen. Magere Biofleischprodukte verwendete sie jetzt auch. Und er hatte tatsächlich schon ein wenig abgenommen. Zur Freude von der Resi.

Ja, auch er war zugegeben stolz darauf. Dass er sich überwinden konnte. Sich an manches irgendwie sogar langsam gewöhnt hatte. Was er wegen des Insistierens der Resi nicht vermeiden konnte.

Nur an den Brennnesseltee in der Früh: An den würde er sich nie gewöhnen können. Nach so einer lahmen Gschloder wäre ihm der ganze Tag vergällt. Da würde ihm vor Ärger gleich wieder der Blutdruck steigen, hatte er seiner Frau gebeichtet.

Was sie auch eingesehen hatte. Weshalb er seinen Kaffee wieder mit der Filtermaschine machte. Was ja bekömmlicher war. Für den Magen. Wie man so sagte.

Ja, auf solche Sachen gab er sonst eigentlich gar nix, der Sepp. Denn gesund gestorben is auch irgendwie blöd, meinte er. Das Leben sollte schon Freude machen. Sein Beruf war ohnehin schwer genug. Manchmal. Da musste er sich dann belohnen. Zum Beispiel heute mit ein paar dickeren Scheiben von der Wurststange, wenn die Resi ihm dabei nicht zusah.

Na, aber arm war sie schon. Weil sie so krank war, seit fast zwei Wochen lag sie mit einem starken grippalen Infekt im Bett. Seither musste er alles im Haushalt machen. Weil sie das mit dem hohen Fieber selbst nicht tun konnte. Ihn daher vom Bett aus dirigierte. Ihm sagte, was er alles einkaufen musste. Sogar, wie er die Hühnersuppe zubereiten sollte.

Obwohl er so etwas nicht mochte, diesen Küchenkram, war Sepp Grubinger insgeheim ein wenig stolz auf sich. Dass er das auch konnte. Diese Hausdinge. Dabei musste er manches erst lernen. Beispielsweise das Einschalten der Waschmaschine.

Dass sich die Resi mit den vielen Knöpfen darauf auskannte, bewunderte er schon.

Jeden Tag zog er sein frisch gewaschenes Hemd an. Das war für ihn so selbstverständlich, weshalb er sich bisher nie Gedanken darüber gemacht hatte, welchen Waschgang die Resi dafür verwendete. Aber jetzt war er im Bilde: nicht nur über die Weißwäsche. Auch bei der Buntwäsche gab es so manche Tücke, hatte sie ihm verraten.

Ja, seine Resi, die wusste schon was. Machte alles ohne viel Aufhebens darum.

Insgeheim bewunderte er das bei Frauen. Das gestand er sich schon ein. Dass die alles so selbstverständlich nahmen und nicht viel darüber redeten. Irgendwie fiel das alles bei ihnen unter Routine, glaubte er, während er den gemahlenen Kaffee in den Filter einfüllte und danach die Kaffeemaschine startete.

Alles ging ihnen leicht von der Hand, sinnierte er vor sich hin, während er die Wurst in gleich breite Scheiben schnitt. So hatte es zumindest den Anschein für ihn. Ihre Handlungen hatten sich automatisiert. Funktionierten wahrscheinlich sogar mitten in der Nacht, wenn man sie plötzlich aufweckte.

Das war bei ihm nicht so. Absolut nicht. Es war nicht leicht für ihn, an alles zu denken, was die Resi derzeit nicht erledigen konnte: einkaufen gehen, kochen, waschen, putzen. Sepp Grubinger wurde geradezu schlecht, wenn er daran dachte, welche Aufgaben neben seiner Arbeit heute noch auf ihn warteten.

Der Duft aus der Kaffeemaschine aber würde ihn gleich für den trüben Tagesausblick entschädigen. Er seufzte und schenkte sich eine Tasse ein. Dann ging er wieder zur Terrassentür und sah hinaus.

Sein Chef, der Adi Platzer, hatte ihm aufgetragen, so schnell wie möglich den Fall Schiefer aufzuklären. Wie sollte er das allerdings mit seiner Doppelbelastung von Beruf und Haushalt derzeit schaffen? Jede Minute am Tag war getaktet. Er hatte keine Zeit, sich in aller Ruhe Gedanken darüber zu machen wie sonst in seiner Polizeistube.

Denn, ehrlich gesagt, war ihm das Private schon wichtiger als der Beruf. Auch wenn er ihn gerne ausübte. Aber über seine Familie ließ er nichts kommen. Über die Resi und seine zwei Buben. Und wenn sie ihn brauchten, war er da. Ohne Wenn und Aber.

Diese Winzer aber hatte immer Freude daran, ihre Nase in Angelegenheiten zu stecken, die sie sonst wirklich nichts angingen. Doch diesmal kam ihm ihre Neugier und ihre offenbar zeitweise Langeweile gelegen. Denn anders konnte er sich ihr Interesse an seinen Ermittlungen nicht erklären.

Er würde sie und den Lokaljournalisten Harry Kain quasi in einer Art Außendienst einsetzen und selbst in der Polizeidienstaußenstelle bleiben. Dort könnte er dann am Computer die Daten zusammentragen und die Berichte schreiben. Ja, leider. Das musste er nämlich auch. Und mit dem Schreibsystem Adler – dreimal kreisen, einmal treffen –, das er anwandte, dauerte es einige Zeit, bis die Datei fertig war.

Natürlich nur, wenn die Winzer es wollte. Was aber nicht sicher war, weil sie mit ihrem Jugendflirt aus Griechenland beschäftigt war.

Sepp Grubinger verdrehte die Augen.

Dass sie aber gleich nach ihrer Ankunft für die Resi Lindenblüten gebrockt hatte, fand er doch wieder bemerkenswert. Vielleicht machte dieser Typ ja auch mit? Das hoffte der Dorfpolizist zumindest.

Plötzlich hörte er ein Knarren am Schiffsboden. Er drehte sich um.

»Ja, Pippo, du bist schon auf?«

Resi Grubinger kam recht bleich im Gesicht und sichtlich geschwächt in die Küche. Sie setzte sich an den Tisch. »Ich musste mal wohin und da hab ich den Kaffee gerochen. Du hast doch noch Zeit bis zum Dienst?«, fragte sie erstaunt.

»Ja schon. Aber ich wollte in Ruhe alles zusammenschreiben, was ich heute zu erledigen habe.«

Resi sah ihn dankbar an. »Bist wirklich brav, Pippo. Andere Männer machen des net so wie du.«

»Na geh, was du da sagst«, freute er sich und legte die Wurst auf den Teller. Wohl wissend, dass ihn dazu gleich eine ganz andere Reaktion erwarten würde.

Doch es kam nichts.

Resi machte sich auf zur Kaffeemaschine und nahm sich auch eine Tasse.

Sepp Grubinger war überrascht und sah ihr erstaunt nach. »Des is aber kein koffeinfreier«, warnte er seine Frau noch rechtzeitig. Sie goss sich dennoch eine Tasse ein und setzte sich wieder hin.

»Heute geht es mir schon besser, Pippo. Trotzdem bleib i im Bett, weil i mi no a bisserl schonen muss. Aber vielleicht kann i a paar Handgriffe schon selber machen«, ermutigte sie nicht nur sich selbst.

Sepp Grubinger setzte sich mit seinem Teller, dem Brot und dem Kaffee zu ihr an den Tisch.

»Und du willst nix essen?« Er strich sich Frischkäse auf sein Brot und freute sich schon auf die Wurst.

Resi überlegte kurz, entschied sich dann für ein halbes Stück Roggenbrot, das sie von der zweiten Schnitte ihres Mannes abbrach. Sie wendete es zwischen den Fingern und biss zwischen einzelnen Schlucken Kaffee hin und wieder davon ab. Dabei sah sie Sepp zu, wie er genüsslich, ohne sie anzuschauen, sein Wurstbrot aß. Als er gerade fertig war, läutete sein Diensttelefon. Fast hätte er sich verschluckt und räusperte sich, bevor er abhob. Auf dem Display sah der Dorfpolizist, dass es Adi Platzer, sein Chef, war.

»Grubinger. Morgen, Herr Platzer, was gibt's?«, raunte er nüchtern. Seine Stimme wurde getragen und sein Blick ernst: »Aha. Des gibt's ja net. Und wo? Ja, i komm glei.« Mehr sagte er nicht.

Stattdessen sah er bedrückt seine Frau an. »Resi, heut is echt wieder einmal net mein Tag. Jetzt hab i glaubt, i kann endlich in Ruhe frühstücken, und jetzt gibt's wieder eine Leich. Dabei hab i mi so gfreut über die Wurst im Kühlschrank. Und wieder nix.«

Resi Grubinger legte ihr Brotstück auf seinem Teller ab. »Pippo, du brauchst di net vor mir zu verstecken, wennst die Wurst essen willst.«

Sepp Grubinger drehte sich noch einmal um, bevor er das Haus verließ. Sein verdutzter Blick verriet Resi, dass er nicht wusste, wovon sie sprach.

»Des is a vegane Wurst. Is dir des no net aufgfallen?«

Er sah sie fassungslos an und antwortete nichts. Diese Botschaft konnte ihm an dem sowieso schon glanzlosen Tag auch nichts mehr anhaben. Denn einen weiteren Tiefpunkt könnte es für ihn heute kaum noch geben. Bei dem, was er eben vom Platzer gehört hatte.

15. KAPITEL

Weshalb nur hatte sie so eine Ahnung gehabt? Nachdem er gestern weggefahren war. Dass er seine Frau im Dorf aufsuchen würde. Ins Gastzimmer am Hauptplatz ging. Zu Eleni war die Beziehung eben stärker, als er ihr vorgemacht hatte.

Walli Winzer war enttäuscht und fühlte sich verärgert.

Aber was hatte sie sich denn vorgestellt? Jugendlich und naiv etwa, dass die Gefühle andauern würden?

Na gut, das glaubte sie nun wirklich nicht. Allein der Gedanke daran holte sie ganz schnell in die Wirklichkeit zurück.

Romantik benebelte eben ein wenig die Sinne. Auch bei ihr, wie sie feststellte. Bei einer Liaison mit einem verheirateten Mann war man halt doch nur das fünfte Rad am Wagen. Selbst wenn der einem einredete, dass er eine offene Beziehung führte, war da doch immer jemand anderer. Davor und danach.

Gleich hätte sie daran denken sollen, als er sie gestern vor dem alten Schulhaus von der Harley hatte absteigen lassen und weiterfuhr. Um Zigaretten zu holen, wie er sagte. Dabei konnte sie sich nicht erinnern, dass er rauchte.

Walli Winzer war noch in ihr Negligé gehüllt. Sie hatte es über Nacht anbehalten. Dachte, Rudi würde jeden Augenblick zurückkommen. Dann war sie eingeschlafen und erst am Morgen wieder erwacht.

Ohne ihn neben sich.

Da war es ihr bereits klar gewesen: Dass Eleni nicht so großzügig war, wie Rudi ihr hatte glaubhaft machen wollen. Meist entpuppte sich so ein Gedanke nur als Wunschdenken mancher Männer. Wenn eine Frau nicht mehr an ihrem Mann interessiert war, ließ sie sich heutzutage von ihm scheiden.

Walli dachte kurz nach.

Außer es sprachen triftige wirtschaftliche Gründe dagegen, überlegte sie. Das war bei Rudi und Eleni wegen der gemeinsamen Olivenhaine und der Ölmühle der Fall.

Walli lehnte sich nachdenklich an die Kommode im Wohnzimmer und hielt ein Glas Caffè Latte fest in der Hand. Als könnte dessen Wärme ihre seelische Enttäuschung mildern. Was sie nicht tat.

Irgendwie ärgerte es Walli, dass sie sich sentimental noch einmal so von ihm hatte einwickeln lassen. Dass das Schicksal ihre Begegnung in Griechenland herbeigeführt hatte. Man musste sich das erst einmal vorstellen: Bei den vielen Unterkünften genau in der Pension von Rudi Lehner-Papadopoulos zu landen. Natürlich hatte das eine zwangsläufig zum anderen geführt. Beide erinnerten sich an alte Zeiten. Die Mußestunden ihrer langen Gespräche ließen die Jugenderinnerungen wieder lebendig werden.

Dass seine Frau das nicht so hinnehmen wollte und ihm nach Österreich nachfuhr, konnte sie verstehen. Sie wollte ihn zurückbeordern.

Walli Winzer war auch einmal verheiratet gewesen. Und so etwas hätte sie sich auf keinen Fall gefallen lassen. Obwohl Thomas, ihr Ex, ihr während der Ehe die längste Zeit auf die Nerven gegangen war.

Aber gut. Geschichte ist Geschichte. Rudi war die Gegenwart. Sie sah jetzt sein Mobiltelefon am Tisch liegen und wusste gar nicht, dass er es gestern vergessen hatte.

Wie sie sich nach dieser Episode verhalten sollte, war ihr selbst noch nicht klar.

Walli stellte den Caffè Latte auf dem historischen Tisch ab und schlenderte nachdenklich durchs Wohnzimmer. Sie zog die Vorhänge zur Seite und war überrascht, dass auch das Wetter ihre Seelenlage widerspiegelte. Draußen war es trüb.

Walli Winzer griff wieder nach ihrem Kaffeeglas, wollte sich aber nicht an den Tisch setzen. Unruhe trieb sie an. Sie nahm einen Schluck und stellte das Glas gleich darauf wieder zurück.

Die Morgenpost samt Tageszeitung fiel ihr auf einmal ein. Es stand zwar schon seit Längerem nichts drin, was sie interessierte. Aber für Ablenkung sorgten manche Storys dann doch. Außerdem könnte es bald zu regnen beginnen. Da wäre es ratsam, beim Rausgehen nicht erst den Schirm aufspannen zu müssen.

Walli schlurfte in ihren Pantoffeln durch den Garten und sah zum Himmel hoch. Sie war sich plötzlich nicht sicher, ob sich ihre Befürchtung bestätigen würde.

Was allerdings nichts bedeutete. Denn im Waldviertel konnte das Wetter auch bei prächtigem Sonnenschein rasch umschlagen. Die Wolken verdichteten sich hier schnell und ein eventueller Dauerregen verhinderte den ganzen Tag lang jegliche Außenarbeit.

Walli Winzer sah zum Haus ihrer Nachbarin Sybille Karner und hoffte, dass diese das Aufklappen des Postkästchens nicht hörte. Sie käme dadurch vielleicht auf die Idee, herüberzukommen und ihren unsäglichen Redeschwall auf sie niedergehen zu lassen. Und das in aller Früh!

Als Walli sich eben umdrehte, hörte sie im Haus etwas zu Boden fallen.

Sie erschrak. Vielleicht war Rudi zurückgekommen.

Wahrscheinlich hatte sie ihn zuvor nicht gehört, weil er die Harley vom Feldweg hinten in den Gartenbereich geschoben und den Motor abgestellt hatte.

Doch Halt, mahnte sie sich. Gleich würde es für ihn etwas setzen. Einfach so wortlos zu verschwinden und dann seelenruhig zum Frühstück aufzutauchen – so nicht! Nicht mit ihr.

Aufrechten Gangs und mit blickdicht geschlossenem Negligé betrat sie wieder das Haus. Sie legte Post und Zeitung auf die Ablage im Vorzimmer und bereitete sich auf die erste Konfrontation vor. Verärgert würde sie sich aber nicht geben, nahm sie sich vor. Vielmehr nüchtern und von Anfang an konsequent. Ihm sagen, dass der Urlaubsflirt vorbei sei, sie aber weiterhin Freunde sein könnten. Ein Stehsatz, den sie schon unzählige Male in ihrem Leben von sich gegeben hatte.

Gut, so etwas hatte auch seine positive Seite: Die Tür war nicht zugeschlagen, und man konnte später immer wieder neu aufeinander zugehen. Sogar beruflich. Dadurch hatte Walli oft von lukrativen Aufträgen erfahren und war anderen dadurch um eine Nasenlänge voraus gewesen.

Doch an der Stelle waren Rudi und sie noch lange nicht. Jetzt musste sie erst einmal für klare Verhältnisse sorgen. Samt Aussicht auf eine nachträglich gute Gesprächsbasis. In ihrer derzeit verärgerten Verfassung war das sowieso Herausforderung genug.

Als Walli das Haus betrat und nach ihm rief, meldete er sich nicht.

Sie rief seinen Namen nochmals.

Wieder nichts. Doch sie hörte erneut Geräusche. Die hintere Haustür stand offen.

Walli Winzer ging dem Rascheln aus der Küche nach.

Na warte! Seelenruhig bediente er sich aus ihren Vorräten. Womöglich tat er so, als wäre alles nur ein Missverständnis. Bloß ein längeres Gespräch mit seiner Frau gewesen.

Walli holte tief Luft, um nicht sofort loszuplatzen, und bog elegant in die Küche ein.

Nein, das durfte nicht wahr sein.

»Filou! Was machst du denn da?«, rief sie außer sich. »Das ganze Trockenfutter hast du über den Boden verstreut. Wie das aussieht! Auch den Mehlsack hast du umgestoßen.«

Walli schlug entsetzt die Hände zusammen und stand knapp vor einer Explosion.

Filou sah sie hingegen erstaunt an. Beunruhigt war er trotz der Lautstärke seines Frauchens nicht. Manchmal fand sie etwas gar nicht gut, was ihm aber Spaß machte. War halt so. Mensch und Katze waren eben verschieden. Auch ihm machte einiges, was sie tat, keine Freude. Beispielsweise, wenn sie seine Leckerlis in einem der Küchenschränke versteckte und er nicht an sie herankam. Das war ganz schön fies von ihr.

Heute war das anders gewesen. Durch die angelehnte Hintertür konnte er bereits die betörend duftende Geflügelmischung des Knuspersäckchens riechen. Das stand nämlich ausnahmsweise auf der Küchenablage. Natürlich zog ihn das sofort an. Und da niemand da war, bediente er sich eben selbst.

Na gut, dass er beim Aufbeißen des Futtersacks mit dem Rücken den Mehlbehälter anstieß, dieser umkippte, sodass der weiße Staub den ganzen Küchenboden bedeckte, das hatte er nicht gewollt. Also, es ärgerte ihn sogar. Denn er musste mehrmals niesen und seine Augen brannten. Durch die offene Hintertür zogen die Schwaden aber dann doch schnell wieder ab. So konnte er in Ruhe weitermachen und bald darauf die Knackis fressen.

Gewusst wie, freute er sich wie ein kleiner Schneekönig. Er sah jetzt allerdings auch so aus: von oben bis unten mit weißem Mehlstaub bedeckt. Und er wirbelte ihn erneut auf, während Frauchen sich ihm schimpfend näherte. Ja, nahezu kreischte. Das ließ nun wirklich nichts Gutes ahnen.

Flugs schwindelte er sich geübt an ihr vorbei und sauste die Treppe hinauf.

Sie rannte ihm hinterher. Befürchtete sie doch, dass er sich gemütlich in ihr Bett legen würde, was sie um jeden Preis verhindern wollte. Dieses in Mehl gewälzte Ungeheuer rüttelte heute mächtig an ihren Nerven.

Doch statt ins Schlafzimmer zu laufen, hielt er den Dachboden für das bessere Versteck.

Walli lief weiter hinter ihm her.

In ihrer Rumpelkammer neben der Galerie stand allerlei Krimskrams herum. Damit es nicht so muffig und stickig roch, ließ sie immer einen Spalt offen. Filou kannte sich daher gut dort aus. Er schlüpfte durch den Spalt – und: Schon war er weg.

Walli Winzer öffnete die Dachbodentür und trat ein. Es war düster. Als sie Licht machen wollte, bemerkte sie, dass die Glühbirne nicht funktionierte.

»Shit!«, fluchte sie. Ihr Blick suchte die einzelnen Nischen ab, doch von Filou war nichts zu sehen. Dieser Kerl hatte die Gabe, sich in für ihn unangenehmen Situationen einfach unsichtbar zu machen. Irgendwo wartete er, bis ihr Zorn vorbei war. Bei dieser Unordnung hier wusste sie, dass ihm nicht beizukommen war.

Immerhin lag er nicht auf ihrem Bett und bestäubte es mit Mehl. Wenn er sich auch noch schütteln würde – nicht auszudenken. Ein Trost, der sie gleich ruhiger werden ließ.

Walli Winzers Augen gewöhnten sich langsam an die Dunkelheit.

Ihren Kater fand sie zwar nicht, aber ihr Blick fiel auf den großen Karton, in dem sie alte Fotos gesammelt hatte. Immer wieder gab sie die, die ihre Mutter nicht ins Familienalbum eingeklebt hatte, dort in die Kiste. Unbeachtet verstaubten sie dort unter dem Regal.

Sie zögerte, entschied sich aber, den Deckel zu öffnen. Ein paar Fotos wollte sie herausnehmen. Aus einer Zeit, die hinter ihr lag. Die ihr Freude, manchmal auch Schmerz bereitet hatte. Erinnerungen, die allerdings die Persönlichkeit aus ihr gemacht hatten, die sie heute war.

Walli Winzer wühlte im Wust der Bilder. Dann zog sie eines heraus. Es war aus ihrer Kindheit. Sie lächelte. Sah es lange an. Sie saß als Zweijährige auf einer Decke, hatte den Daumen im Mund und lachte ihre Mutter voller Lebensfreude an. Erinnern konnte sie sich an diesen Ausflug nicht mehr. Aber an das Gefühl, wenn ihre Mutter ihr nahe gekommen war. Das war plötzlich wieder da. Wenn sie sie liebevoll umsorgt hatte. Ihr das lange blonde Haar gekämmt hatte. Sie morgens für die Schule angezogen und ihr die Riemen der Schultasche über die Schultern gelegt hatte.

Ja, und da war auch noch Uschi, ihre beste Schulfreundin. Auf dem Foto machte sie Hasenohren mit der Hand über ihrem Kopf. Das tat sie, während das Foto entstand, damit der Ulk auch darauf zu sehen war. Sie war immer zu Späßen aufgelegt gewesen. Man konnte ihr aber nicht böse sein. Deshalb hatte ihre Mama auch nur gelacht und nicht geschimpft. Ihre liebe Mama.

Da war auch Wallis Vater auf einem der Fotos zu sehen. Sie hielt es nur kurz in der Hand und legte es gleich darauf weg. Die Wirtshauseskapaden mit seinen

Freunden aus der Floridsdorfer Lokomotivfabrik hatten die Familie viel Geld gekostet. Oft war er angetrunken nach Hause gekommen, was für die Mutter und sie oft sehr schwer gewesen war. Wenn er wieder einmal auf die Mutter einschlug. Walli weinte dann in ihrem Bett. Leise unter der Decke. Damit er sie nicht hörte. Hoffte, dass es bald vorüber wäre. Denn manchmal war ihm das nicht genug. Dann verdrosch er auch sie.

Das alles hatte sie längst vergessen. Es verdrängt, würde man wohl heute sagen. Sie erinnerte sich auch daran, dass sie sich so sehr eine Schwester gewünscht hatte. Mit der sie alles hätte besprechen können. Aber sie war allein. Und blieb allein.

Gedankenverloren wühlte sie weiter.

Ach ja! Da war auch Lena. Sie erinnerte sich, dass sie einander in einem Studentencafé kennengelernt hatten. Sie hatten sich vom ersten Augenblick an gut verstanden. Die Chemie zwischen ihnen stimmte.

Lena studierte auf der Uni, während Walli ihre Lehre als Schaufensterdekorateurin absolvierte. Sie sah ein weiteres Foto an, auf dem sie fröhlich lachend an einem Kaffeehaustisch saßen. Sie zog es näher heran und entdeckte, dass sie Zigaretten rauchten. Oder war es ein Joint? Jedenfalls war sie stolz darauf gewesen, ihr eigenes Geld zu verdienen. Auch Zigaretten zu rauchen war so ein Stück Erwachsensein. Sie hatten viel Spaß miteinander gehabt. Auch heute noch.

Sie lächelte.

Auf dem nächsten Foto erkannte sie Rudi Lehner. Wie wild er aussah mit seinen langen, damals noch dunklen Haaren und dem Flaum, der einen Vollbart andeuten sollte.

Darüber lachte sie amüsiert.

Rudi war damals mit von der Partie gewesen. Ihn hatte sie auf einem der Studentenfeste kennengelernt. Eine schöne Zeit war das gewesen. Nichts war verboten gewesen. Alles erlaubt. Man durfte sich gegenseitig sogar die Partner ausspannen. In der Freundesclique blieb man trotzdem. Es musste alles nur ehrlich sein, damit die anderen darauf reagieren konnten. Belustigt. Oder ausgleichend. Aber das war zumeist nicht notwendig. Denn als junger Mensch ist man sowieso flott unterwegs. Steckt daher vieles spielerischer weg. Nach dem Motto: Auch eine andere Mutter hat einen schönen Sohn.

Etwas, was Walli gerade gar nicht leichtfiel, wenn sie an Rudis Heimkehr zu seiner Ehefrau dachte.

Na gut, soll sie ihn wieder zurückhaben. Ihren Mann und Wallis Sommerflirt.

Walli war sich selbst nicht sicher, wie sich ihrer beider Zukunft gestalten würde und vor allem *ob* sie sich eine längere Beziehung mit ihm vorstellen konnte. Wie denn? Eine Fernbeziehung? Eine On-off-Beziehung? Eine Beziehung, in der sie ein halbes Jahr in Griechenland, in seinen Ölhainen, verbringen würde? Er sie wiederum zwischen Wien und dem Waldviertel besuchte?

Gut, Silvia Manner, ihre Co-Geschäftsführerin und Ziehtochter, würde das meiste in der PR-Agentur schon allein schaffen. Aber Rudi? Er führte ein Unternehmen und hatte vor, es zu erweitern. Da konnte man nicht einfach ein halbes Jahr fernbleiben. Sie würde wohl Österreich aufgeben und mit ihm auswandern müssen. Wollte sie das wirklich? Oder gar eine Ménage-à-trois?

Walli hörte erneut Geräusche.

Filou? Nein, hier oben war das Poltern nicht.

Diesmal kam es von unten.

»Walli, bist du da?« Sie erkannte Lenas Stimme. Wenn man von der Sonne sprach, war sie da. Walli freute sich, die Freundin bereits in aller Früh zu sehen. Sie stützte sich zum besseren Aufstehen ab und griff nach einigen der Fotos, die sie mitnehmen wollte. Dann legte sie den Deckel auf die Kiste.

Walli wusste, dass Filou noch im Zimmer sein musste. Hier oben tat er jetzt so, als könnte er kein Wässerchen trüben. Obacht zu geben, damit lag man bei ihm immer richtig. Denn der Erfindungsreichtum des kleinen Rackers war groß. Immer fiel ihm etwas Neues ein.

Deshalb sah sie nochmals zur Fotokiste, ob sie auch gut verschlossen war. Sie brauchte die Fotos weder von ihm angebissen noch mit einer Katzenmarkierung versehen.

»Lena, ich bin auf dem Dachboden und komme gleich!« Sie drehte das Licht ab, ließ die Tür einen Spaltbreit offen und machte sich auf den Weg nach unten.

Es war nicht nur Lena, auch Mizzi Troger war mit ihr gekommen. Wie zwei Schülerinnen nach einer Schelte standen beide nebeneinander und sahen Walli ernst an.

Der Gedanke an ein Schwelgen in Jugenderinnerungen, die sie mit Lena beim gemeinsamen Frühstück aufleben lassen wollte, trat beim Anblick dieser Gesichter für Walli zurück. Stattdessen überkam sie leichtes Gruseln.

»Was ist denn passiert? Irgendetwas ist doch, so wie ihr dreinschaut.«

»Komm, setz dich«, bat Lena Breitenecker die Freundin.

Walli wurde nervös und legte die Fotos auf die Kommode. »Heraus damit«, forderte Walli Lena ungeduldig auf.

»Dein Akku ist wohl wieder einmal leer. Wir haben schon die ganze Zeit versucht, dich zu erreichen. Der Sepp Grubinger auch.«

Walli Winzer schaute auf ihr Mobiltelefon, das tatsächlich aus war. »Ja und? Was gibt's?« Sie war jetzt ganz Ohr.

»Man hat Rudi vorhin aufgefunden. Tot.«

16. KAPITEL

»Zurück! Ich habe gesagt zurück!« Sepp Grubinger hatte alle Hände voll zu tun, um die Schaulustigen, die sich am Hauptplatz drängten, fernzuhalten.

Einige junge waren unter dem rot-weiß-roten Absperrband durchgeschlüpft, um die Leiche zu sehen. Der tote Rudi Lehner lag auf der Seite zusammengekrümmt in einer Hauseinfahrt. Die rechte Hand hielt er vor seinem Bauch. Darunter hatte sich eine riesige Blutlache gebildet. Die musste einige Stunden alt sein. Das verrieten das Dunkelrot des Blutes und die Menge, die ihn umgab.

»Sag, hast du was mit deinen Ohren? Ich habe gesagt, zurück mit dir. Hörst du?«, wurde der Dorfpolizist nun deutlicher.

Ein Teenager rückte der Leiche besonders nahe und wollte nicht auf Grubingers Appell reagieren. Zu guter Letzt begann er, den Toten mit dem Handy aus mehreren Perspektiven zu fotografieren.

»Jetzt reicht es!« Sepp Grubinger nahm den Ungehorsamen am Oberarm und riss ihn vom Tatort weg. »Was glaubst du? Verwischt uns alle Spuren. Des is ka Spaß.«

Der Junge zeigte sich betroffen, war aber mehr daran interessiert, ob seine Fotos etwas geworden waren.

»Ja, bist denn du gscheit?«, echauffierte sich der Polizist. »Du wirst die sofort löschen. Vor meinen Augen. Verstehst du?« Er stellte sich dicht neben ihn, um dessen Handlung zu überwachen.

Der Teenager sah ihn ungläubig an, tat aber, wie ihm befohlen worden war. »I wollt sie doch nur meinen Freunden auf WhatsApp schicken. Damit es sie ein bisserl gruselt. Sonst hätt ich eh nix mit ihnen gmacht. Also, nicht ins Internet gestellt, falls Sie das glauben.«

Sepp Grubinger kümmerte sich nicht weiter um ihn, weil er gleich darauf mit anderen Schaulustigen beschäftigt war. Sie hatten den Fotografierenden gesehen und wollten es ihm gleichtun. Einige hatten ebenso die Absperrung vor dem Tatort durchbrochen.

»Sagt, habt ihr gar keinen Respekt mehr vor einem Toten?« Endlich kamen ihm seine Kolleginnen und Kollegen aus der Polizeiinspektion Gföhl zu Hilfe und sicherten den Bereich. Erst ihre Anwesenheit sorgte für Ordnung, was Sepp Grubinger aufatmen ließ.

So außergewöhnliche Situationen mochte er überhaupt nicht. In denen seine Amtsgewalt gefragt war. Wenn die Leute in Großlichten außer Rand und Band waren. So hatte er sie noch nie erlebt.

Eine Passantin war heute sehr früh in die benachbarte Bäckerei gegangen und hatte den Toten in der Einfahrt liegen gesehen. Zuerst dachte sie, der Mann hätte einen Herzinfarkt erlitten, und wollte ihm helfen. Dann aber sah sie das viele Blut um ihn herum, das ihr Angst machte. Daraufhin soll sie geschrien haben, woraufhin einige Männer herbeieilten. Nachdem sie erkannt hatten, dass sie nichts mehr tun konnten, riefen sie bei ihm an.

Er, der Dorfpolizist, hatte sich gleich auf den Weg gemacht und war früher als das Gföhler Polizeikorps da gewesen. Die Spurensicherung war kurz nach ihm eingetroffen und hatte sofort das Absperrband um den Tatort gespannt.

Wie man bemerkte, ließen sich einige trotzdem nicht davon abbringen, alles genau zu beäugen.

»Der saß in den letzten Tagen öfter in der Konditorei. Da hab ich ihn gesehen. Er is mir aufgefallen, weil halt sonst unter der Woche net so viel los is. Meist hat er Zeitung gelesen«, erzählte eine echauffierte Frau, die vor Schreck den Einkaufskorb fallen gelassen hatte. »Wer macht denn so etwas?«, zeigte sie sich erschüttert, den sanften Frieden in ihrem Ort auf solche Weise erneut gestört zu wissen.

Harry Kain, den man als Reporter ebenso über den neuen Fall verständigt hatte, hob den zu Boden gegangenen Einkauf der Frau auf. Er sah recht übernächtigt aus. Darüber hinaus hatte er offensichtlich keine Zeit gefunden, sein aschblondes Haar zu kämmen. Zu seinem gewohnten Dreitagebart kam nun ein weiterer Tag dazu, was sein Gesamtbild eines unkonventionellen Typen kaum wesentlich beeinflusste.

Die Frau bedankte sich, und er stellte sich neben Sepp Grubinger.

»Seit wann liegt der schon da?«, fragte er ohne Umschweife.

»Der Arzt war noch nicht da. Aber meiner Einschätzung nach wohl schon ein paar Stunden. Die Frau fand ihn am Morgen. Das Blut ist bei dieser Hitze an einigen Stellen bereits eingetrocknet. Da schau.«

Harry Kain durfte die Absperrung durchschreiten und sah sich die Leiche genauer an.

»Das ist ja …« Er getraute sich nicht weiterzusprechen und sah stattdessen Sepp Grubinger bestürzt an.

»Ja, ist er«, antwortete dieser knapp, um sich sogleich anderem zu widmen. Er hob das Absperrband an und begrüßte den Mediziner, der nun gekommen war. Er zog sich eben einen weißen Ganzkörperanzug über und Plastikhandschuhe an. Der Dorfpolizist wechselte einige Worte mit ihm, wodurch dieser über die Situation sofort im Bilde war.

Harry kniete sich vor der Leiche nieder und machte sich einige Notizen, als ihn eine Frau ansprach. Sie stand hinter ihm und starrte auf seine Aufzeichnungen: »Schrecklich, wie er so daliegt.«

Da ihre Stimme nahe an seinem Ohr war, drehte sich Harry Kain überrascht nach ihr um. Dabei klang sie sachlich und kein bisschen aufgeregt. Den ersten Schreck hatte sie offenbar schon überwunden.

»Vielleicht schreiben Sie auch noch auf, dass der Gesichtsausdruck des Toten überrascht wirkt, als hätte er seinen Mörder …«, sie zögerte, »… oder seine Mörderin gekannt. Weshalb er über den Bauchstich mehr als überrascht war.«

Der Lokaljournalist erhob sich. Er sah sie entgeistert an: »Warum sagen Sie überrascht *war*. Woher wissen Sie das so genau? Es müsste doch vielmehr heißen: überrascht gewesen sein *könnte.* Also die Möglichkeitsform. Denn Genaueres weiß noch niemand.« Er erkannte die Betreiberin des Nachbargeschäfts, Bäckerin Monika Schiefer, und musterte sie interessiert. »Jetzt erkenne ich Sie erst. Hallo.«

Harry war sich nicht sicher, ob er die Witwe gleich auf mehr ansprechen sollte, schob seine Zweifel jedoch beiseite und entschied sich dafür: »Das ist ja unglaublich: zwei Tote binnen weniger Tage. In und in der Nähe *Ihrer* Konditorei. Wie erklären Sie sich das? Das muss Sie doch sehr erschüttern?«, fragte er sie unumwunden.

Monika Schiefer blieb von seiner Frage unbeeindruckt. Ganz so, als hätte sie bereits damit gerechnet. Ob nun er sie ihr stellte oder jemand anderer, irgendjemand hätte sie danach gefragt. Der Journalist war diesbezüglich also der Erste.

»Erwartet habe ich so etwas nicht, falls Sie das wissen wollten. Ich bin aber auch nicht verwundert.«

Harry Kain glaubte, nicht richtig gehört zu haben. »Wie meinen Sie das?«

Die Bäckerin ließ sich nicht aus der Ruhe bringen. »Er ist nicht von hier, saß aber in den vergangenen Tagen regelmäßig bei uns in der Konditorei. Las Zeitung. Ich hatte auch das Gefühl, dass ihn anderes interessierte.«

Harry Kains journalistischer Instinkt war erwacht. Die zwanglose Situation zwischen ihnen nützte er, um Weiteres zu erfahren: »Was könnte das gewesen sein?«

Seine gezielte Frage irritierte die Bäckerin. Deshalb gab sie sich bei der Antwort reserviert. Sie sah an Harry vorbei zum Platz hin. Herumstehende bildeten eine Menschentraube, die von dort bis zur Konditorei reichte. Ölmühlenbesitzer Franz Zirnwald und sein Geschäftsführer Bertl Frühwirth durchquerten sie. Sie waren interessiert, was die Menge bewegte, und näherten sich dem Tatort bis auf wenige Meter.

Nachdem Zirnwald den toten Lehner-Papadopoulos erkannt hatte, starrte er nur kurz auf ihn, um mit Frühwirth wortlos weiterzugehen. Monika Schiefer sah ihnen nach. Sie hatten zuvor einige Blicke gewechselt. Dennoch waren beide Geschäftsmänner ohne Anteilnahme gewesen. Hatten nicht gefragt, was geschehen war. Vermittelten mehr den Eindruck, den Ort schnell verlassen zu wollen.

Harry Kain sah wieder zur Bäckerin: »Sie haben mir noch nicht geantwortet. Vielleicht ist Ihre Beobachtung sogar für den Sepp wichtig.«

Monika Schiefer gab sich wenig zugänglich. Als sie Harry eben den Rücken kehrte, drängte sich eine dunkelhaarige, attraktive Frau um die vierzig durch die Menge und direkt auf sie zu.

»Was haben Sie gemacht? Was haben Sie mit meinem Mann gemacht?«, schrie sie laut. Die Menschenansammlung verdichtete sich und stellte sich um die Frauen. Die Leute schienen abzuwarten, was noch kommen würde. Eine solche Eskapade erlebte man im Dorf nicht jeden Tag. Einigen kam es vielleicht sogar so vor, als würden sie bei einer dramatischen Szene von einem neuen »Tatort« statieren. Tatsächlich kam auch ein Kameramann angerannt. In einer Art Rettungsgasse ließ man ihn zur Leiche.

»So. Es ist gut!«, schaltete sich Sepp Grubinger wieder ein. »Das ist ein Tatort, und da wird nicht gefilmt.«

Der Kameramann zeigte sich aber uneinsichtig und setzte zu den ersten Einstellungen an.

»Sind Sie taub?«, wurde der Dorfpolizist fast grob. »Sie sehen doch, dass die Spurensicherung noch im Gange ist. Was erlauben Sie sich?«

Inzwischen war der TV-Redakteur des Lokalsenders nachgekommen und verteidigte den Kollegen. »Sie müssen verstehen, das ist doch eine tolle Geschichte: Wieder einmal ein Mord in Großlichten. Das interessiert ganz Österreich.«

Sepp Grubinger verdrehte die Augen. »Aber nicht, wenn wir an der Arbeit sind und Sie die ethischen Regeln des Journalismus einhalten sollten!«

Während Grubinger seine liebe Mühe mit der sogenannten Journaille hatte, versuchte die attraktive Fremde, Monika Schiefer körperlich zu attackieren. Sie beschimpfte sie mehrfach als »Schlampe« und unterstellte ihr mit griechischem Akzent, ihren Mann ermordet zu haben.

Verblüfft und eingeschüchtert zugleich wollte die Geschäftsfrau sich von ihrer Widersacherin lösen.

Sepp Grubinger war endlich zur Stelle und bemühte sich, die Kontrahentinnen zu trennen. Die Ehefrau des Toten ließ von der Bäckerin ab und kniete sich neben ihren reglos daliegenden Mann. Sie hob zu einer mitleiderregenden Klage an. Dabei schlug sie ihre Hände theatralisch vors Gesicht.

Harry, der das Schauspiel fassungslos beobachtet hatte, überkam der Eindruck, soeben einem griechischen Drama beizuwohnen: Rudis Ehefrau warf sich wie ein antikes Klageweib über die Leiche und vergrub ihr Gesicht an deren Schulter.

Das wurde nun selbst dem Beamten der Spurensicherung zu viel, und er versuchte sie, vom Tatort wegzuzerren. Sie wehrte sich und veränderte dadurch die Position der Leiche, da sie sich an ihr festhielt.

Als der Mann sie hochhob, sah sie die heraneilende Walli Winzer samt Gefolge. Deren Anblick löste bei ihr teuflische Wut aus. Augenblicklich entriss sie sich dem Beamten und warf sich vor Zorn auf Walli. Diese wusste nicht, wie ihr geschah. Wie eine Klette und mit höchstem Krafteinsatz umklammerte sie die PR-Agentin und würgte sie. Walli riss an deren Händen, die stählern um ihren Hals lagen. Instinktiv wandte sie einen der Jiu-Jitsu-Griffe an, die sie vor Jahren in einem Selbstverteidigungskurs gelernt hatte. Im Nu hatte sie die wütende Ehefrau ihres Ex-Lovers außer Gefecht gesetzt.

Den Applaus der Umstehenden für diese Aktion verbuchte Walli Winzer eindeutig für sich. Sie hielt die Arme der wehrhaften Frau fest auf deren Rücken gepresst und wartete, bis Sepp Grubinger endlich die Güte fand, sie von ihrer Rivalin zu befreien.

»Ich war's nicht, die Rudi nach Österreich mitgenommen hat. Sondern er wollte es so«, machte sie ihr deutlich. Sie sprach nicht sehr laut, da ihr die Szene vor allen Leuten peinlich war.

Einer der Polizeikollegen aus Gföhl hielt es für angebracht, Eleni Papadopoulos mit aufs Revier zu nehmen. Zugegeben ein bisschen hart. Aber sie hatte öffentliches

Ärgernis erregt. Wer wusste schon, was sie in ihrer Aufgebrachtheit noch alles anstellen würde.

»Vielleicht hat sie ihn ja umgebracht, ihren Ehemann«, murmelte eine ältere Frau neben Sepp Grubinger in sich hinein, als das Polizeiauto neben ihnen losbrauste. »Verstehen tu ich das ja. Den meinen könnte ich auch manchmal abmurksen«, setzte sie trocken hinzu.

Der Dorfpolizist drehte sich erschrocken nach ihr um, doch da war sie schon weg.

Walli Winzer ordnete ihre helle Sommerbluse sowie ihr Haar und zögerte, den Tatort zu betreten. Lena nahm sie tröstend um ihre Schultern, was sie nur kurz zuließ. Walli Winzer entwand sich und ging apathisch die letzten Schritte bis zur Absperrung.

Sie sah die Leiche im angetrockneten Blut liegen. Es war wirklich Rudi.

Ihre Kräfte verließen sie. Sie schwankte und – Blackout.

17. KAPITEL

»Willst du noch ein Glas, Walli?«, fragte Lena und hielt die Wasserkaraffe mit Eiswürfeln und frischer Minze in der Hand.

Walli Winzer war noch etwas blass. Sie saß erschöpft auf Lenas Küchenbank, vor sich das leere Glas. »Ja bitte«, antwortete sie.

»Hans und Lukas sind nochmals losgefahren und holen deine Harley vom Platz. Sie stellen sie gleich hinter deinem Haus ab. Da ist sie sicherer, als wenn sie noch einen ganzen Tag dort steht. Die Leute wissen doch, dass der Fahrer tot ist. Da kommt einer vielleicht noch auf eine blöde Idee und nimmt sie mit, hat der Hans gemeint.«

Walli Winzer sah desinteressiert vor sich hin und nahm einen Schluck Wasser. »Danke, es geht mir schon besser. Es war nur die Hitze und die Aufregung um den toten Rudi. Und dann noch diese hysterische Eleni.«

»Ja, sag du mir: Was ist denn in die gefahren?« Lena war jetzt noch aufgebracht.

»Dass die so eine Furie sein kann, haben ich ehrlich nicht gewusst.«

»Und wie die auf dich losgegangen ist. Also wirklich. Normalerweise ist man betroffen und kraftlos, wenn ein nahestehender Mensch nicht mehr da ist. Wie die sich präsentiert hat! Das geht ja auf keine Kuhhaut, wie man bei uns sagt.«

»Also *die* heißt Eleni, liebe Lena. Sonst bist du diejenige, die auf gute Kinderstube pocht.«

»Gut, ja, du hast ja recht. Dann halt Eleni. Aber Eleni hat seit jeher gewusst, wie ihr Mann tickt, und war damit einverstanden, dass er Affären hat. Das habe ich zumindest gedacht. Warum jetzt diese Theatralik dir gegenüber?«

Walli stützte ihren Kopf auf die Hand und rieb ihre Stirn. »Frag mich nicht. In Griechenland war noch alles in Ordnung, und jetzt ist sie ihm sogar nachgereist. Das hat mich überrascht. Ich glaub, Rudi auch.«

»Wie man gesehen hat, ist Eleni einfach ausgerastet. In Kreta hatte sie ihn unter Kontrolle. Hier nicht. Vielleicht überkam sie die Angst, dass er nicht mehr zurückkommt. Und jetzt ist er tot.«

»Klar ist das für sie ein Schock. Für mich aber auch.« Wallis natürliche Gesichtsfarbe kehrte langsam zurück, wie Lena beruhigt bemerkte.

»Geh, bitte, trink noch das Glas Wasser aus. Das stärkt deinen Kreislauf. Sicher ist sicher, bevor du mir wieder zusammenklappst.« Lena schenkte Wasser nach und stellte sich neben die Freundin, bereit, sie notfalls aufzufangen.

»Mama, weißt du, wo mein neues T-Shirt mit dem Peace-Zeichen ist? Gestern hab ich es irgendwo hingehängt, und jetzt ist es weg.« Lisa, Lenas Tochter, war aus dem Nebenzimmer gekommen und stand ratlos mitten in der Küche.

»Lisa, wir haben einen Gast. Du könntest Walli begrüßen«, sagte Lena zu ihrer Tochter und machte sich auf den Weg, ein paar selbst gebackene Mohnkekse aus einer Dose zu holen.

»Jo eh. Hallo, Walli«, näherte sie sich dieser und drückte ihr ein Busserl auf die Wange. »Du schaust heute gar nicht super aus«, bemerkte sie ungewollt unsensibel.

Walli war der Kommentar egal. Sie kannte die junge Pappenheimerin und wusste, wie sie ihn meinte. Eine Antwort erwartete Lisa auch nicht. Sie ging zum Teller und schnappte sich eines der Kekse.

Lena protestierte: »Die sind für Walli gedacht. Zur Stärkung. Der Zuckerschub wird ihr hoffentlich gleich wieder zu Kräften verhelfen.«

»Warum? Strengt dich dein neuer Lover so an?« Die Studentin lachte und gab sich keck selbst die Antwort. »Na ja, in eurem Alter braucht man das wahrscheinlich.«

»Lisa, du freche Göre!«, ermahnte ihre Mutter sie streng. »Werde du erst einmal fünfzig, dann red ma weiter. Und solang Walli Anklang findet, kannst du echt nichts sagen.«

Lisa wusste, dass sie übers Ziel hinausgeschossen hatte, und lenkte ein. »Ich sag ja nix mehr. Ihr schaut beide eh jünger aus, als ihr seid«, kratzte sie rechtzeitig die Kurve, bevor ihre Mutter ihr mit dem Wasserkrug gefährlich nahe kam.

»Aber jetzt wirklich: Was ist los? Ihr wirkt beide so bekümmert. Ich kenn das sonst nicht, wenn ihr zusammen seid.«

Lena begann, die ganze Tragik der Situation zusammenzufassen, was Lisa kaum glauben konnte und sich nach der unglaublichen Nachricht niedersetzen musste. Sie war betroffen und umarmte Walli voller Anteilnahme.

»Schon gut«, gab diese sich mittlerweile gefasst und schob zum Trost eines der Kekse in den Mund. »Den ersten Schreck habe ich überstanden. Ich bin trotzdem ratlos, wer Rudis Tod wollte. Er kannte hier doch niemanden außer mich und euch.«

»Tja, anscheinend doch.« Lena zögerte. »Und dann war da auch noch seine Ehefrau, die ihm nachgereist ist.«

»Was? Rudis Frau ist auch da?«, kreischte Lisa überrascht. »Das ist ja krass!«

»Ja, vor allem, da sie Walli vor allen Dorfleuten am Hauptplatz tätlich angegriffen hat.«

»Was heißt *angegriffen?*« Lisa glaubte, nicht recht gehört zu haben.

»Na, wie ich es gesagt habe. Es gab einen Kampf, und Walli hat sie schachmatt gesetzt. Die Polizei hat sie mitgenommen.«

»Lost«, war derzeit der aktuelle Jugendausdruck in krassen Momenten. Da war bei euch ja was los«, zeigte sich Lisa mehr als erstaunt.

Die Haustür ging auf und ihr Bruder Lukas kam gemeinsam mit seinem Vater in die Küche.

»Hi!«, rief sie ihnen entgegen.

»Hallo, wir sind wieder da.« Hans Breitenecker gab seiner Frau einen Kuss und stellte danach seine Schuhe im Vorzimmer ab.

»Wir haben die Street-Bob durch die Einfahrt in den hinteren Gartenteil bei dir geschoben. Sicher ist sicher. Da sieht sie niemand.«

»Danke, Hans. Aber das ist mit Sicherheit mein letzter Gedanke heute«, antwortete sie matt.

Hans sah zu seiner Frau, die ihm entspannt zuzwinkerte und ihm dadurch Entwarnung für Wallis Seelenzustand signalisierte. »Ich verstehe«, antwortete er verständnisvoll. Er setzte sich an den Tisch und griff gleichfalls nach einem Keks. »Sehr gut«, lobte er und versuchte dadurch die Stimmung zwischen ihnen positiv zu halten.

»Ich nehme mir auch gleich einen«, folgte Lukas dem Vorbild seines Vaters.

»Hast du irgendwo mein neues Leibchen gesehen?«, fragte Lisa auch ihren Bruder. »Ich möchte es heute wieder anziehen, aber es ist spurlos verschwunden.«

»Du willst es noch einmal anziehen? Ich hab's bereits zur Schmutzwäsche gegeben«, lüftete Lena das Geheimnis um das verloren geglaubte Shirt.

»Ich hab es ja gestern nur am Nachmittag getragen. Sandra und ich haben uns mit ein paar Freunden in der Konditorei troffen.«

»Passt nur auf, dass ihr dort wieder heil rauskommt.«

»Was? Wie meinst du das?«, fragte seine Schwester nach.

»Na, weil doch dort alle paar Tage ein Toter herumkugelt.«

»Jetzt hörst aber auf, so einen Blödsinn zu erzählen, Lukas«, regte sich seine Mutter auf und schaute zu

Walli. »Wennst nix Gscheites von dir gibst, dann weiß ich schon, was du alles am Bauernhof erledigen kannst. Zum Beispiel gleich einmal den Hühnerstall ausmisten. Der hätte es nämlich notwendig.«

»Ah, ich muss noch etwas für die Uni lernen. In ein paar Wochen hab ich meine Nachprüfung«, wusste er gleich eine Ausrede. Was sollte Lena daher antworten, wenn ihr Sohnemann endlich einmal an sein Biologiestudium dachte. Selbst wenn er solche Aufgaben sonst immer vor sich herschob.

Lukas tänzelte hinaus ins Vorzimmer zur Holzstiege, um ins obere Stockwerk zu gelangen, als er fast mit Harry Kain zusammenstieß. Dieser hatte zeitgleich die Tür geöffnet und war eben eingetreten.

»Puh, nochmals gut gegangen!«

»Alles okay?«, antwortete Lukas und flugs war er oben.

»Ja, Harry, was führt Sie hierher? Kommen Sie, setzen Sie sich zu uns«, bat Lena ihren neuen Gast herein.

»Danke«, winkte er grüßend in die Runde. »Das war vorhin ja eine starke Geschichte, und ich wollte schauen, wie es Frau Winzer geht. Wie ich sehe, wieder gut.« Er sah sie prüfend an, was ihr absolut nicht gefiel.

»Harry, warum sollte es mir nicht gut gehen, wenn ich bei Lena bin?«

Sie seufzte in seine Richtung.

»Heraus damit, sie kommen doch wegen etwas ganz anderem. Habe ich recht?«

Harry grinste ertappt und setzte sich unaufgefordert neben seine Gesprächspartnerin. »Na ja, und zweitens wollte ich Sie fragen, ob Sie mit mir eine Runde zur Mohnölmühle machen wollen. Ich hatte Sie das schon vor ein paar Tagen gefragt. Ich soll einen Artikel für das Magazin ›Griaß di‹ schreiben. Das lenkt Sie vielleicht ab. Es ist ja alles nicht so lustig für Sie.«

»Harry, Sie Scherzbold. Was glauben Sie? Von wegen lustig. Natürlich ist es das nicht.«

Walli schüttelte erschöpft den Kopf.

Harry hatte inzwischen ein Glas Wasser vor sich wie die anderen. Unaufgefordert nahm er sich ein Plätzchen.

Während er kaute, verhielt er sich still. Er sah in die Runde. Hans war dabei, für den nächsten Markttag einige Kekse in Zellophansäckchen zu packen. Lena ging unbeeindruckt der Hausarbeit nach, während einzig und allein Lisa bereit war, ihm zuzuhören.

Trotzdem ließ Harry nicht locker: »Sie wissen doch, ich schreibe immer gerne Storys über Betriebe aus der Region. Und die Mohnölmühle zählt zu unseren erfolgreichsten.«

Walli Winzer zeigte sich weiterhin wenig gesprächsbereit. Ein Umstand, den Harry kaum von ihr kannte.

»Ja, also Sie müssen natürlich nicht«, räumte er ein. »Ich hatte nur gemeint, weil *Ihr Rudi* doch dorthin Kontakte pflegte. Neben meinem Interview könnten wir dort noch ein paar andere Spuren verfolgen.«

Bei dem Gedanken daran wurde Walli lebendig: »Sie glauben nicht allen Ernstes, dass es bis dorthin Spuren geben könnte? Wenn Rudi doch erst die Geschäftsbeziehung aufbauen und erweitern wollte. Da ist bei Ihnen der Wunsch, etwas zu finden, wohl mehr der Vater des

Gedankens als Realität.« Walli wandte sich gereizt von ihm ab.

»Ja, und was sollte das mit dem toten Bäcker zu tun haben? Den gibt's auch noch. Habt ihr das vergessen?« Lena stellte einen der abgewaschenen Teller auf die Abtropftasse.

»Die Polizei muss diesmal in völlig verschiedene Richtungen ermitteln. Rudi kannte den Schiefer doch überhaupt nicht«, war Walli Winzer überzeugt.

»Ihn nicht … aber«, Harry zögerte, fuhr dann allerdings fort, »als gewohnheitsmäßiger Schwerenöter vielleicht seine Frau?«

18. KAPITEL

»Jetzt ist es aber genug, Harry. Mit Ihnen geht heute eindeutig die Fantasie durch. Oder wollen Sie mich provozieren?« Walli rückte von ihm ab. Seine Nähe war ihr schlichtweg unangenehm.

Harry lehnte sich zurück und dachte von Neuem nach. »Oder war's seine Ehefrau? Ich meine, die vom Schiefer, die ihren Ehemann ermordet hat? Aber warum auch noch den Lehner?«

Der Lokaljournalist musste zugeben, dass er im Moment tatsächlich verwirrt war.

»Na ja, und was wäre, wenn beide Ehefrauen jeweils ihre Männer umgebracht hätten? Es heißt doch immer, dass die meisten Morde Beziehungstaten sind.« Hans hatte sich mit seiner Wortmeldung aus der Bastelecke heraus gemeldet.

»So wie diese Griechin sich am Tatort aufgeführt hat, ihr wildes Gekreische und die Attacke gegen Sie, Frau Winzer, das war echt nicht ohne«, versuchte Harry, Wallis Geneigtheit wiederzugewinnen.

»Das kam aus deren Betroffenheit heraus. Darauf gebe ich nichts«, reagierte sie prompt. »Sie ist eben impulsiv.«

»Du stellst ihr damit aber kein gutes Leumundszeugnis aus. Vielmehr wird sie dadurch zu einer Verdächtigen. Denn die meisten Morde geschehen im Affekt«, führte Lena den Gedanken von Hans weiter.

»Daher hat die Polizei sie auch in Gewahrsam mit nach Gföhl genommen. Warum der Platzer das den Grubinger nicht hat tun lassen, ist mir schleierhaft.« Lena drehte den Wasserhahn auf und säuberte ihre Hände vom Abwaschmittel.

Die Frau vom Rudi hat sich erst einmal beruhigen müssen. Das war schon richtig, dass man sie mitgenommen hat«, fuhr Hans fort.

»Dazu hätte eine Beruhigungsspritze genügt. Sie hätten sie nicht in eine Zelle sperren müssen«, war Lena Breitenecker überzeugt.

»Ja, so eifersüchtige Frauen können manchmal ganz schön gefährlich werden«, witzelte Harry Kain vor sich hin.

»Das ist nur bei euch so. In unserer Generation geht man gelassener mit so etwas um. Klappt eine Beziehung nicht mehr, sind wir der Meinung, andere Mütter haben auch schöne Kinder«, sagte Lisa. »Ein Mord aus einer Beziehungskrise heraus ist doch retro. Nur eine abhängige Frau gerät unter Druck. Wer will das schon sein. Gut, manchen fällt eine Trennung wirklich schwer.«

»Oft hängt viel dran«, begründete Lena.

»Auf jeden Fall wollen meine Freundinnen und ich uns keinesfalls in Unfreiheit begeben. Heiraten möchte ich auch nicht, und mein Erspartes behalte ich für mich. So ist das. Klare Verhältnisse für alle. Da müssen unsere Männer durch«, stellte sie klipp und klar fest.

Lena und Hans sahen einander schweigend an. Solche Entschlossenheit hatten sie bei ihrer Tochter noch nicht erlebt, und sie lauschten ihr daher interessiert.

Walli war die Erste, die ihre Worte wiederfand: »Das ist völlig richtig, was du sagst. Frauen sollten auf ihren eigenen Beinen stehen, sich nicht unterordnen und finanziell unabhängig sein.«

»Und wer später der Vater unserer Kinder sein möchte, wird uns auch egal sein. Es gibt meist sowieso nur Ärger mit den biologischen Vätern, denn ihre Alimente zahlen die nach einer Trennung meistens nicht. Wollen nur Rechte und bei den Pflichten schrauben sie sich.«

Jetzt verschlug es sogar Walli kurzzeitig die Sprache. Es gefiel ihr aber, wie realistisch die junge Lisa das Leben eines Großteils der Frauen einschätzte. Bis es bei ihr mit Kindern so weit wäre, würde noch einige Zeit vergehen. Vielleicht fände sich bis dahin doch ein geeigneter junger Mann, der bereit war, tatsächlich partnerschaftlich Verantwortung zu tragen.

Lisas Eltern blieb bezüglich der Ansichten ihrer Tochter der Mund offen stehen. »Wir wären als Großeltern ja auch noch da, und ich hoffe, dass wir dir bisher kein allzu abschreckendes Vorbild gewesen sind«, zeigte sich Lena ein wenig betroffen.

»Ach, Mama, du doch nicht.« Lisa sah ihre Mutter liebevoll an. »Aber die Gesellschaft tickt in der Regel nicht wie ihr. Ihr seid miteinander durch dick und dünn gegangen. Helft überall, wo es möglich ist. Das weiß ich schon. Ob ich das mit meinem Partner einmal so erlebe, weiß ich nicht. Frauen mit Kindern bleiben oft allein zurück. Können finanziell kaum überleben. Als Alleinerziehende lebst du sowieso meist an der Armutsgrenze.«

»Vernünftig nachgedacht«, resümierte Harry Kain und setzte noch eins drauf: »Daher: Warum nicht am besten gleich in einem Kollektiv leben?«

»Also ehrlich: In so eine polyamorös ausgerichtete Kommune einzuziehen, habe ich hundertprozentig nicht vor«, gab Lisa zurück. »Polygamer Sex interessiert mich absolut nicht. Mir reicht der Stress, den man schon mit einem Typen hat.« Dann überlegte sie kurz: »Vielleicht fiele die Bedeutung, die einer allein im Leben hat, später weg, wenn man lernen würde, Liebe und Sex voneinander zu trennen?«

Hans und Lena trauten ihren Ohren nicht, was Lisa ihnen da heute anvertraute, und beschlossen, nicht weiter darauf einzugehen. Alles würde vorübergehen. Und wenn nicht, wussten sie, dass Lisa ihren Weg trotzdem finden würde.

»Auf jeden Fall hat Rudis Ehefrau ihre polyamorösen Impulse wohl nicht so gut im Griff, wie sie bisher geglaubt hatte. Das haben wir erlebt«, führte Harry Kain zum Ausgangspunkt des Gesprächs zurück. Davon waren sie alle doch etwas abgekommen.

»Und sie sitzt jetzt in Gföhl?«

»Der Platzer hat sie, von seiner Polizeitruppe eskortiert, abführen lassen. Über den Kopf vom Sepp hinweg.«

»Na, lang können die sie eh nicht einsperren.«

»Vielleicht behält man sie noch über Nacht ein. Immerhin wirft man ihr Erregung öffentlichen Ärgernisses vor und einen tätlichen Angriff vor großem Publikum.«

Lena Breitenecker wurde plötzlich bleich. Ihr fiel die Ohrfeige, die sie Bürgermeister Brunner verabreicht hatte, wieder ein. »Muss man eigentlich für eine Ohrfeige einsitzen?«, fragte sie zögerlich.

»Das nicht, aber Bußgeld wird schon verhängt«, mutmaßte Harry Kain.

Walli Winzer sah Lenas besorgtes Gesicht und versuchte, ihre Unsicherheit zu zerstreuen. »Lena, du wirst sehen, der Brunner bringt das bestimmt nicht zur Anzeige. Vielmehr wird er es runterspielen. Sonst würde er sich und seine Politinszenierung als starker Mann selbst anpatzen. Das wäre im Vorwahlkampf für ihn eher kontraproduktiv. Anders gewinnt er noch Unentschlossene dazu, die ihn fälschlicherweise für besonnen halten. In ihm einen Kavalier der alten Schule sehen wollen, da er sich von dir nicht provozieren ließ. So ein Schmus. Eines ist aber sicher: Das Leben wird er dir und Hans ab jetzt gehörig schwer machen. Davon gehe ich aus.«

Lena nahm sich auch ein Mohnplätzchen, schob es in den Mund und griff gleich nach einem zweiten. Sie hatte sich an den Tisch zu den anderen gesetzt und spielte nervös mit einer Haarsträhne.

»Lena, wir starten die Flucht nach vorne. Wie du merkst, sind unsere Kinder groß und führen langsam ihr eigenes Leben. Unser Biohof läuft super, daher können wir für die Routinearbeiten am Hof und im Haushalt jemanden anstellen. Deine Premium-Käseproduktion machst du selbst und suchst dir jemanden, der dich dabei unterstützt. Und ich bin ja auch noch da«, beruhigte er seine Frau. »Niemand ist in Großlichten besser geeignet, Bürgermeisterin zu werden, als du. Die Leute vertrauen dir, und die Aktion gegen den Brunner war für manche vielleicht das Tüpfchen auf dem i, auch deine Schlagkraft zu erkennen«, zwinkerte er ihr zu.

»Vor allem für die Männer«, ergänzte Walli amüsiert. »Ich könnte mir vorstellen, dass ihm schon mancher eine knallen wollte, diesem Rabenaas! Das hast du ihnen abgenommen.«

»Walli, ich bin wirklich nicht stolz darauf. Mir ist das einfach passiert. Ich weiß nicht, warum. Wahrscheinlich war es diese wochenlange furchtbare Hitze, die meine Sinne völlig benebelt hat.«

»Das Gute an dieser vertrackten Situation ist: Wir stehen heute am Beginn der fulminanten Karriere einer ganz besonderen Frau«, sprach Harry Kain bereits voller Enthusiasmus.

Lukas hatte die letzten Worte gehört und griff sie wertschätzend für seine Begleitung auf: »Ich habe hier auch eine besondere Frau! Schaut, wen ich mitgebracht habe. Adile hat an der Tür geklopft, aber niemand außer mir hat sie gehört.«

Alle freuten sich, die junge Frau zu sehen.

»Das ist aber schön, dass du schon da bist. Lukas hat uns gesagt, dass du erst morgen kommen wirst.« Lena ging als Erste auf sie zu und umarmte sie. Dem schlossen sich alle Übrigen einschließlich Lisa an. Lukas stand mit strahlendem Gesicht mitten im Raum und beobachtete die herzliche Begrüßung durch seine Familie.

»Sehr schön, dich wiederzusehen«, freute sich auch Walli Winzer. Sie überlegte: »Das ist einige Zeit her, als wir uns das letzte Mal gesehen haben. Das war, als wir gemeinsam den Teppichmord in Wien und Groß-Siegharts aufklärten.«

»Das ist wirklich schon länger her.« Danach lächelte die junge Frau Lukas an und nahm zwischen ihm und Lisa am Tisch Platz. »Du warst bloß die letzten Male nicht da, liebe Walli«, fuhr sie fort.« Aber jetzt hat es geklappt. Ich hoffe, meine Großeltern haben dir immer meine Grüße ausgerichtet?«

»Natürlich, auch wenn sie ihre Pension jetzt eher in Anatolien verbringen. Aber zwischendurch pendeln sie gerne ins kühlere Waldviertel und schauen immer wieder bei mir vorbei.« Walli wollte sich damit aber nicht weiter aufhalten, sondern war gleich an der Neuigkeit interessiert. »Ich freue mich ungemein, dass du und Lukas jetzt beisammen seid. Irgendwie hab ich das von Anfang an geahnt. Besser gesagt: für euch gehofft«, fuhr sie fort.

Lukas drückte Adile glücklich an sich. »Dass da etwas zwischen uns ist, haben wir auch gemerkt, wollten aber nichts überstürzen.«

Mehr wollten beide nicht über ihre zarten Bande sagen und schlossen bei dem an, was sie zuvor aufgeschnappt hatten. »Jetzt wollen wir wissen, wer von euch

Karriere macht? Wir wollen Klatsch und Tratsch nicht versäumen«, war Lukas ganz Ohr.

Nachdem sein Vater alles nochmals ausführlich wiederholt hatte, zeigten sie sich vom Vorhaben bedingungslos angetan. »Wir sind natürlich dabei!«, deponierte der Sohn schon mal.

»Ja, und ich schlage vor: Ich bereite gleich einmal eine Imagekampagne für Lena auf Social Media vor«, machte Adile Nägel mit Köpfen und sah motivierend in die Runde, die zustimmte.

»Also, wie du merkst, kommst du aus der Bürgermeisterin-Nummer nicht mehr raus«, motivierte Walli ihre Freundin augenzwinkernd.

Lena wurde die künftige Last der Verantwortung immer mehr bewusst, weshalb sie kaum darüber jubelte. Denn übernahm sie einmal etwas, führte sie es zu hundert Prozent aus. Sie sah Walli ernst an, während ihre Familie schon lauthals über ihren Kopf hinweg Pläne schmiedete.

»Lena, wir schaffen das«, flüsterte Walli Winzer ihr ermutigend ins Ohr.

Allerdings nicht leise genug, weshalb Journalist Harry Kain mitgehört hatte.

Er lachte, als sich die beiden ertappt fühlten. »Dann darf ich davon ausgehen, dass Sie die Mohnölmühle nicht ad acta gelegt haben und mich dorthin begleiten wollen? Denn neue Freunde zu gewinnen, gilt es ja in jedem Vorwahlkampf.«

19. KAPITEL

Walli Winzer schlurfte noch verschlafen durch die Küche. Nach den Ereignissen gestern war die Nacht für sie eine unruhige gewesen. Kein Stein war für sie mehr auf dem anderen geblieben.

Selbst Filou hatte seine nächtlichen Erkundungen eingestellt. Merkte, dass sie sich anders als sonst verhielt. War deshalb bis in den Morgen hinein bei ihr im Bett geblieben. Neben ihr. Hatte ihre Traurigkeit wegen Rudis Tod gespürt.

Irgendwann war sie dann eingeschlafen. Doch ihre Unruhe ließ sie bald darauf wieder aufwachen. Ihre Gedanken kreisten um die Todesfälle und sie konnte nicht mehr einschlafen.

Deshalb war es noch sehr früh am Morgen.

Sie schaltete die Kaffeemaschine ein und bereitete ihren Caffè Latte zu. Ihre Handgriffe wirkten dabei routiniert. Doch heute hätte sie fast ihr geliebtes Milchhäubchen auf dem Kaffee vergessen. So verloren stand sie neben sich. Aus dem Schäumer setzte sie schnell eines obendrauf. Dann öffnete sie die Brotdose und holte eine Schnitte heraus, auf die sie ein wenig Butter strich.

Sie nahm beides und schlich damit ins Wohnzimmer. Das Brot legte sie, ohne einen Teller zu verwenden, auf die Tischplatte. Es wirkte spartanisch. Als wollte sie sich in ihrer Trauer aller zivilisatorischer Regeln entledigen. Buße tun, weil sie Rudi nicht davon abgehalten hatte, mit ihr nach Großlichten zu kommen.

Als sie jedoch genauer darüber nachdachte, fiel ihr ein, dass streng genommen er es gewesen war, der sie begleiten wollte. Sich vorgenommen hatte, seine Geschäfte mit der örtlichen Ölmühle zu vertiefen. Mit der er zuvor schon Geschäfte getätigt hatte. Der Gedanke daran machte ihr Herz jedoch auch nicht leichter. Trotz ihres Entschlusses, sich von ihm zu trennen, nachdem seine Frau ihm ins Waldviertel gefolgt war.

Der Sommerflirt hatte sie zwar noch einmal jünger gemacht. An ihre Jugendzeit erinnert. Doch die Zeit konnte man eben nicht zurückdrehen. Zu viel hatte sich inzwischen ereignet. Man selbst hatte sich verändert. Der andere auch. Rudi war noch für andere Menschen verantwortlich. Für Menschen, die auf seinem Gut und seiner Ferienanlage arbeiteten. Ja, und dann war da eben auch noch seine Frau.

Je länger sie so dasaß und nachdachte, desto klarer wurde ihr, dass sie kein schlechtes Gewissen zu haben brauchte. Also ganz ehrlich, anderen Männern gegenüber hatte sie das auch nie gehabt. Denn Männer waren immer und überall zu haben. Sie kannte keine Ausnahme. Bot sich einem die Gelegenheit eines Seitensprungs, war er dabei. Da fackelte keiner lang herum.

Walli Winzer ließ nur jene aus, auf die ihr Blick kein zweites Mal fiel. Und sogar solche fanden offensichtlich ihre Chance.

Offene Beziehungen funktionierten nicht, wusste sie aus eigener Erfahrung. Machten in der Regel nicht glücklich. Zumindest einen oder eine davon nicht. Außer die Beziehung war bereits zu Ende und bestand nur noch aus einer Gütergemeinschaft. Was durchaus okay war, wie Walli befand. Wenn beide das so wollten. Denn nicht jede Frau war berufstätig. Manchen bot eine Ehe Sicherheit.

Doch sie würde immer ihr eigenes Geld verdienen wollen. Egal, wie viel das wäre. Dadurch ihre Unabhängigkeit bewahren oder diese wiederherstellen. Und nicht einem ausrangierten Kerl zusehen müssen, wie der sich mit einer Jüngeren vergnügte. Sie vielleicht sogar zu einem Besuch in einem Swingerclub überreden würde. No, no. Nicht mit ihr!

Da war Walli lieber selbst aktiv. Hatte ihren Beruf und widmete sich zwischendurch prickelnden Affären. Allerdings mussten sie diese auch inspirieren. Langweilte sie ein Verehrer, konnte der gar nicht so schnell schauen, stand er wieder auf dem Platz, von dem sie ihn zuvor genommen hatte. Wie glücklich zeigte er sich gleich darauf, seine fürsorgliche Ehefrau wieder um sich zu wissen.

Tja, das war der ewige Kreislauf der Betrogenen, die davon besser nichts ahnten. Ja, und in den sogenannten offenen Beziehungen ging es oft gar nicht um Liebe, sondern nur um die Gewissheit, nicht einsam zu sein.

Rudi hatte Walli gegenüber die Gütergemeinschaft mit Eleni als Grund für ihr Beisammensein genannt. Außerdem bleibe man in Kreta verheiratet, hatte er gesagt. Später hatte er sich sogar damit gebrüstet, dass seine Abenteuer mit Touristinnen nicht nur deren Rückkehr im kommenden Jahr garantierten, sondern manche im Herbst auch zur Olivenernte kamen.

Rudi hatte sich ein kleines Imperium aufgebaut, in dem alles bisher gut gelaufen war. Alle spielten mit. Nur gab es plötzlich eine Änderung, die er wohl nicht erkannt oder nicht einkalkuliert hatte. Hier im Waldviertel.

Walli Winzer hatte sich zum Nachdenken in ihren Ohrensessel gesetzt und nahm einen Schluck von ihrem Kaffee.

Da es früh war, fröstelte es sie ein wenig. Die Nächte im Waldviertel waren immer noch kühler als anderswo. Brachten dadurch Erholung nach einem heißen Tag. Ließen einen abschalten.

Doch bei Walli Winzer war das aktuell nicht der Fall.

Sie kauerte jetzt mit bloßen Füßen im Ohrensessel, hatte diese an ihren Körper gezogen. Sie lehnte ihren Kopf an eine der Stütze. Dann schloss sie die Augen.

Ihre Gedanken waren wieder bei Rudi.

Er war nicht mehr.

Tränen rannen über ihre Wangen.

Sie hatte den Caffè Latte mit herübergenommen und hielt ihn in der Hand. Umklammerte das Glas mit beiden Händen. Das machte sie immer, wenn sie unsicher war. Auch in der Agentur. Dessen Wärme beruhigte sie. Spendete Trost.

Wärmte sie von außen nach innen.

Sie achtete darauf, das Glas nicht zu fest zu drücken.

Öffnete danach wieder die Augen.

Nichts hatte sich inzwischen verändert. Gar nichts. Es war, wie es war: endgültig.

Walli Winzer wischte sich die Tränen aus dem Gesicht.

Sie hatte die Vorhänge nicht geöffnet. Im Wohnzimmer war es daher noch schummrig. Durch die gekippten Fenster strömte der kühle Duft von reifem Korn. Walli beruhigte das.

Nach einer Weile sah sie auf ihre Armbanduhr. Für 10.00 Uhr hatte sich Monika Schiefer, die Witwe des toten Bäckers, angekündigt. Was die von ihr wollte?

Immerhin unterstellten ihr einige, dass Rudi auch etwas mit ihr gehabt haben könnte. Das würde Walli als Kränkung ihrer Person ansehen, wie sie eben bemerkte.

Sie presste die Augen nochmals zusammen und trocknete sie mit einem Taschentuch.

Was wäre, wenn es so gewesen wäre? Wenn Rudi und die Schiefer etwas miteinander gehabt hätten? Er Vergnügen und Geschäft wieder einmal geschickt zu verbinden gewusst hätte? Nicht nur mit ihr, Walli. Wer weiß, zu welchen Ideen sie ihn inspiriert hatte. Ja sicher, und Monika Schiefer sah schon gut aus, gab sie unumwunden zu.

Walli Winzer bemerkte, dass sich Fiktion und Realität bei ihr langsam zu vermischen begannen. Es war daher an der Zeit, sich aus dieser gedanklichen Sackgasse zu lösen. Lieber Fakten zusammentragen und später dann daraus reale Schlüsse ziehen.

Sie nahm noch einen Schluck Kaffee. Fühlte sich nach der geleerten Tasse etwas besser als zuvor. Was sie nicht nur auf die anregende Wirkung des Kaffees zurückführte, sondern auf die Rückkehr ihrer Urteilsfähigkeit.

Sie stellte das Glas auf den Beistelltisch und vergrub ihr Gesicht nachdenklich in ihren Händen.

Während sie meditierte, hörte sie einen Tapser auf dem Kaminsims hinter sich.

Jetzt musste sie lächeln.

Nahezu lautlos sprang etwas zu Boden, um gleich darauf auf dem Fensterbrett zu landen.

Walli Winzer veränderte ihre Pose nicht.

Filou hüpfte von dort auf ihren Schoß und sah Frauchen interessiert an.

Walli erschrak nicht, sondern öffnete entspannt die Augen. Sie wusste bereits zuvor, dass nur er das sein konnte.

Sie liebte ihren Kater und kannte seine Gewohnheiten durch und durch. Eine davon war es, sie zu necken. Was ihm auch wieder gelungen war.

»Du kleiner Schelm!«, hob sie ihn hoch und gab ihm einen Kuss auf sein Köpfchen. »Uhhh, warum kommst du erst jetzt von deiner Jagd zurück? Wo warst du denn? Ich hoffe, nicht bei unserer Nachbarin im Garten. Sonst …«

Kaum hatte sie es ausgesprochen, klingelte es an der Eingangstür.

Sie setzte sich auf und sah auf ihre Gucci-Armbanduhr. Es war erst 8.00 Uhr. Die Schiefer hatte sich für später angekündigt. Wollte sie schon früher loswerden, was ihr auf der Seele brannte?

Walli Winzer flitzte ins Badezimmer und legte ihren Morgenmantel um. Damit bewies sie etwas Grandezza, die sie in so einem Moment auch nicht verlieren wollte.

Walli atmete tief durch, blickte in Filous interessiertes Gesichtchen und signalisierte ihm, dass sie allen Widrigkeiten des Lebens, die über sie hereinbrechen könnten, standhalten würde. Sie öffnete daraufhin erhobenen Hauptes die Tür.

Doch sieh da! Es war nicht die Schiefer und auch nicht ihre nervige Nachbarin Sybille Karner. Obwohl diese aus Neugier wohl gleich vorbeikäme, befürchtete Walli und sah bang zu ihrem Haus. Aber nein. Noch war sie nicht unterwegs. Nico Salmer, der Großlichtener Postbote, war vor der Tür.

Er stand neben seinem Fahrrad und hielt einen eingeschriebenen Brief für sie in der Hand. Dabei trat er nervös von einem Bein aufs andere. Sie hatte den Eindruck, je näher sie ihm kam, desto schneller wurden seine Bewegungen. Ein wenig skurril sah das schon aus. Dabei war Nico gar nicht unattraktiv, wie sie fand. Aber er war so schüchtern, dass man vermuten könnte, er wäre nicht hell auf der Platte. Nun gut, als Postler musste er das auch nicht sein, stellte sie ein wenig wehmütig fest. Er sollte nur Briefe und Pakete ausliefern. Und diese idealerweise an die richtige Adresse. Was er ja auch tat.

Gewissenhaft war Nico auf jeden Fall, und er beobachtete gut. Sonst könnte er Sepp Grubinger bei einem Bier nicht von bestimmten Vorkommnissen erzählen. Was er oft tat. Das hatte Walli schon vor einiger Zeit festgestellt. Manchmal kam es ihr so vor, als würde er sie oder einiges um sie herum belauern. Irgendwie sogar beschatten. Nicht nur, wenn sie im Garten arbeitete.

Einmal hatte sie seine Fahrradstange durch die Hecke nahe der Straße blitzen gesehen. Also, sicher war sie sich nicht. Aber er war einer der wenigen im Ort, die überhaupt noch mit dem Fahrrad fuhren. Die Jugend war meist mit dem Moped unterwegs, die Erwachsenen mit dem Auto.

Vor nicht allzu langer Zeit war das noch anders gewesen, hatte ihr der Grubinger erzählt. Aber heute ist auf dem Land praktisch jede und jeder motorisiert. Nur die Mountainbiker und der Nico setzten auf zwei Räder.

Obwohl Walli Winzer selbst keine Radfahrerin war, gefiel ihr das. Und mit einem Elektroanrieb, wie ihn Nico auf seinem Fahrrad mitführte, war er sowieso teilmotorisiert.

Weil er jeden Tag mit dem Dienstfahrrad unterwegs war, blieb Nico Salmer möglicherweise auch so schlank, mutmaßte sie. Fast müsste man ihn groß und dürr nennen. Was man von ihr beileibe nicht sagen konnte.

Walli unterbrach ihren gedanklichen Exkurs und rief ihm heiter »Hallo, Nico!« zu, was dieser freudig erwiderte.

»Morgen, Frau Winzer, ich bring Ihnen einen Brief und, wenn Sie wollen, lege ich Ihnen auch gerne ein paar Werbeflugblätter dazu.«

Walli überlegte. Manchmal fanden sich doch Angebote, die in Zeiten hoher Inflation selbst für sie interessant waren. »Ja, bitte geben Sie mir einige dazu«, ermunterte sie ihn.

Nico stellte sein Fahrrad ab und sortierte die Postwurfsendungen. Dann ging er Walli entgegen. »Der Brief ist eingeschrieben. Ich würde hier noch eine Unterschrift von Ihnen brauchen.« Er hielt Walli Winzer sein Tablet und den dazugehörigen Eingabestift zur Unterschrift hin. Dann steckte er beides ein und stand nun vor ihr. Er lächelte.

»Frau Winzer, wenn ich Sie sehe, muss ich auch an meine Zeit in Wien denken. Ich habe nicht vergessen, was ich Ihnen zu verdanken habe … Sie wissen, dieser Teppichmord … Ich war damals völlig fertig … als man mich dort in Gewahrsam nahm.«

Walli konnte sich noch gut an den kniffligen Fall erinnern. Damals hatte sie in Wien durch Lukas auch Adile kennengelernt. Eine nette junge Frau, was sich auch gestern wieder bestätigt hatte.

»Ach, Nico, das ist schon lang her. Mittlerweile sind Sie nach Großlichten zurückgekommen. Ich nehme an, das hat viele sicher gefreut. Wie geht es Ihnen damit?«

Nico Salmer zögerte. Dann verschränkte er die Arme. »Ich bin froh, wieder da zu sein. Wien ist halt …« Er sprach nicht weiter. Für Walli klang es so, als glaubte er, vor ihr als gebürtiger Wienerin nicht die passenden Worte zu finden.

Sie nahm ihm die Suche ab, weil sie ahnte, was er meinte, und lachte dabei. »Nico, Sie meinen wohl: Wien ist anders. Ist es das, was Sie sagen wollten?« Walli merkte, dass der Postbote rot im Gesicht wurde. Ob es die Erinnerungen an die damals aufregende Episode war oder ob ihre Nähe ihn verunsicherte, konnte sie nicht deuten. Jedenfalls stand sie im Morgenmantel vor ihm und erinnerte sich daran, dass sie bald auch anderen Besuch erwartete.

Bevor ihre Nachbarin sie aufhalten und nach dem Ermittlungsstand fragen würde, von dem sie derzeit nicht die leiseste Ahnung hatte, drückte sie Nico Salmer für sein Bemühen schnell einen Fünfeuroschein in die Hand.

Dieser war entsprechend verblüfft darüber. Denn von den Dorfleuten war er das nicht gewöhnt. Die luden ihn höchstens auf einen Kaffee oder ein Stamperl Schnaps ein.

Als Walli Winzer ihn so ratlos dastehen sah, drehte sie sich auf ihrem Weg ins Haus nochmals um und bemerkte lächelnd: »Tja, Nico. Das ist eine kleine Geste für Besonderes, die in Wien manchmal noch üblich ist.«

20. KAPITEL

Sie wehrte sich gegen diesen plötzlichen Angriff, so gut sie konnte. Riss das Lenkrad mehrmals in die andere Richtung. Jemand wollte sie von der Fahrbahn drängen. Bedrohte sie. Mitten auf der Bundesstraße nach Großlichten. Sie wollte der misslichen Situation entkommen.

Doch das erwies sich als schwierig. Ihr Verfolger klebte an ihr. Kam immer dichter an sie heran. Ließ ihr kaum noch die Möglichkeit, das Lenkrad anders einzuschlagen. Versuchte, ihre nächsten Schritte zu erahnen, von denen sie selbst noch nicht wusste, wohin sie führten.

Ihr Instinkt riet ihr, mehr zur Straßenmitte zu fahren. Ihn bloß nicht an sich vorbeifahren zu lassen. Ihm strikt jede Möglichkeit zum Überholen zu nehmen. Sonst könnte er sie zwingen, stehen zu bleiben. Sie stellen. Was sie nicht wollte. Wovor sie Angst hatte.

Sie fuhr immer schneller.

Vielleicht würde sie ihn doch noch abhängen. Ihn die Verfolgung abbrechen lassen. Ihn durch ihre Ausdauer mürbe machen.

Ihr BMW hatte auf jeden Fall mehr PS als sein VW Golf Country. Allein dadurch würde er früher oder später notgedrungen nachgeben müssen.

Sie sah in den Rückspiegel. Er blieb weiter dicht hinter ihr. Hielt aber bereits einigen Abstand. Sie war darüber erleichtert.

Einige Sekunden war sie unaufmerksam. Übersah eine Straßenunebenheit. Der Reifen auf der Beifahrerseite kippte in die Mulde und trieb den Wagen durch die hohe Geschwindigkeit nahezu senkrecht in die Höhe. Es war ihr unmöglich, die Richtung auch nur in irgendeiner Form zu beeinflussen. Sie schloss die Augen und betete, dass es noch nicht zu Ende wäre.

Der Aufprall, der kurz darauf erfolgte, drückte die Fahrertür auf, löste den Gurt und schleuderte sie aus dem Fahrzeug. Danach stürzte der BMW die Böschung hinab und riss einige der jungen Fichten mit, die sich auf dem seitlichen Waldstück befanden. An den mächtigen Bäumen blieb das Auto letztlich hängen. Der Motorteil begann zu dampfen.

Als sie wieder zu sich kam, war es dunkel um sie. Sie wollte ihre Augen reiben. Konnte es aber nicht. Genauso wie es ihr unmöglich geworden war, sich zu bewegen. Sie versuchte es dennoch. Hatte jedoch zunehmend das Gefühl, eingeklemmt zu sein. Bis sie überhaupt merkte, dass sie gefesselt war.

Sie wollte den Kopf heben. Stieß sich aber an der Abdeckung über sich. Diese lag dicht über ihr. Alles war eng. Sehr eng. Bewegungsspielraum gab es keinen. Sie wusste nicht, wo sie war und warum.

Wie war sie hierhergekommen?

Als sie sich von der Rücken- in die Seitenlage drehen

wollte, ächzte sie. Sie ließ sich zurück auf den Rücken fallen. Selbst das schmerzte aufgrund der abrupten Bewegung.

Sie atmete hastig. Spürte ihren Brustkorb dabei. Dieser stechende Schmerz!

Sie merkte, dass sie verletzt sein musste. Wo genau und wie stark, war ihr nicht klar.

Vor Aufregung begann ihr Herz schneller zu schlagen. Ihr stoßweiser Atem verstärkte den Druck auf den Brustkorb. Sie hatte das Gefühl, dass es ihn bald zerreißen würde. So wie es sich jetzt anfühlte. Oder lag es nur am Gewicht ihrer nach vorne gefesselten Arme, die auf ihm lagen?

Sie wusste keinen Rat.

Geriet in Panik.

Begann, wild um sich zu schlagen. Hob ihre Hände und stieß mehrmals an die Decke. Schrie dabei aus Leibeskräften.

Sie musste Druck ablassen. Unbedingt. Sonst würde sie all das nicht mehr aushalten. Aushalten können. Diese Ungewissheit. Diese Schmerzen. Nach ihrem Unfall.

Ah. Da war alles wieder: der Aufprall.

Er war das Letzte, woran sie sich erinnern konnte. Zuvor die Verfolgung. Dann die Straßengrube. Das Auto in der Luft. Der Knall. Dann war nichts mehr gewesen.

Bis jetzt.

Sie tobte. Ihre Stirn schlug mehrmals auf. Mit den Schultern versuchte sie, die Rückwand zu durchbrechen. Doch alles misslang. Nichts konnte ihre Lage verbessern. Nichts sie beruhigen.

Im Gegenteil. In Panik schrie sie noch mehr. Spürte, wie ihr Hals trocken wurde. Doch das war das Geringste, was ihr zu schaffen machte.

Irgendwann war sie erschöpft. Ließen ihre Kräfte nach. Fiel sie in sich zusammen. Beruhigte sich. Allerdings nicht wirklich.

Sie sah nun ein, dass ihre Lage derzeit aussichtslos war. Sie irgendwohin unterwegs war, ohne zu wissen, wohin. Gefangen genommen worden war.

Von wem? Und warum?

Sie hörte nur das Motorgeräusch.

Den Fahrer hatte sie zuvor nicht erkennen können. Er war zu weit weg gewesen. Später erwies sich die Bundesstraße als zu holprig, um ihn im Rückspiegel näher zu betrachten. Dann war sie zu sehr damit beschäftigt gewesen, seine Angriffe abzuwehren. Die sie nicht loswurde, nachdem sie in ihr Auto gestiegen war.

Aber sie war am Leben. War wieder aufgewacht. Nach der schrecklichen Kollision. Wie im Film war sie aus ihrem BMW herausgeschleudert worden und hatte ihn von sich wegrollen gesehen. Bis er dann unter furchtbarem Krachen zum Stillstand gekommen war.

Ab da war mit ihrer Erinnerung Schluss. Sie wusste nichts mehr. Nicht mal mehr, wie sie in dieses Auto gekommen war, in dessen Kofferraum sie nun lag. Nicht, wer ihr all das angetan hatte. Auch nicht, was jetzt kommen würde nach dieser holprigen Fahrt auf einer nicht asphaltierten Straße. Sie knallte links und rechts gegen die Wand.

Dann hielt das Auto plötzlich an. Der Motor wurde abgestellt.

Stille. Etwas fiel in einiger Entfernung quietschend zu Boden. Sie versuchte, sich zu orientieren. Einzuordnen, wo sie anhand der Geräusche und Tierlaute sein konnte.

Wie weit konnte sie nur von der Unfallstelle entfernt sein? Die Zeit der Ohnmacht trübte jede reale Einschätzung für die Umgebung, in die sie gekommen war.

Weiterhin blieb alles still. Sie hielt den Atem an, um sich besser konzentrieren zu können. Doch nichts. Selbst die Natur blieb lautlos. Sie hörte nicht einmal Blätter rauschen. Vielleicht befand sie sich nicht in einem Wald. Stattdessen mitten auf einem Feldweg.

Das Öffnen der Hecktür zum Kofferraum würde nun Klarheit verschaffen. Darüber, warum sie hier war. Verschnürt im hinteren Teil des Wagens liegen musste.

Doch es war weiter nichts zu hören. Nichts, das sie hätte erahnen lassen, was als Nächstes kommen würde, woran sie sich zumindest orientieren könnte. Ob sie sich vielleicht sogar selbst aus ihrer Lage befreien konnte.

Jetzt öffnete jemand die Autotür. Stieg langsam und bedächtig aus. Ließ sie offen. Blieb selbst eine Zeit lang stehen. Wie schon die gesamte Fahrt über sprach er kein Wort. War es überhaupt ein Mann? Die Schritte, die sie hörte, klangen wenig behäbig. Eher leicht. Es raschelte im Laub. Sie entfernten sich.

Ließ man sie zurück? Allein?

Musste sie hier drinbleiben? Ihrem Schicksal überlassen? Hoffend, dass sie jemand fand?

Sie wurde panisch. Rüttelte an ihren Fesseln. Prallte mit den Schultern gegen die Blechwand. Durch ihre Knebelung brachte sie nur Unverständliches hervor. Setzte dennoch alles dran, um auf sich aufmerksam zu machen. Um nicht zurückgelassen zu werden. Allein. Bei offener Fahrertür. Wo Wildtiere wie Füchse, Wölfe und andere sich auf den Weg machen könnten, um sich langsam durch die Trennwand bis zu ihr in den Kofferraum durchzubeißen. Um sie letztlich als willkommene Beute Stück für Stück zu verzehren.

Beim Gedanken daran wurden ihre Stöße heftiger. Ihre Verzweiflung war schier übermächtig.

Wie Erlösung fühlte es sich für sie daher an, als die Heckklappe plötzlich aufging und Sonnenlicht ihre Augen blendete. Sie zuckte zusammen. Grell waren die Strahlen. Sie presste die Augen zusammen und spürte im selben Augenblick, wie jemand sie mit kräftigen Händen an den Achseln hochzog, dann den Klebestreifen um ihre Beine durchschnitt und sie aufrichtete. Dann zwang der Vermummte sie, sich an die Autokante zu setzen.

Im Brustkorb fühlte sie diesen brennenden Schmerz. War sich sicher, dass Rippen gebrochen sein mussten. Sie krümmte sich. Wollte fragen. Wollte sprechen. Konnte es nicht. Das Klebeband blieb weiterhin über ihrem Mund. Keinen Laut brachte sie hervor. Außer ein fragendes Grunzen, das sofort verstummte, weil sie ihre gesamte Kraft einsetzen musste, um sich gegen den harten Griff ins Haar zu wehren.

Unerbittlich schliff ihr Peiniger sie hinter sich her. Hielt ihr den Rücken zugewandt. Sie hatte alle Mühe, rückwärts zu gehen. Konnte ihn nicht sehen. Bei jedem Schritt versuchte sie, so wenig Widerstand wie möglich zu leisten. Folgte ihm im Gleichschritt. Denn jede Änderung des Tempos verursachte Schmerzen, die sie kaum länger ertrug.

Wohin wollte er sie bringen? War es noch weit? Was wollte er von ihr? Oder durch sie erreichen? War es etwa eine Entführung? Das war absurd. Sie hatte doch kein Geld. Und sie kannte niemanden, der für sie bezahlen würde.

Der Weg erschien ihr endlos. Auch als sie stehen blieben, hielt er ihr Haar fest. Alles schmerzte. Sie fühlte sich wieder einer Ohnmacht nahe. Dennoch öffnete sie langsam die Augen. Sah in einen Wald. Als sie sich orientieren wollte, gab es einen Ruck und er drehte ihren Körper in die Gegenrichtung. Sie stand nun vor einer Grube, in die eine Holzleiter führte. Er stieß sie hinab. Sie konnte sich noch rechtzeitig fangen, um nicht geradewegs abzustürzen. Ängstlich tat sie, was ihr die verstellte Stimme befahl. Sie stieg die Leiter hinab in die etwa drei Meter tiefe Grube. Nichts als feuchte Erde kleidete sie aus. Sie war maximal drei Quadratmeter groß.

Schließlich zog er die Leiter hoch. Beugte sich tief, um Sprosse für Sprosse an ihr vorbeizuführen. Erde rasselte auf sie herab. Kein Wort richtete er dabei an sie.

Sein Haar fiel ihm indes vor die Maske im Gesicht. Wer war er?

Seine Gestalt stand gegen das Licht. Sie konnte nur seine Silhouette erkennen. Seine Bewegungen blieben ihr aber fremd.

Dann stellte er sich seitlich hin und hob den Metalldeckel hoch. Er hielt ihn in der Hand und wartete. Als ob er noch einmal sichergehen wollte, dass sie auch wirklich keine Chance hatte, ihr Gefängnis zu verlassen.

Sie ließ ihn nicht aus den Augen und sah nach oben. Am liebsten hätte sie jetzt geschrien. Konnte es aber nicht. Über ihrem Mund haftete immer noch das Klebeband. Er nahm seine Maske ab. Sie riss vor Entsetzen weit ihre Augen auf. Denn sie konnte nicht glauben, wen sie vor sich sah.

21. KAPITEL

Er ging von einem Karton zum anderen. Interessiert las er die Aufdrucke darauf. Bei einigen schob er die oberen Pappflügel beiseite und griff hinein. Aus einem zog er ein Kärtchen und betrachtete es. Er zeigte sich damit zufrieden.

Gut, dass er sich für ein älteres Porträtfoto von sich entschieden hatte. Da sah er noch etwas jünger aus. Es hatte ihn zwar einige Überzeugungskraft gegenüber der Marketingfirma gekostet, aber jetzt war er sicher, dass sich sein Einsatz gelohnt hatte. Er hielt das Bild von sich weg und betrachtete es länger. Auch danach war er noch sehr zufrieden.

Ja, diese Spezialcomputerprogramme, die konnten mittlerweile schon einiges. Aus einem kleinen privaten Foto hatte man eine ansehnliche Werbepostkarte gemacht. Durch den leicht unprofessionellen Touch wirkte alles natürlicher, wie man das auch noch früher für gut befunden hatte.

Okay. Damals war dennoch alles mühsamer gewesen. Man musste mehrmals vor der Kamera posieren, damit ein professioneller Fotograf alles richtig hinbekam. In den Anfängen seiner politischen Karriere. Jetzt war das anders. Easy, wie die Jugend um ihn herum sagte.

Er betrachtete das Werbekärtchen nochmals genauer. Und sie hatten recht: Er wirkte darauf dynamischer. Bürgernäher. Jünger. Das war jetzt gefragt.

Was Computer betraf, war er sowieso immer schon ein Anhänger diverser Spezialprogramme gewesen. Ja, sie erleichterten eindeutig das Leben. Auch seines. Wenn er als Bürgermeister nicht selbst Hunderte Kirtage auf einmal besuchen wollte. Da ließ er einfach von einem seiner Mitarbeiter aus einem älteren Foto ein neues kreieren, das ihn bei einer Veranstaltung zeigte, und fertig war die Geschichte.

So etwas sparte Zeit und Energie. Die Wirkung war die gleiche, wie man auch jetzt wieder erkennen konnte: Bürgermeister Josef Brunner omnipräsent. Immer und überall. Auf diese Weise sogar mit gerne gelesenen Wohlfühlstorys, wo sein sanftes Lächeln gut passte. Eine Alternative, ohne Menschen ständig die Hände schütteln zu müssen. So konnte er durchaus ein paar Wochen aus Großlichten fort sein, ohne dass es gleich jemand bemerkte. Zum Beispiel in der »Dom Rep«, wie man die Dominikanische Republik in Österreich salopp nannte. Denn deren Strände boten schon etwas. Und die Mädels dort erst recht.

Er grinste verhalten in sich hinein.

Seine Frau nahm er natürlich nicht mit in die Karibik. Ihr erzählte er von Seminaren in Wien und anderswo. Ging vorher schon in Zwettl ins Bräunungsstudio, damit eine gewisse Grundierung vorhanden war und die karibische Sonne ihn später nicht verriet. Gewusst, wie.

Seine Mitarbeiterinnen und Mitarbeiter erhielten den Auftrag, dichtzuhalten. Und wenn nicht, na dann gnade ihnen Gott. Mit ihm war nicht zu spaßen. Das wussten sie und ließen es gar nicht erst darauf ankommen.

Ja, so ein kleiner Ausflug ins Paradies brauchte ein Mann schon manchmal. Andere träumten davon, er setzte es um. So war er eben, der Pepi Brunner. Immer schon gewesen. Kein Kind von Traurigkeit. War nicht umsonst Bürgermeister seit einer gefühlten Ewigkeit. Weil er immer alles umzusetzen verstand, was er sich vorgenommen hatte. Die Leute mochten das. Er konnte sie für sich begeistern. Ihnen die heile, stabile Welt in Großlichten bieten. Ihnen in politisch stürmischen Zeiten, die da draußen tobten, Sicherheit versprechen. Was sie ihm abnahmen, weil er immer das passende Wording dafür parat hatte. Tja, das machte eben einen politischen Profi wie ihn aus. Sich in allen Lebenslagen zurechtzufinden und dabei seinen eigenen Vorteil in vielerlei Hinsicht nicht aus den Augen zu verlieren. Denn wer fände sich schon für diesen politischen Schmarrn, den man derzeit vertreten sollte? Kein vernünftiger Mensch. Klimakleber und andere Verrücktheiten zuzulassen. So eine Schnapsidee. Da könnte er sein Dorf auch gleich von Kindern regieren lassen. Deren Eltern sollten sie lieber in die Schule schicken, statt sie demonstrieren zu lassen, und darauf achten, dass sie überhaupt einmal lesen und schreiben lernten. So schaute es nämlich mit der heutigen Jugend, der Corona-Generation, aus: Grundschulabschluss ohne die Basisausbildung: lesen zu können, geschweige denn schreiben. Und dann vielleicht auch noch täglich kiffen. Kein Wunder, dass ihnen so viel Blödsinn einfiel.

Er fühlte, dass beim Gedanken daran, sein Blutdruck anstieg, beruhigte sich jedoch gleich darauf wieder. Na ja, deshalb war er ja schließlich da, um auch solchen Verblendeten den Riegel vorzuschieben. Nicht alles, was seine Generation aufgebaut hatte, durfte durch junge Analphabeten und deren Agitatoren im Hintergrund aus dem Ruder laufen. Sonst wären er und seine Mitstreiter tatsächlich die *letzte Generation*. Und das galt es, in jedem Fall zu verhindern.

Motiviert legte Josef Brunner die Wahlwerbekarte mit seinem Konterfei zurück in die Schachtel.

Tja, von solchen Greenhorns würde er sich nicht aus dem Sattel heben lassen. Da müssten sie schon früher aufstehen. Er hatte Mitarbeiterinnen und Mitarbeiter, die eng mit der Dorfbevölkerung verbunden waren. Sie durch persönliche und freundliche Unterstützung weiterhin fest im Griff hatten. Davon war Josef Brunner überzeugt.

Er lachte.

Es war schon immer so gewesen: Wer die Fördergelder in der Hand hielt, bei dem war auch die Macht. Ein bisschen ließ man sich darum bitten, stellte etwas in Aussicht, dann war es sinnvoll, jemanden ein wenig zappeln zu lassen, und – es war wirklich so simpel – nach diesem Prozedere war die Dankbarkeit auf seiner Seite. Die Anerkennung für die Unterstützung holte Josef Brunner sich dann von allen persönlich ab. Das verstärkte die Sympathie für ihn. Vor der nächsten Wahl erinnerte er alle daran, und so wurde er wieder Bürgermeister.

Ohne diese einfachen Politikkonzepte würde sich ohnehin niemand mehr für ein Bürgermeisteramt finden. Es war verblüffend: Sie funktionierten immer. Mit politischer Arbeit hatte das letztlich wenig zu tun. Den Geldhahn auf- und zuzudrehen. Nur das bestimmte im Endeffekt alles. Denn Idealismus und Visionen gab es schon lang nicht mehr. Wer solche hatte, der sollte lieber ins Sanatorium gehen. Bei dem Gedanken daran musste er laut auflachen. Er erinnerte sich, dass das einmal der frühere Bundeskanzler Franz Vranitzky erklärt hatte. Sehr treffend, wie Brunner befand. Er lachte erneut. Nicht einmal die traditionelle Umweltpartei machte mehr einen Handgriff ohne *cash*.

Daher wusste er, dass selbst diese neue Bürgerinitiative mit Lena Breitenecker und ihrer Entourage keine Gefahr für ihn war. Die war gegen ihn doch ein echtes Leichtgewicht. Also politisch, meinte er. Er, der mit allen politischen Wassern gewaschen war. Er, der überallhin seine Kontakte pflegte. Auch in die Wirtschaft. Na, die Breiteneckers würden schauen, welche Register er mit seinen Freunden aufziehen würde, wenn's darauf ankäme.

Josef Brunner ging an einem kleinen Wandspiegel in seinem Arbeitszimmer vorbei und sah darin sein Bild. Er stellte sich davor und betrachtete sich, drehte seinen Kopf langsam nach allen Richtungen.

Tja, obwohl er jetzt schon einige Jahre hinter sich hatte, sah er immer noch gut aus, bemerkte er zufrieden. Und das, obwohl er zumeist kein Fest ausließ, seine Aufgaben als Bürgermeister ernst nahm und mit Freunden zeitweise die Nacht zum Tag machte. Ja, dass ihn so manche Frauengeschichte dabei begleitete, gehörte dazu. Das nannte er den Multiplikatoreffekt. Also wenn ihn eine für einen Quickie abschleppen wollte, machte er mit. So einfach war das. Denn er konnte das. War immer bereit. Ein echter Steher, wie die anderen sagten, grinste er sich im Spiegel zu.

Das Gute daran war, dass es ihm nicht nur Spaß machte, sondern die Frauen ihm weiterhin verbunden blieben. Gute Stimmung für ihn machten und unentgeltlich an seiner Wiederwahl mitarbeiteten. Sein Glanz färbte auf sie ab, wenn sie ihm nahe waren. Ohne es zu wissen, wurden sie zu seinen Groupies. Zählten ab jetzt auch zu seinem Freundeskreis. Durch seinen Sekretär wurden sie sogar in eine Namensdatei aufgenommen. Den Kontakt zu ihnen hielt er jedoch mehr aus der Ferne.

Zufrieden betrachtete er sein Haar und legte es in die richtige Position.

Er fand, dass er mit zunehmenden Jahren und den grauen Schläfen richtig gut aussah. Besser als in seiner frühesten Jugend. Da war er blässlich und unsicher gewesen. Erst die Politik hatte etwas aus ihm gemacht. Ihm Biss und Selbstsicherheit gegeben. Ja, und das ist bis heute so geblieben und wird es auch noch in Zukunft, wusste er.

Er straffte seine Trachtenweste, richtete seinen Kragen und bürstete mit einem Fingernagel eine Augenbraue. Da fiel ihm wieder die Ohrfeige von Lena Breitenecker ein. Vor Zorn darüber schreckte er zurück.

Dieses unverschämte Weib! Vor allen hatte sie es gewagt. Ihn bloßgestellt. Am liebsten würde er sie anzeigen. Ja, fertigmachen. Aber ... Er ballte die Fäuste und musste sich zügeln. All seine männlichen Wähler würden ihn auslachen. Und die stellten bei ihm doch die Mehrheit. Daher musste er seinen Groll hinunterschlucken. Weglachen, wie man das in der Politschulung lernte.

Ja, genau das würde er machen. Er würde sie einfach lächerlich machen. Nein, besser noch, das sollten seine Mitstreiter tun. Er würde sich die Hände damit nicht schmutzig machen. Kein Mann fürs Grobe sein. Sondern für die weibliche Welt ein Charmeur bleiben. Vertrauensvoll.

Wenn da nur nicht auch noch diese Walli Winzer wäre. Die Breitenecker und die Winzer im Gespann, bei denen wusste man nie, was die im Schilde führten. Da musste er auf der Hut sein.

Den Gedanken tat er gleich wieder ab, denn auf seine Großlichtener konnte er sich verlassen. Und was die Männer wählten, danach richteten sich auch deren Frauen. So war es auch richtig. Die waren nämlich nicht so verweichlicht wie dieser Hans Breitenecker. Statt in der Bank Karriere zu machen, hatte sich dieser Versager entschieden, auf Biobauer umzusteigen und seiner Frau ins Waldviertel zu folgen. Dabei wäre dem in der Bank die ganze Welt offengestanden. Schlechtes behaupten konnte er über ihn sonst leider nicht. Die

Breiteneckers hatten einen vorbildlichen High-Tech-Betrieb nach neuestem Standard auf die Beine gestellt. Und für ihre traditionelle Handproduktion räumten sie regelmäßig internationale Preise ab. Vor allem seine Frau, diese Lena.

Da war sie wieder in seinen Gedanken. Irgendwie merkte er, dass sie sich bei ihm seelisch ein wenig eingefressen, sein Ego beleidigt hatte. Das empfand er jetzt sogar als gut. Denn er würde sie als Feindbild verinnerlichen. Das ihn während des Wahlkampfs jederzeit motivieren würde. Ihn sogleich in Siegerstimmung versetzte. Ihn über seine Grenzen hinauswachsen ließ.

Dadurch angespornt, sah er wieder in den Spiegel. Gleich würde seine erste Strategiebesprechung beginnen. Diese Aussicht auf Erfolg ließ ihn alle Widrigkeiten vergessen. Ein erfolgreicher Politiker musste solche beiseitelassen können. Konnte daran sogar wachsen.

Josef Brunner übte eine überzeugende Pose, in der er Selbstbewusstsein ausstrahlte.

»Hallo, Pepi! Ah, bist schon beim Redenüben?«, sprach ein Gemeinderat, der als einer der Ersten den Raum betrat. Er sah die vielen Kisten mit Werbematerial herumstehen und war darüber verblüfft. »Na, da gibt's was zum tun«, stöhnte er beinahe entmutigt.

»Geh, des hamma doch in Windeseile weg«, gab sich Bürgermeister Brunner voller Zuversicht. »Die werden uns das aus der Hand reißen. Samt den Kugelschreibern.« Er klopfte seinem Mitstreiter kameradschaftlich auf die Schulter und drückte ihm sogleich einen der Werbekugelschreiber mit seinem Namenszug in die Hand.

Ja, so würde er sie alle überzeugen. Denn das konnte und wollte er immer und überall.

22. KAPITEL

»Gut, dass wir auch die Amethyst Welt nach der Mohnölmühle besucht haben. Beides fand ich interessant.« Walli Winzer zeigte sich angetan von den Eindrücken, die sie gewonnen hatte.

Sie lehnte an einer Hauswand am Hauptplatz in Maissau und wartete geduldig, bis Harry endlich einen Kaugummi aus dem Automaten herausgefischt hatte.

»Beeindruckend, dieser Amethyststollen als größte freigelegte Ader der Welt. Einen ziemlichen Aufwand hat man damit betrieben, ihn auch noch zu überdachen. Aber so bleibt er in Zukunft weiterhin so toll erhalten«, sagte sie und betrachtete zugleich ihren Ring mit dem lilafarbenen Halbedelstein an ihrem Finger.

Harry Kain schob sich ein Blättchen Kaugummi zwischen die Zähne und bot Walli ebenso einen an. Sie lehnte ab. »Danke, ich brauche solche Plombenzieher nicht«, ließ sie sich keineswegs in ihrer Freude über den soeben gekauften Ring stören. Sie hielt die Hand von sich weg, bewegte die Finger und freute sich über das Funkeln des violetten Steins im Sonnenlicht.

»Wenn man bedenkt, dass der Amethyst sogar für Kronen und Juwelierstücke verwendet wird, obwohl er bloß ein Halbedelstein ist«, bewunderte sie den Ring. »Fabelhaft!«

Harry stellte sich neben sie und sah ihn ebenfalls an. »Da haben Sie etwas Feines ausgesucht. Mit der schlichten Silbereinfassung um den Stein.«

»Ich finde, so kommt die Farbe am besten zur Geltung«, pflichtete Walli ihm bei. »So, und was machen wir beide jetzt?«

»Also bevor wir unsere Heimreise antreten, wäre ich für eine kleine Stärkung. Was sagen Sie dazu?«

»Nichts dagegen. Ich bin für eine Konditorei.«

Harry Kain, der durch seine Recherchen für das »Griaß di«-Magazin viel herumkam, wusste, dass die renommierte und hervorragende Konditorei Schmid, auf die Walli anspielte, kürzlich ihre Pforten nach über 100 Jahren für immer geschlossen hatte.

»Das gibt's doch nicht«, reagierte Walli überrascht. »Das ist doch ewig schade. Es ist noch gar nicht lang her, da habe ich mir von dort ein Säckchen Lebkuchen mitgenommen. Das hatte ich jetzt wieder vor«, reagierte sie deprimiert.

»Der Schmid hat sein Familienrezept an einen bosnischen Mister Mateschitz verkauft. Also einen Milliardär, der jetzt Lebensmitteltechniker ranlässt, um die Rezeptur für die industrielle Fertigung umzuarbeiten. Es muss sich heute eben alles rentieren. Echte Lebensmittel braucht man da oft gar nicht mehr dazu. Wenn, dann höchstens Trockenextrakte.«

»Ja, vielen Konsumentinnen und Konsumenten geht es vorrangig um den billigen Preis, weniger um

Qualität. Die hat der alte Schmid allerdings noch geliefert.«

»Konditorwaren sind heute oft die Quadratur des Kreises: Sie sollen auf der einen Seite schmecken, auf der anderen nicht dick machen. Dann gilt es noch, die vielen Diabetiker zu berücksichtigen ...«

»Diese Kurve bekommt man nie hin, denkt man an alles. Daher bin ich bei Süßem für keine Kompromisse, sondern nur für Qualität und daher immer für das Original. Also keine pulverisierten Eiweiße, sondern echte Zutaten. Keine Lebensmittelchemie, dafür kleinere Portionen. Was sagen Sie?«

»Puh. Als PR-Expertin wissen Sie wohl am besten, dass so etwas bei den Konsumenten nie und nimma durchgeht. Bei kleineren Torten hätten die das Gefühl zu verhungern.«

»Obwohl sie ihrem Körper etwas Gutes tun würden? Wenn alle Zutaten gesund wären?«, fügte sie hinzu. »Schließlich besucht man nicht jeden Tag eine Konditorei. Ich würde mir wünschen, dass es in irgendeiner wieder nach frischem Kuchen und Torten duftet und nicht bloß nach Aufgetautem oder Fertiggebackenem. In meiner Kindheit habe ich das erlebt. Dieser angenehme Geruch liegt mir noch in der Nase.«

Harry Kain lachte: »Ja, an den erinnere ich mich auch genau. Seltsam, dass einen so etwas ein Leben lang begleitet, finden Sie nicht?«

Walli Winzer bejahte.

»Wenn wir vor unserer Weiterfahrt schnell noch einen Kaffee trinken wollen, fällt mir der ›Humer‹ ein. Ist eigentlich ein Heuriger. Liegt aber fast schon auf dem Weg nach Großlichten.«

Ihr Kaffeeplausch dauerte doch länger, als sie vorgehabt hatten. Gut, es war auch ein Gedankenaustausch bezüglich der Arbeitsprozesse in der Ölmühle.

Harry zeigte Walli Fotos, die er davon gemacht hatte. Sie lobte seinen Blick für Details und legte ihm ein paar Exemplare aus der Serie nahe, die er unbedingt verwenden sollte. Dann bezahlte Walli, wie sie es bei Harry gewohnt war, und sie machten sich auf den Weg zu seinem Citroën 2CV.

Neben den BMWs und Audis, die um die »Ente« herumstanden, wie das Gefährt – »2 Canard Vitesse«, schnell wie zwei Enten – aus den 1980ern auch genannt wurde, wirkte diese ziemlich verloren.

»Schauen Sie sich das einmal an, wie sehr sich die Automobilindustrie seit damals verändert hat. Alles wurde riesig und mit mehr PS ausgestattet. Große amerikanische Autodimensionen kamen in den letzten 40 Jahren auch nach Europa«, stellte Walli fest.

»Dabei gibt es nirgends Parkplätze. Europa ist mit seinen historisch gewachsenen Städten eben nicht die USA. Da habe ich es mit meiner Autogröße schon leichter«, klopfte Harry anerkennend auf das Fetzendach seines kleinen Autos.

»So einen riesigen SUV fährt auch der Zirnwald. Dass man mit Ölerzeugung so viel verdient?«

»Na ja, mit hochwertiger Produktion erwirtschaftest du natürlich mehr. Das haben wir heute ja gehört.«

»Auch sein Stellvertreter fährt einen schönen Schlitten«, hatte sich Walli gemerkt.

»Vielmehr frage ich mich aber, wie sich die Schiefers von der Losung ihrer Bäckerei ihr kostspieliges Anwesen leisten konnten. In Zeiten wie diesen? Mit hohem, blickdichtem Naturzaun und Swimmingpool?«

»Die Konditorei geht ja gut. Sie machen's eben richtig: mit echten Zutaten und der persönlichen Betreuung ihrer Gäste«, fand Walli Winzer ihre zuvor aufgestellte These nun bestätigt.

»Sie vergessen, meine Liebe: *machten.* Die Betonung liegt auf der Vergangenheitsform. Denken Sie daran«, verdeutlichte Harry die aktuelle Lage.

Walli schlug die Autotür zu, und Harry Kain startete die schnarrende »Ente«.

Dann fuhr sie fort: »Moni Schiefer möchte die Konditorei weiterführen. Das hat sie mir gesagt. Sie wollte bei mir vorbeischauen, bevor Sie mich abholten. Kam dann aber nicht. Egal. Vielleicht hat sie später vorbeigeschaut. Da war ich aber schon fort.«

»Was wollte sie von Ihnen?«

»Keine Ahnung. Vielleicht wäre es bloß ein Besuch gewesen. Wir hatten letztens ein recht nettes Gespräch. Sie wirkte dabei trotzdem etwas bekümmert.«

»Hm.«

»Wie meinen Sie das?«, fragte Walli. »Sie glauben doch nicht, dass das mit mir zu tun hatte?« Dabei wandte sie sich ihm zu, um seine Miene bei der Beantwortung ihrer Frage zu sehen.

Harry hatte das gar nicht belustigend gemeint, sondern dachte ernsthaft nach. »Vielleicht hat sie Ihre Expertise als PR-Fachfrau gesucht. Bei einer Neuübernahme will man immer etwas ein wenig anders als der Vorgänger machen. Wäre daher nicht falsch von ihr gedacht.«

Walli Winzer überlegte kurz, verwarf ihren Gedanken dann aber wieder. »Wenn sie etwas von mir will, wird sie sich nochmals melden. So einfach ist das.«

Harry ließ vom Thema Schiefer aber nicht ab. »Ich sag's freiheraus: Was ist, wenn sie es war, die ihren Mann umgebracht hat? Zu verdenken wäre es ihr ja nicht, bei diesem Kotzbrocken, der er sein konnte. Bei einer Scheidung hätte sie von ihm wahrscheinlich kaum etwas bekommen. Das Geschäft wäre ihm geblieben, die Villa hätten sie verkaufen und Moni sich eine andere Bleibe suchen müssen.«

Walli sah wieder nach vorne auf die Straße und stützte ihren Ellbogen nachdenklich am Rahmen des Seitenfensters ab.

»Bitte machen Sie das nicht, Frau Winzer. Bei meinem Oldtimer weiß ich nie, ob während der Fahrt nicht doch einmal die Tür aufgeht.«

Walli zog erschrocken ihren Arm zurück. Seine abrupte Warnung ließ den Gedanken an Rudis Frau Eleni bei ihr wieder hochkommen. Diese hatte sie an Rudis Leiche vor allen Leuten attackiert. Wollte sie beinahe verprügeln. Das musste man sich einmal vorstellen. Wer weiß, wozu sie in ihrer Aufwallung noch fähig gewesen wäre.

»Harry, ich würde vor allem Eleni nicht außer Acht

lassen. Die hat es immerhin der Mühe wert gefunden, während der Hochsaison extra aus Kreta nach Großlichten zu kommen. Da musste in ihr schon etwas hochgekocht sein. Rudi war es überhaupt nicht recht, dass sie da war. Kein Wunder: Ihren Zorn haben wir ja auch erlebt.«

»Die Verzweiflungsszene an der Leiche war jedenfalls nicht schlecht. Kam mir wie die moderne Inszenierung einer griechischen Tragödie vor.«

»Irgendwie sollte ich ja Mitgefühl für sie haben, aber ich muss Ihnen leider recht geben, Harry. Ihr Verhalten wirkte auch auf mich aufgesetzt.«

»Sie steht für uns also ganz oben auf der Liste der Verdächtigen. So wie die Moni Schiefer.«

»Wobei Eleni den Toni Schiefer aber nicht kannte. Daher in seinem Fall als Verdächtige ausscheidet.«

»Hm«, knurrte Harry gereizt. »Und was ist, wenn sie schon früher da gewesen wäre und wir nur den Zusammenhang noch nicht erkennen? Rudi hat Ihnen doch erst knapp vor ihrer Begegnung von ihrem Kommen erzählt. Es ist Sommer und die meisten Flüge sind ausgebucht. Und sie bekommt sofort einen?«

»Harry, Fragen über Fragen. Wie könnte denn Ihrer Meinung nach Elenis Verbindung zum Schiefer gewesen sein?«

»Eleni und Rudi haben doch immer auch das Geschäftliche miteinander besprochen. Rudi ist recht oft in der Konditorei gesessen, erzählt man sich. Irgendetwas gab's dort offensichtlich für ihn zu tun.«

»Jetzt sagen Sie mir nicht, dass er es auch noch auf die Moni abgesehen hatte«, drohte ihm Walli beinahe.

»Ein größerer Schürzenjäger als unser Bürgermeister war der Rudi sicher nicht«, versuchte Harry sie zu beruhigen, was Walli durch das gewählte Beispiel wenig milde stimmte.

»Jetzt bringen Sie den auch noch ins Spiel. Der hat so viel Dreck am Stecken, dass er meinen Rudi sicher nicht im Visier hatte. Wie kommen Sie überhaupt auf den Brunner?«

»Ich hab ihn unlängst mit Zirnwald, Frühwirth und Ihrem Rudi gemeinsam gesehen. Es sah so aus, als würden sie die Köpfe zusammenstecken.«

»Steht der Pepi Brunner mit einigen beisammen, bedeutet das meist nichts Gutes. Aber vielleicht war es bloß Small Talk unter den örtlichen Granden.«

Harry Kain übersah eine Bodenwelle, da er wegen des Gesprächs unkonzentriert gewesen war, und kippte mit dem Rad hinein. Die »Ente« schaukelte, weshalb Walli glaubte, sie würden gleich abheben.

»Die schmalen Reifen gleichen die Unebenheiten leider überhaupt nicht aus, und die Stoßdämpfer haben beim 2CV ziemliches Spiel nach oben«, versuchte Harry fachmännisch alles zu erklären.

»Nächstes Mal nehmen wir wieder meinen Tesla. Die Entfernungen im Waldviertel sind überschaubar, weshalb wir mit voller Batterie überall hin- und retourkommen.

Harry murrte überraschenderweise nicht. Vielmehr beschäftigte ihn noch der Gedanke an die Gruppe um Pepi Brunner.

Walli Winzer mutmaßte: »Der Brunner hat derzeit

nur seine Wiederwahl im Kopf, falls Sie daran denken. Für die braucht er eine Reihe finanzieller Unterstützer. Wahlkämpfe werden für Parteien immer kostspieliger. Durch teure Beratungsfirmen müssen sie ihren ramponierten Ruf wiederherstellen lassen. Falls das überhaupt möglich ist. Der Brunner braucht für seinen ›Wohlfühlwahlkampf‹ viele Geschenke, die er an die Bevölkerung verteilen kann. Er kauft sich seine Wählerinnen und Wähler. So wie er eben alles kauft.«

»Was wäre, wenn Rudi etwas mitbekommen hätte, und, wie der drauf war, den Brunner später darauf angesprochen hätte?«

»Ich glaube, Rudi wäre für ihn eine zu kleine Nummer gewesen. Er wäre doch bald wieder nach Griechenland abgerauscht.«

»Sie wissen das. Die anderen aber nicht. Haben nicht alle eher geglaubt, dass er bei Ihnen bleiben würde?«

Walli wurde das Gespräch in dieser Form langsam unangenehm. »Überlegen Sie sich lieber, wie wir Lena im Wahlkampf unterstützen können. Recherchieren Sie, wo Brunner überall mit dabei ist. Manche meinen ja, dass er stiller Gesellschafter in der Baufirma vom Eduard Altmeier ist.«

»Nur ist ihm bis jetzt nichts nachzuweisen. Da müsste ihn der Betrieb selbst verraten, was der natürlich nie machen würde. Brunner ist deren Verbindungsmann in die Politik hinein, um an verlässliche Informationen zu kommen.«

»Da gibt es doch sicher noch anderes.«

Harry stöhnte bei dem Gedanken: »Der Brunner ist

wie ein Fuchs. Einfach geschickt. Lässt sich nichts nachweisen.«

Das letzte Straßenstück vor der Ortseinfahrt nach Großlichten ging nun leicht bergab. Harry ließ seinen 2CV ausrollen, was einem der Reifen offenbar missfiel. Es knallte und kurz darauf begann das Auto bedrohlich nach rechts zu ziehen. Harry lenkte energisch in die Gegenrichtung, wodurch er den Wagen ohne Schaden stoppen konnte.

»Sagen Sie: Haben Sie sie nicht alle? Es ist ja lebensgefährlich, mit Ihnen unterwegs zu sein!«, brüllte Walli, um ihre aufgestaute Energie loszuwerden.

Ein näher kommendes Auto sah weniger auf das leicht verbeulte Fahrzeug als auf die schreiende Walli und blieb stehen.

»Ja, Walli, was ist denn passiert?« Mizzi Troger eilte gemeinsam mit ihrem Mann zu Hilfe. Harry stand indes vor dem platten Reifen, der nur noch in Fetzen von der Felge hing.

»Mizzi! Irgendwann bringe ich Harry um.«

23. KAPITEL

»Fein, dass ihr mich begleitet. Wer weiß, ob wir so bald wieder Zeit finden, gemeinsam Eierschwammerl brocken zu gehen.« Während Lena Breitenecker das feststellte, entdeckte sie eine neue Gruppe von gelben Pilzschwämmen. Lukas und seine türkischstämmige Freundin Adile bückten sich, um einige davon zu pflücken.

»Schön sind die. Sie sehen wirklich wie Eidotter aus. Dabei sind Pilze sonst immer braun oder weiß. Zumindest die, die ich kenne«, betrachtete Adile die eben gepflückten.

»Da hast du recht. Es ist sicher auch die gelb leuchtende Farbe im sonst dunklen Wald, die sie bei allen so beliebt machen. Ich kenne niemanden, der keine Eierschwammerl mag.« Lukas erhob sich und legte eine Handvoll Pilze in Adiles Korb. Davor drückte er ihr noch schnell einen Kuss auf die Wange.

Lena bemerkte es, tat aber so, als hätte sie nichts gesehen. Sie mochte Adile und freute sich, dass sich zwischen ihrem Sohn und der jungen Frau neben der schon länger bestehenden Freundschaft eine Romanze entwickelt hatte.

»Ja, und sie schmecken vor allem so gut. Nur wenige Schwammerl in eine Suppe, und du spürst den Wald, aus dem sie stammen.«

»Ich glaube, ich hab solche noch nie gegessen«, gestand Adile und betrachtete ein Exemplar aus der Nähe.

Lena beobachtete das. »Sie duften nach Wald. Merkst du das?«

»Ja.« Adile Gül legte den Pilz in den Korb zurück und stellte diesen auf einen Baumstunk. Sie überlegte, welche Stellen Lena jetzt aussuchen würde.

»Wenn du ein Eierschwammerl findest, sind meist mehrere in der Nähe. Selten steht eines allein«, dozierte die einstige Lehrerin. »Ich streife das Laub beiseite, und darunter sind immer auch andere.«

Adile tat es ihr gleich und fand unweit von Lenas Stelle schon die nächsten Eierschwammerl. Sie freute sich darüber und barg sie vorsichtig, damit sie nicht zerbrachen. »Das ist eine feine Tätigkeit«, betrachtete sie ihre Beute lächelnd.

»Wenn wir nach der Auslieferung unserer Mohnsäcke nach Hause kommen, können wir zu Mittag eine Eierspeise mit Schwammerln machen. Das geht ganz schnell: Für jeden zwei Eier mit ein wenig Milch versprudeln. Inzwischen die Pfanne mit ein wenig Öl, eventuell Mohnöl, oder ein wenig Butter erhitzen. Dann Zwiebeln und die geputzten, klein geschnittenen Eierschwammerl dazugeben. Die Eiermasse eingießen und alles ein paar Minuten anbraten, bis es stockt. Das Ganze wird dann mit einem Stück Brot gegessen.«

»Das klingt gut«, freute sich Adile auf die für sie neue Speise. »Gibt es die Eierspeise nur im Waldviertel?«, fragte sie weiter.

Lena lachte. »Ich glaube, Eierspeise gibt es auf der ganzen Welt. In Deutschland nennt man sie etwas nüchtern Rührei. Ich habe sogar in Griechenland eine mit Schafkäse und Paradeisern gegessen.«

Lukas rief plötzlich alle zu sich. Er hatte einen riesigen Haufen mit großen roten Ameisen entdeckt. »Der ist ja fast einen Meter hoch!«, konnte er nicht glauben, was er vor sich sah.

Der Berg erhob sich kegelförmig und ein Wust an herumirrenden Waldameisen war darauf zu sehen.

»So ein Ameisenhaufen ist streng geschützt. Bis zu 2.000 Euro Strafe müsste man für dessen Zerstörung bezahlen.«

»Wer macht denn so einen Blödsinn?«, fragte Adile.

»Na ja, manche mögen sie nicht, weil sie auch beißen können, wenn man sie berührt. Dabei sind sie sehr wertvoll, und man kann sie auch im Garten gut gebrauchen«, wusste der Biologiestudent. »Im Gemüsegarten sind sie nützlich, weil sie Teile von abgestorbenen Pflanzen als Biomasse in den Boden einbringen und ihre Gänge durchlüften. Außerdem ernähren sie sich von Schädlingen.«

»Toll, was du alles weißt«, bewunderte ihn Lena und machte einen Vorschlag: »Weil wir vorhin so viel vom Essen gesprochen haben, bekomme ich langsam Hunger. Ich glaub, unsere Waldviertler Eierspeise wartet auf uns.«

Lukas und Adile hatten nichts dagegen einzuwenden.

»Mir fällt gerade ein, ist diese Eleni eigentlich schon aus dem Gefängnis?«, fragte Adile Gül weiter. »Ich habe gehört, dass die griechische Frau ihren Mann im Ort gesucht hat und er dann tot war.«

Lena nahm den Pilzkorb nervös in die andere Hand. »Ja, ich glaube schon, dass sie wieder heraußen ist. Walli hat es mir erzählt.«

»Also ich könnte mir so eine Situation nicht vorstellen. Meinen Mann mit anderen Frauen zu teilen. Ich habe zwar viele sehr gute Freundinnen, aber es hat alles irgendwo seine Grenze«, legte Adile strikt für sich fest. »Auch wären mir zwei Männer viel zu anstrengend.«

Lukas schien Adiles Aussage nur recht zu sein. Er wechselte auf dem Waldweg auf ihre Seite und ging neben ihr.

»Aber dass sie Walli so angegangen ist, war schon seltsam. Sie hat so getan, als hätte unsere Walli ihn auf dem Gewissen«, ergriff Lena eindeutig Partei für ihre beste Freundin.

»Seine ständigen Abenteuer waren dieser Eleni also doch nicht recht. Wahrscheinlich hat er sie bezüglich Freiheit und Offenheit manipuliert. Manche Männer tun das gerne, und ihre Frauen machen gute Miene zum bösen Spiel. Wollen locker erscheinen und geben vor, dass ihnen das nichts ausmachen würde. Irgendwann ist das Maß aber voll und es kracht.«

»Wo echte Gefühle im Spiel sind, kann man nur ab und an locker sein, finde ich.« Lena sah Lukas an, der schweigend neben ihnen ging. »Was sagst du als Mann dazu?«

Lukas fühlte sich bei diesem Thema überfordert und schien nicht sonderlich daran interessiert zu sein. »Ich möchte eine gute, vertrauensvolle Beziehung. Nur etwas nebenherlaufen zu lassen, kann ich mir nicht vorstellen. Ich habe ja Papa und dich zum Vorbild.«

Lena lachte. »Na, bei uns ist auch nicht immer alles eitel Wonne. Manchmal kracht's schon auch heftig.«

»Stimmt. Aber ihr findet dann wieder einen Konsens und habt euch etwas zu sagen.«

»Wir haben uns miteinander weiterentwickelt. Wenn einer nicht mitzieht, wird es schwierig.«

»Aber nicht unmöglich«, meinte Adile. »Mein Vater will oft gerne zu Hause bleiben und sich ausruhen. Meine Mutter macht Besuche dann allein und erzählt ihm davon.«

Das Auto war jetzt zu sehen. Lena fiel ein, noch ein paar Äste als Deko für ihr neues Abhof-Geschäft mitzunehmen. Adile schlug vor, das zu übernehmen, während Lena und Lukas die Lieferscheine vorab schrieben und die Mohnsäcke entsprechend sortierten.

Davor wies Lena ihr den Weg zu einigen Buchen, die sie passend dafür fand.

Adile brach längere Zweige ab und legte sie aufeinander. Sie kannte die große Bodenvase und wusste daher, dass sie noch mehr brauchte, weshalb sie tiefer in den Wald hineinging. Den Lieferwagen hatte sie inzwischen aus den Augen verloren. Versuchte aber, sich den Weg zurück anhand markanter Stellen zu merken.

Als sie ihren Fuß hinter einen großen Baum stellte, hörte sie etwas, das wie ein Wimmern klang. Sie ließ den Zweig los, um genauer zu lauschen. Jetzt war es still. Sie wartete ein wenig. Dann griff sie wieder nach ihm und riss ihn ab. Das Knacken der Äste und das Rascheln im Laub überdeckten erneut den hellen Laut, der fast wie ein Ruf klang. Kurz darauf flog ein Fink über ihr hoch, während ein Specht am Nachbarbaum zu klopfen begann.

Die vielen Waldgeräusche wurden Adile langsam unheimlich. Sie sah sich um und merkte, dass sie mutterseelenallein war. Sie sollte umdrehen. Zu weit war sie schon von der Straße entfernt. Lukas und Lena schienen verschwunden. Nur dieses dumpfe Grunzen war wieder da.

Adile Gül sortierte schnell die Äste, um sie besser im Arm halten zu können, als das Geräusch nicht weit entfernt von ihr erneut erklang. Furcht überkam sie und sie rannte los. In die Richtung, aus der sie glaubte, gekommen zu sein. Die Äste hielt sie dabei fest. Die ausladenden Himbeerstauden, die ringsum rankten, ritzen ihre Haut. In ihrer Anspannung spürte sie das nicht.

Wie froh war sie, als sie den blauen Lieferwagen mit Lukas und Lena sah. Sie warteten bereits auf sie und hatten sich ans Auto gelehnt.

»Ja, wo warst du denn?«, rief ihr Lukas entgegen, als er sie mit dem Berg Äste im Arm kommen sah.

Adile war außer Atmen. Sie stellte sich vor beide und Lena nahm ihr die Äste ab. »Danke, sind die schön«, freute sie sich.

Langsam kam Adile wieder zu Atem. »Ich bin zu weit in den Wald hinein, und da war dann dieses Schnauben. Ich glaube, ein Wildschwein war hinter mir her. Ich bin dann weggelaufen.«

»Dann ab in den Wagen. Dort sind wir in Sicherheit«, unkte Lukas, der nicht glauben konnte, was Adile ihm da aufgetischt hatte.

24. KAPITEL

Kurze Zeit später parkten sie vor der Bäckerei im Ort ein. Es war rundum viel los. Alle wollten ihren Einkauf noch schnell vor dem Mittagessen erledigen. Dazu zählte, frisches Brot und Semmeln aus der Bäckerei mitzunehmen. Manche nutzten zudem die Gelegenheit, sich in der Konditorei einen Snack zu gönnen und sich dadurch die Zubereitung einer Mittagsspeise zu sparen.

Lena, Lukas und Adile betraten die Bäckerei. Eine junge Mitarbeiterin, die sie durch die Schaufensterscheibe einparken gesehen hatte, kam ihnen entgegen. »Wie geht's?«, lachte sie speziell Lukas an.

Der freute sich, sie zu sehen. »Hallo! Adile, darf ich dir eine der besten Konditorinnen der Welt vorstellen: Tina, also Martina Herrmann. Sie hat in ihrem Fach die Jugendmeisterschaft für Österreich gewonnen. Die Welt wird sicher demnächst von dir erobert werden, wie ich dich kenne«, zeigte sich Lukas sichtlich stolz auf die ehemalige Spielgefährtin seiner Kindheit.

Auch sie streute ihm Rosen: »Und du mit deinem Biologiestudium bist auf dem Weg zum Tiergartendirektor in Schönbrunn.«

Lukas lächelte verschämt. »Das wäre möglich.« Er

wollte Tinas Berufswunsch für ihn keineswegs schmälern, um ihr danach seine eigentliche Neigung zu erklären: »Mich zieht es eher in die Forschung. Am liebsten wäre mir, für eine NGO, also einen globalen Tierschutzverein, zu arbeiten. Dabei mitzuhelfen, Tierarten zu erhalten. Mit Papas Bankkontakten Projekte gemeinsam mit der Industrie zu entwickeln, damit Ressourcen geschont werden.«

»Aha, klingt auch gut«, sah ihn Tina ermutigend an.

»Später kann ich mir auch ein Leben in einem Labor vorstellen. Um den Schutz der Natur und der Artenvielfalt zu gewährleisten.«

»Das ist gut, Lukas«, freute sie sich für ihn und sah nach Adile.

»Tina, darf ich dir jetzt eine der beste Computerspezialistinnen, die ich kenne, vorstellen: Adile Gül. Sie studiert Informatik.«

Tina Herrmann kam näher und reichte ihr die Hand zum Gruß.

Lukas sah im selben Moment nach dem Wagen, da ihm einfiel, dass er die Fahrertür offen gelassen hatte. Er hatte gleich wieder zurück sein wollen, musste vorher aber noch erfahren, wohin er die Mohnsäcke stellen sollte.

Schallendes Lachen ertönte inzwischen von einem der Tische. Eine Jugendgruppe saß beisammen und unterhielt sich über das normale Maß an Lautstärke hinaus, während ganz ungewohnt ein älteres Ehepaar wenige Tische davor öffentlich Liebkosungen miteinander austauschte.

Adile reagierte befremdet darauf. Lukas, der soeben zurückkam, war gleich im Bilde und lächelte: »Ja, die Zeiten ändern sich. Auch bei uns auf dem Land. Viele sehen manches nicht mehr so eng, sondern geben sich offener. Nicht wahr, Tina?«

Martina Herrmann zuckte mit den Achseln und wusste nicht genau, was sie antworten sollte. »Die Leute verhalten sich noch nicht lang so locker. Mir fällt es auch bei einigen auf. Aber Hauptsache, sie sind gut drauf. Lachen steckt an. Wir haben schon Lob von unserem Bürgermeister erhalten, weil in den allgemein schwierigen Zeiten bei uns alles so gut läuft.«

Lena hatte inzwischen mit einer Bekannten geplaudert und wandte sich jetzt den dreien zu. Sie kam gleich zum eigentlichen Grund ihres Kommens. »Ist die Moni da?«, fragte sie und schaute sich um. »Sie hat mir zwar die Anzahl der Mohnsäcke, die sie haben möchte, am Telefon durchgegeben, aber ich wollte mich noch genauer mit ihr absprechen. Könntest du sie bitte holen?«

»Leider hat sie sich heute noch nicht gemeldet. Es war bisher auch nix Besonderes bei uns los, deshalb haben wir sie nicht angerufen. Wahrscheinlich ist sie beschäftigt. Nach dem Tod vom Chef wär's ja kein Wunder.« Tina zeigte sich bekümmert.

»Ich versuch, sie am Handy zu erreichen.« Lena griff in die Tasche und zückte ihr Telefon. Bei Moni sprang gleich die Mailbox an. Offensichtlich hatten schon mehrere probiert, Monika Schiefer eine Nachricht zu hinterlassen. Lena war nun die Nächste, die um einen Rückruf bat.

Eine Frau betrat die Bäckerei, und als sie Lena entdeckte, gratulierte sie ihr gleich zur Kandidatur als Bürgermeisterin. Ein Mann hingegen, der das gehört hatte, drängte sich mit grimmigen Worten an ihr vorbei und schlurfte in den Gastraum. Beide Frauen sahen ihm verwundert nach.

Die Frau verstrickte Lena in ein Gespräch, weshalb Lukas jetzt Tina nach dem Platz für die Mohnsäcke fragte. Sie wies ihm den Weg in den unteren Bereich der Backräume, neben denen die Vorratskammer lag.

Lukas stöhnte entmutigt, als er die vielen Stiegen vor sich sah. »Kriegst von uns nachher dafür an Nusslikör zur Stärkung. Was sagst?«, motivierte ihn die Jugendfreundin.

Lukas nahm das als schwachen Trost hin. Es würde ihm jetzt wohl nichts anderes übrig bleiben, als die zehn Säcke mit je 20 Kilogramm allein hinunterzutragen.

Adile bot ihre Hilfe an und mühte sich mit einem der Säcke ab. Lukas bedankte sich dafür, winkte aber schon beim nächsten ab. Denn er strengte sich dabei nicht halb so an wie sie. Männer hatten einfach eine ganz andere Kraftumsetzung, und Gleichberechtigung hieß nicht, physiologische Grenzen überwinden zu müssen, wo es schlichtweg unmöglich war. Nicht bei körperlichen Tätigkeiten. Zumindest sah Lukas das so. Er ersuchte Adile, wenn sie ihn unterstützen wollte, die Säcke so zu legen, dass er alle weiteren leicht darüberschlichten konnte.

Adile blieb allein in der Kammer und hörte in den Nebenräumen eifriges Hantieren. Sie betrat den Gang, sah von diesem aus aber niemanden, vernahm nur Lukas' Schnaufen. Sie begab sich erneut in den Vorratsraum. Neben unzähligen Mehlsäcken standen welche mit geriebenen Nüssen und auch viele Mohnsäcke herum. Das Plastik war durchsichtig, weshalb sie den Inhalt deutlich erkennen konnte.

Als Lukas die Säcke abgeladen hatte, stellte er sich zu Adile und sah ins Lager.

»Bei dem vielen Mohn, den die rumstehen haben, brauchen sie unsere Säcke wirklich nicht. Ist wohl mehr wegen der Mama«, meinte er und ging näher an einen heran. »Aha, und die sind sogar schon gerieben. Auch nicht schlecht. Da sparen sie sich einen Arbeitsgang zusätzlich. Super Service, den ihnen da jemand macht.«

Lukas löste die Hände aus den Hüften und nahm gleich zwei Stiegen auf einmal. »Ich komm gleich wieder. Dreimal muss ich noch gehen.«

Adile sah sich die übrigen Säcke genauer an. Dann überkam sie die Neugier und sie wollte wissen, was in den anderen Räumen los war. Im größten lief eine Teigmaschine, aber niemand war da. Aus einem weiteren hörte sie Lachen. Sie ging noch an einem anderen vorbei, bevor sie eine Gruppe von Bäckern im Arbeitsgewand beisammenstehen sah.

Alle drehten sich nach ihr um. »Hallo, suchen Sie jemanden?«, fragte ein junger Mann.

»Ah, wir liefern den Biomohn, und ich bin Ihrem Lachen nachgegangen.«

Alle wurden plötzlich ernst. Als wüssten sie nicht, ob Adile das als Rüge gedacht hatte.

»Jo, Sie meinen wegen unserem Chef. Da soll ma eigentlich in Trauer sein.«

»Sein mia jo a«, bekräftigte einer im gleichen Atemzug.

»Aber ma kann net 24 Stunden trauern. Des is eh a Wahnsinn, was da passiert is«, ergänzte nun Ersterer.

Adile bekundete ihre Betroffenheit und erklärte ihren Bezug zur Bäckerei. »Mein Freund wird gleich mit dem Rest der Säcke da sein.«

Lukas hatte ihre letzten Worte gehört und sie an der Tür stehen gesehen. Er war stolz, wie sie über ihn vor anderen sprach.

»Hallo, ich bin jetzt fertig«, informierte er Adile.

»Alles klar.« Sie wollte aber noch wissen, was die Mitarbeiter vom plötzlichen Tod ihres Arbeitgebers hielten. »Haben Sie damit gerechnet?«, fragte sie abschließend.

»Also rechnen tut keiner mit so etwas. Aber er war schon a Zeit lang irgendwie von was belastet, is mir vorgekommen«, wagte sich der Älteste aus der Defensive. »Aber wenn Sie mehr wissen wollen, müssen Sie schon die Chefin fragen. I war von uns damals als Erster in der Backstube und hab ihn in der Früh noch liegen gsehen, aber i weiß nix.« Er gab sich verschlossen, alle Übrigen taten es ihm gleich und wandten sich ab.

Als Lukas und Adile wieder in der Konditorei standen, war Lena dabei, sich von einer Runde zu verabschieden. Sie sah die beiden und deutete ihnen, dass sie gleich zu ihnen kommen wollte.

»So, jetzt muss i z'Haus gehen. Die Eierschwammerl zu Mittag, die machen sich nicht von allein.«

Die Frauen nickten bestätigend.

»Wir sehen uns morgen beim Feuerwehrfest.«

Lena Breitenecker gab der Ältesten in der Runde die Hand, den anderen winkte sie zum Gruß.

Adile und Lukas saßen bereits im Auto und freuten sich auf ihr Mittagessen.

25. KAPITEL

»Die Stimmung im Wirtshaus ist ja großartig. Und das vor unserer Gemeinderats- und Bürgermeisterwahl. Siehst du, ich muss doch einiges richtig machen. Und das sogar beim jetzigen Weltkonflikt, der den Menschen anderswo aufs Gemüt drückt. Bei uns ist das eindeutig nicht der Fall.« Bürgermeister Josef Brunner saß mit Franz Zirnwald im Dorfwirtshaus am Hauptplatz und sah sich zufrieden um. Es war nach der Mittagspause, doch einige Gäste waren noch länger geblieben.

»Na, lieber Brunner, da nimmst den Mund aber ganz schön voll«, antwortete Zirnwald und genehmigte sich einen Schluck Kaffee. »Aber weißt was, verstehen tu ich bei dem Gelächter sowieso fast nix. Auch wenn du mir direkt gegenüber bist. Setz ma uns ins Sonderzimmer. Komm. Dort ist es ruhiger.«

Im selben Moment als Brunner aufstehen wollte, kam ihm ein Mann im Arbeitsgewand entgegen: »Pepi, mei Stimme hast du. Des is super, wenn i bei die vielen Bauvorhaben, die ma durchführen, net wie sonst quer durch ganz Österreich fahren muss, sondern bei uns daham arbeiten kann. Mach weiter so!«, erwies sich der Maurer als Fan des Bürgermeisters. »Mei eigenes Häuserl is dadurch a schneller fertig, weil i net so weit zur Arbeit fahren muss und gleich z'Haus bin. Mei Stimme hast bei der Wahl!«, versicherte er und hob die Hand zum Gruß.

»Na, sag i dir's? Die Leute wollen mich. Es passt eben, so wie es is.«

Brunner schob seinen Stuhl zufrieden an den Tisch zurück und wurde anschließend ernst. »Auch wenn diese Breitenecker mit ihrem Clan es darauf anlegt, mich zu stürzen. I muss auf der Hut sein. Aber politisch bin i allemal gewaschener als die«, murmelte er bei dem Lärm mehr in sich hinein, als ihn sein Gegenüber verstehen konnte. Verunsichern wollte er ihn sowieso nicht. Immerhin saßen sie beisammen, um nach dem Mittagessen gemeinsam die letzten Vereinbarungen zur Wahlkampfunterstützung zu treffen.

Ein anderer Mann hatte Brunners Kommentar allerdings gehört und war gegenteiliger Ansicht. »Dass du dich da nur nicht täuschst, Brunner. Auch wenn im Ort alle in letzter Zeit so gut drauf sind. I glaub net, dass das mit deiner Politik zum tuan hat. Du weißt: Was jetzt los is, braucht net so bleiben. Nur der Wahltag zählt. Vergiss das nicht!«

»Is scho guat«, wertete Josef Brunner das eben Gesagte mit einer Geste ab. Doch seinem zuvor zuversichtlichen Befinden hatte die kurze Unterredung eine kleine Delle verpasst. Er griff nach seinem Sakko und ging Zirnwald nach. Sein Gesprächspartner hatte inzwischen in den Nebenraum gewechselt.

»Ja, hier is es ruhiger. Da muss man nicht so laut reden. Sonst hören die anderen noch, was wir miteinander ausmachen. Und das wollen wir doch beide nicht. Stimmt's?«

Franz Zirnwald gab sich teilnahmslos, hatte sein Serviertablett mit dem Kaffee abgestellt und bereits Platz genommen. Er wurde ernst und fragte: »Also, Pepi, was willst du genau von mir?«

Das war eine Frage, die Josef Brunners Optimismus wieder zum Vorschein brachte. Die Vorstellung, seine Wünsche offenlegen zu können und sich jemandem gegenüber zu wissen, der darauf eingehen würde, stimmte ihn hoffnungsfroh.

»Tja, Franz, ich hab ja gewusst, dass ich auf dich zählen kann. Alle fünf Jahre is es halt so weit. Da müssen wir unsere Abmachungen auch durch meine Wiederwahl bekräftigen. Aber das weißt du ja, wie ich merke.«

»Also sag, wie viel braucht ihr, damit alles klappt?«

»Ja, ich denke da so an 150.000 Euro.«

»Seid ihr noch bei Trost? In wirtschaftlich schlechten Zeiten solche Mittel aufzuwenden? Wir brauchen jetzt jeden Cent in unserer Firma. Bei der Teuerung und dem künftigen Ankauf von Künstlicher Intelligenz, die in den nächsten Jahren auf uns zukommt. Das sind gewaltige Anschaffungskosten. Und da willst du diesen Betrag?«

Josef Brunner blieb ruhig. Ein Lehrling kam in den Sonderraum und fragte, ob er noch etwas bringen könne, was die beiden Männer verneinten.

»Hör mal, es sind überwiegend kleine Firmen im Ort. Die kämpfen um ihre Existenz. Deren finanzielle Unterstützung ist überschaubar. Es ist dieses ganze Social-

Media-Zeug, das neben Plakaten, Flyern und Kugelschreibern bei Wahlkämpfen zusätzlich zum Einsatz kommt. Das wird alles ganz schön teuer. Die jungen Computerleute lassen sich ihre Arbeit teuer bezahlen. Sind knallharte Geschäftsleute«, lachte Brunner über deren Forderungen. »Aber gut, wenigstens binden wir sie so gleich an uns, und sie übernehmen später hoffentlich einmal das Ruder«, setzte er nach.

»Trotzdem ist das ein hoher Betrag. Kannst du nicht bei deinem Spezi in der Bauwirtschaft ansetzen? Da geht doch einnahmemäßig seit Jahren die Post ab. Der kann sich das leisten«, gab Franz Zirnwald sich bedrückt.

»Das tue ich ja schon. Der trägt sowieso den größten Brocken. Weil er es am ehesten verschmerzt. Aber seine Baufirma kann nicht alles bezahlen.«

»Wieso denn nicht? Du bist dort wie bei uns stiller Teilhaber. Sag mir daher nicht, dass du bei ihm lange um etwas bitten musst.«

»Darum geht es nicht. Zahlt die Baufirma zu viel, fällt das auf. Dann fangen die an, genauer hinzuschauen, und ich möchte noch unseren Freizeitpark für die Region durchbringen. Vergiss nicht, dass diesmal die Lena Breitenecker als Gegenkandidatin antritt. Ich möchte in allem, was wir machen, auf Nummer sicher gehen. Sogar in Betracht ziehen, dass so ein politisch blindes Huhn wie die den richtigen Knopf bei der Bevölkerung drückt und es vielleicht knapp werden könnte. Sogar bloße Spaßparteien haben heutzutage Chancen.«

»Jetzt mal den Teufel nicht an die Wand. Wir brauchen dich hier wie einen Bissen Brot, sonst geht wirtschaftlich in unserer Region nix mehr. Nur mit bio, wie bei der zu erwarten, werden alle nicht weit hüpfen. Wir hingegen haben vor, mit unserer Mohnölproduktion weltweit zu expandieren.«

»Ich unterstütz alles, und ihr werdet das auch für mich machen. Franz, bevor ma lang herumreden: Ich möchte dich daran erinnern, dass ich dir die Kontakte zum Pharmakonzern besorgt habe. Ihr liefert diesem jetzt einen Großteil eurer Pressungen. Die Opioide, die in der Mohnmilch enthalten sind, werden für Schmerzmittel wie Morphium, zu Papaverin gegen Magenkrämpfe oder zu Codein gegen Hustenreiz verarbeitet. Der Trester, der Pressabfall, muss immer gesetzlich entsorgt werden.«

»Ja, und was willst du mir damit sagen?« Zirnwald reagierte gereizt.

»Dass ich dir mit meinen Kontakten in die Wirtschaftsabteilung des Außenamts auch bei der Beschaffung des Schlafmohns aus Afghanistan behilflich war. Der kommt jetzt legal aus dem größten Anbaugebiet der Welt. Aber du weißt, die Formalitäten, um an so etwas heranzukommen, sind enorm. Sonst könnte ja jeder so etwas zur Herstellung von Heroin ins Land holen. Ich möchte dich gar nicht erst darauf hinweisen, dass ich als stiller Teilhaber ebenfalls Kapital in deine Ölmühle investiert habe.«

»Du bist ganz schön zäh, Brunner.« Franz Zirnwald setzte sich aufrecht hin und gab sich geschlagen. »Ja, du kannst dein Geld haben«, schlug er in den Handel ein. »Sag mir noch, in welchen Tranchen du die Überweisungen brauchst.«

Pepi Brunner lehnte sich zurück. Der Lehrling von zuvor ging wieder durch den Gastraum, getraute sich aber nicht mehr, ihnen etwas anzubieten. Deshalb rief ihn Josef Brunner jetzt zu sich. »Geh, Burschi, bring mir noch an Gspritzten. Für dich auch?«, fragte er Zirnwald, der bejahte. »Zweimal!«

»Sag, was is jetzt mit der Schiefer Moni? Die möchte die Bäckerei von ihrem Mann doch weiterführen. Wird sie dich wie der Toni, Gott hab ihn selig, im Wahlkampf unterstützen?«

Josef Brunner rutschte unruhig auf seinem Sitz hin und her. »Da bin ich mir nicht sicher. Ich glaub, wir müssen ihr noch ein paar Lektionen erteilen, damit sie weiß, wer hier das Sagen hat. Spätestens wenn sie mich um Hilfe anbettelt, dann haben wir sie.« Der Bürgermeister war sich seines Vorhabens bereits ziemlich sicher.

»Und wie stellst du dir das vor?«, wollte Zirnwald wissen.

»Du, ich hab da schon etwas im Blick. Das klappt bestimmt.«

»Und wenn sie ihren Mann tatsächlich umgebracht hat, dann erübrigen sich sowieso alle Überlegungen. Dann muss sie verkaufen. Wüsstest du einen Nachfolger für sie?«

»Vielleicht hat sie den Toni ja wirklich umgebracht. Er war manchmal ganz schön brutal zu ihr. Auch vor der Belegschaft. Also wundern würde es mich daher nicht.« Als könnte er den Teufel, den er eben an die Wand gemalt hatte, mit einem Schluck runterspülen, griff Brunner nach dem Weinglas. Der junge Kellner hatte es ihm eben hingestellt. »Danke dir, Kleiner«, rief er ihm nach.

»Na, ich mein, wen hättest du als ihren Nachfolger im Auge?«

»Ich könnte mir einen ihrer Mitarbeiter vorstellen. Ich weiß da wen. Der war eng mit dem Toni und hat mich schon einige Male beim Flugzettelverteilen im Wahlkampf unterstützt. Den hätten wir mit Sicherheit.«

»Ja, falls die Schieferin die Täterin ist. Aber ob die des wirklich war?«

»Ich könnt mir auch noch den Wanninger vorstellen. Der hat oft in der Bäckerei ausgeholfen. Der Toni hat ihn meist schwarz beschäftigt, wenn jemand ausgefallen ist. Oft hat's zwischen denen Knatsch gegeben, weil er ihm die angefangenen Stunden und das Aufräumen nach Geschäftsschluss nicht bezahlt hat. Wahrscheinlich gibt's noch anderes. Ja, der Toni hat gewusst, wie man Gewinn macht, und war mit seinen Methoden oft nicht zimperlich.«

»Geh, und was hat das alles mit dem Mord an diesem Lehner Rudi zu tun?«

»Das müsstest du doch besser wissen. Du hast Geschäfte mit ihm gemacht. Was war da los?«

»Der war knallhart im Verhandeln. Wie der Toni. Ja, die Zeiten sind jetzt so. Aber ich glaub, bei dem war es eindeutig eine Beziehungstat. Irgendeine von seinen Frauen. Wenn ma Glück ham, die Winzer. Dann wär ma die endlich los. Die setzt doch den ganzen Frauen im Dorf Flöhe ins Ohr. Vor allem der Breitenecker. Aber wer weiß. Vielleicht war's auch die Schiefer, wie man munkelt.«

»Schau einmal an? Eine Doppelmörderin?«

»Dann überleg dir schon einmal, was du auf unseren Radio- und TV-Sendern erzählen wirst. Denk an den Tourismus. Ganz Österreich ist eh seit Langem im Krimifieber. Wenn du das gut hinkriegst, können wir uns vor Schaulustigen gar nicht mehr retten. Vielleicht gleich kombinieren mit einer Tatort-Besichtigungstour und einem Mordsdinner bei unserem Haubenkoch Hannes. Ein Kombi-Angebot mit Wochenendbonus.«

Langsam kam wieder Schwung in ihr zuvor sachliches Gespräch.

»Also, Franzi, ich sehe, wir verstehen uns. Auf unseren Erfolg!« Brunner erhob sein Glas.

»Auf dich, Pepi!«, nahm Zirnwald noch einen Schluck, bevor er sich verabschiedete und sich zu seinem Mitarbeiter Bertl Frühwirth begab, der ihn bereits zum nächsten Termin abholte.

26. KAPITEL

Auf diesen Tag freuten sich die Leute im Dorf das ganze Jahr über. Die meisten von ihnen bereiteten Dekorationen vor und sammelten Preise für die Tombola. Am Wochenende des Feuerwehrfestes durfte letztlich niemand ohne Gewinn nach Hause gehen. Alle sollten sich als Teil der Dorfgemeinschaft fühlen und mitmachen. Immerhin war die Feuerwehr in Niederösterreich freiwillig. Stand jederzeit mit ehrenamtlichen Mitarbeitern und Mitarbeiterinnen zur Verfügung. Manchmal hatte man sogar Spaß an der gemeinsamen Sache. Dem Teamgeist. Während der Einsätze ging man dann aufs Ganze. Wenn Tote aus Unfallautos herausgeschnitten werden mussten oder Bewohner sie riefen, weil sie die Nachbarin schon wochenlang nicht gesehen hatten.

Brände gab es erfreulicherweise nun wenige. Dafür nahmen Unwetter mit Hochwasser oder Stürmen zu. Zwischendurch eine Katze aus einem der Obstbäume zu retten, war so gesehen eine nette Abwechslung. So wie das Feuerwehrfest selbst.

Nicht nur die Freiwilligen der Feuerwehr sammelten Spenden für deren Fortbestand, sondern wer im Dorf konnte, leistete aktiv seinen Beitrag, um das Budget für die Gemeineinrichtung zu erhöhen. Viele hofften auch, dass sie durch ihren Beitrag die höhere Gewalt gnädig stimmten. Oder sie taten es einfach, weil sie gerne dabei waren und man es schlussendlich machen musste.

»Servus, Walter, du bist a do! I gfrei mi.« Ein kräftiger Mann reichte dem anderen jovial die Hand. Viel Zeit zu plaudern hatten sie nicht, denn jener in Feuerwehruniform wurde an der Freiluftschank gebraucht, um das Bierfass anzustechen.

»I komm dann eh bei dir vorbei«, sicherte der andere schon vorab sein Krügel.

»Die zwei sind eine besondere Nummer. Zuerst haben sie sich als Nachbarn jahrzehntelang fast die Köpfe eingeschlagen und jetzt sind sie ein Herz und eine Seele. Da kenn sich einer aus.« Hans Breitenecker waren beide gut bekannt, und er schüttelte verwundert den Kopf.

»Ist doch gut, wenn sie sich's anders überlegt haben. Warum soll man sich künstlich das Leben schwer machen? Irgendwann weiß doch kein Nachbar mehr, weshalb er mit dem anderen gestritten hat. Ist doch meist nur ein Vorwand für Antipathie«, war sich Lena sicher.

»So etwas ist ja kindisch«, gab Lukas sich ziemlich erwachsen und schaute bestätigend zu Adile, die dabei war, ihren auf Holzkohle gegrillten Burger zu zerschneiden.

»Schmeckt's?« fragte Harry Kain, der währenddessen an einer der berühmten Waldviertler Geräucherten knabberte.

Adile Gül nickte, ohne hinzusehen. Denn sie hatte

den Mund voll und widmete sich nebenbei ihrem Mobiltelefon, das in der Tasche soeben gesurrt hatte. »Ja, aha …«, murmelte sie.

»Ich weiß gar nicht mehr, wie es ist, wenn jemand bei Tisch kein Handy mithat.« Walli meinte das nicht rügend. Aber als Adile aus der Mitte der Heurigenbank aufstand, wackelte diese nicht nur, sondern gleich der ganze Tisch mit, weil sie sich abstützte und das Telefon dabei fest ans Ohr hielt.

Lukas bemühte sich, die Gläser vor dem Kippen zu bewahren.

»Das muss ja wichtig sein«, konnte Harry Kain sich den Kommentar nicht verkneifen.

»Is ja nix passiert«, kalmierte Hans.

Aus der Ferne hörte man begeistertes Johlen und immer wieder Schüsse an der Schießbude. Viele Biertrinker schauten dort zu.

Mizzi Troger war mit Nachschub unterwegs und kam am Tisch der Breiteneckers vorbei. »Na, habt ihr eh alles, was ihr braucht?«, fragte sie im Vorübergehen.

»Du, danke«, antwortete Lena. »Wir holen uns selbst, was wir brauchen.« Ob Mizzi das allerdings gehört hatte, konnte sie nicht mehr feststellen. Denn die umtriebige Obfrau des Dorfverschönerungsvereins stand längst anderswo.

»Schau, da kommt der Nico«, informierte Lena die anderen. »Komm! Setz dich zu uns«, rief sie ihm zu. Nico Salmer war noch im Gespräch, freute sich aber sichtlich über die Einladung.

Walli Winzer stand von der Sitzbank auf, griff nach

ihrem Weinglas und drängte sich neben Harry. Sie machte Platz, damit Nico sich neben Lukas und gegenüber von Lena setzen konnte.

»So können die ein bisserl miteinander tratschen«, erklärte sie Harry. »Und? Wie geht es Ihrem Artikel über die Mohnölmühle?«, fragte sie mehr rhetorisch als interessiert.

Harry hingegen freute sich über die Nachfrage und fasste das Wesentliche daraus zusammen.

Walli Winzer ließ währenddessen ihren Blick über das Festgelände schweifen. Es waren viele Leute gekommen, von denen sie mittlerweile einige kannte. Sie beobachtete gerne, wer mit wem gut bekannt war. Bei manchen wunderte sie das, und sie war regelrecht verblüfft. So wie bei Sybille Karner und der Gattin des Bürgermeisters, die sich offenbar einiges zu erzählen hatten.

Nachdem sie ihrer Nachbarin einige Zeit lang beim Gespräch zugesehen hatte, fielen ihr nicht nur deren Nichte Anna ein, die mit ihrer Geschäftspartnerin Silvia Manner liiert war, sondern vor allem Romy und Julia, die sie samt Kindern vermisste.

Walli fand, dass der Journalist inzwischen lang genug über seinen Artikel gesprochen hatte, lobte ihn und lenkte das Gespräch auf Romy.

»Die junge Familie ist noch im Urlaub. Nachdem sie sich in den letzten Jahren voll und ganz dem Aufbau ihres Restaurants und des Karpfenbetriebs gewidmet hatten, beschlossen sie, endlich einmal alle gemeinsam zu verreisen. Nicht zu vergessen, dass die kleine Vita als Baby wenig reisefit war. Jetzt kann sie schon laufen. Manchmal mehr, als ihre Eltern das wollen«, zeigte sich Harry voll informiert.

»Wo sind sie denn?«, fragte Walli neugierig weiter.

»Natürlich am Meer, in Italien. Unterhalb von Genua, an der italienischen Riviera. Julia kennt dort eine schöne Pension. Sie bleiben einen ganzen Monat.«

»Also wird es künftig Pizza im Schlossrestaurant geben. Darauf wette ich. Allein die Kiddys wollen das«, war sich Walli sicher.

Harry lachte. »Wundern würde es mich jedenfalls nicht.«

Walli Winzer entdeckte jetzt im Menschengewühl Resi Grubinger. Sie war an der Seite ihres Mannes, schien aber weniger gesprächig als sonst. Sie gab sich mehr als Zuhörerin. Walli stand auf und ging den beiden entgegen. Resi freute sich, sie zu sehen.

»Hallo, Frau Winzer! Ich hab gehört, dass Sie aus Griechenland zurück sind. Vielen Dank für die Lindenblüten. Sie sehen, dass sie mir wirklich geholfen haben. Es geht mir eindeutig besser.«

»Als Ihr Mann mich am Flughafen angerufen hat und so vehement hinter den Blüten her war, überraschte mich das. Da hab ich dazugelernt. Ich werde mir auch Lindenblüten trocknen. Dann habe ich das ganze Jahr meinen eigenen Tee.«

»Ja, machen Sie das. Er schmeckt, finde ich, sehr gut. Jetzt glaub ich aber, ich muss mich hinsetzen. Zu lang stehen, das schaffe ich kräftemäßig noch nicht.«

Walli Winzer bot ihr an, mit zum Tisch zu kommen,

was sie begrüßte. Sie nahm neben ihr Platz, während sich Sepp Grubinger zu Nico setzte.

Da die Blasmusikkapelle nach der letzten Polka in die Pause gegangen war, ergriff Bürgermeister Brunner sofort die Gelegenheit, vor versammeltem Auditorium den Mitgliedern der Freiwilligen Feuerwehr für ihren ganzjährigen Einsatz zu danken.

Nach seinem ersten Satz quietschte es durch die Rückkopplung des Mikrofons aus der Anlage, weshalb viele aufstöhnten.

Brunner nutzte den Zwischenfall, um geschickt auf die bevorstehende Bürgermeisterwahl zu lenken: »Ihr werdet sehen, da heben wir genauso raketenhaft ab, so wie der Pfeifton eben losging. Volle Kraft voraus für unser Großlichten. Damit wir auf Schiene bleiben und erfolgreich an die große, weite Welt anschließen. Jetzt haben wir die neuen Wohnhausanlagen, das Shoppingcenter am Ortsende, unsere Industrie im und um den Ort mit Arbeitsplätzen, die sich entwickeln, und wir sind gut in den lokalen Medien unterwegs ...« Bevor Brunner weiterreden konnte, wehrte sich einer der Anwesenden nahe der Bühne gegen die Beweihräucherung: »Hör auf mit dem Geschwafel. Das wissen ma eh alles. Unsere Geschäfte im Ort sperren aber zu. Was machst du dagegen? Schon einmal darüber nachgedacht?«

Josef Brunner blieb heiter und blödelte auf Kosten des Mannes darüber hinweg. The Show must go on, hieß die Devise, die der gefinkelte Politfuchs glänzend beherrschte. Kräftiges Lachen.

»Wenn man ihm so zuhört, könnte man wirklich glauben, Großlichten wäre die Insel der Seligen«, mokierte sich Lena.

»Und er der große Geldgeber«, ergänzte Harry.

»Dabei führt er einen nicht unbeträchtlichen Teil davon seit Jahren in seine eigene Tasche ab. Er missversteht seinen Job als Bürgermeister eindeutig. Vertritt die Interessen der Großwirtschaft in der Politik wie sonst nur Lobbyisten. Und was die brauchen, ist einen wie ihn, der die Bevölkerung im Griff hat. Unruhestifter kaltstellt und Bestrebungen von Bürgerinitiativen gleich im Keim abwürgt.

»Österreich ist so klein. Da werden Politiker immer mehr zu Wirtschaftslobbyisten. So einfach ist das. Vergessen, dass sie eigentlich die Interessen ihrer Bevölkerung vertreten und Entscheidungen nur in Absprache mit diesen zulassen sollten.«

»Da kann ich nur lachen«, meldete sich Harry. »Das erinnert mich auch an den Journalismus. Wo teilweise Anzeigenleiter oder ehemals führende Gewerkschaftsfunktionäre zu Chefredakteuren bestellt wurden. Endlich einmal die Rollen wechseln durften und voll und ganz ihre Macht als Konzernvertreter ausspielten. Auf ihre einstige Gefolgschaft, die Mitarbeiterinnen und Mitarbeiter, einfach vergaßen.«

»Ja, die Kassa muss klingeln. Bei Geld und Macht lässt bei den meisten die Moral nach«, zog Lukas Breitenecker daraus seine Schlüsse, der offenbar schon seinen Bert Brecht gelesen hatte.

»Da bin ich wieder. Ich muss euch etwas erzählen«, nahm Adile wieder neben Lukas Platz und tat geheimnisvoll. »Ihr werdet es nicht glauben, aber die Tage von Josef Brunner als eurem Bürgermeister sind gezählt.« Sie suchte Lena und ihre Augen leuchteten dabei. »Ich sag's direkt. Herr Grubinger, Sie hören bitte weg.«

Der Dorfpolizist gab sich gelassen. Denn was würde eine so junge Frau schon für Geheimnisse vor ihm haben, wo er sonst doch mit Sicherheit Schlimmeres zu hören bekam. Er schaute zu seiner Resi, die ihn ebenfalls fragend ansah. »Passt schon«, entgegnete er.

Adile Gül schien dennoch irritiert. Alle mussten versprechen, dass sie das, was sie gleich hören würden, auch für sich behielten.

»Gut. Also, mein Computerinformant hat auf meinen Auftrag hin den Laptop vom Brunner gehackt. Der hat in den letzten Jahren tatsächlich Unsummen von Firmen-Provisionsgeldern abgesahnt. Schmierte Leute und ist nebenbei stiller Teilhaber nicht nur in der Baufirma Altmeier, sondern auch in der Mohnölmühle vom Zirnwald und anderen. Wir haben ihn also in der Tasche und wissen, wo wir ansetzen werden«, freute sie sich über den Trumpf.

Eben unterhielt Josef Brunner das Publikum von der Bühne aus mit einem Witz, weshalb viele herzhaft auflachten. Ihm schien die gute Stimmung zu gefallen, weshalb er vorhatte, noch zu bleiben.

Bevor jemand antworten konnte, ergriff Sepp Grubinger das Wort. »I hab nix ghört. Nur so viel: Ihr wisst, dass es illegal ist, einen Computer zu hacken. Auch wenn der Brunner wahrscheinlich das Passwort josef.brunner oder sein Geburtsdatum dafür verwendet, was übrigens die meisten auf der Welt so machen. Die Botschaft dessen wäre also: Wechselt es öfter.«

Alle waren überrascht, wie cool der Dorfpolizist die Neuigkeit hinnahm, und zogen es dennoch vor, lieber zu schweigen.

»Nun zu Ihnen, Frau Gül. Ich rate Ihnen, das nicht noch einmal zu machen. Sie bringen sich sonst wirklich in Schwierigkeiten. Das wünsche ich Ihnen nicht. Auch sonst niemandem hier.« Er sah forsch in die Runde. Niemand wagte, ihm zu widersprechen.

»Damit nicht weiter etwas Unüberlegtes passiert, vor allem auf Initiative von diesen jungen Leuten hier, gebe ich ein Ermittlungsergebnis preis, das noch als geheim betrachtet wird, aber Adiles Informationen bestätigt.«

Erleichterung breitete sich in der Gruppe aus.

»Und wie ist Ihnen das gelungen?«, fragte Adile Gül erstaunt.

»Wir haben das Handy von Rudi Lehner-Papadopoulos ausgewertet, das Frau Winzer uns dankenswerterweise überlassen hat. Darauf gibt es unzählige Fotos von schriftlichen Dokumenten. Lehner hat die Gelegenheit genutzt, Brunners Vertrag als stiller Teilhaber von Zirner zu fotografieren. Wie er das geschafft hat, weiß ich nicht. Jedenfalls liegt der jetzt im Polizeirevier. Wie wir ihn wegen dem Altmeier noch drankriegen, wird sich zeigen.«

Lena hatte die ganze Zeit über kein Wort gesprochen, was Hans sichtlich nervös machte. Er versuchte, sie zu umarmen, als sie aufsprang und Richtung Veranstaltungsbühne rannte. Behände erklomm sie diese und riss dem verblüfften Brunner das Mikrofon aus der Hand. Hans schlug seine Hände vors Gesicht und folgte ihr.

Adile zeigte sich auch verunsichert. Dass eine übereilte Aktion folgen könnte, daran hatte sie nicht gedacht. Sie machte sich Vorwürfe, weshalb Lukas sie beruhigte.

»Politisch wird das jetzt Brunners Ende als Bürgermeister sein. Daran besteht kein Zweifel. Dafür sorgt Lena eben mit ihrer Rede.«

Nico und Grubinger rutschten auf die frei gewordenen Sitzplätze. Das Publikum folgte Lena nun aufmerksam.

»Großartig, Adile, was Sie und Ihr Computerfreund da herausgefunden haben. Ich bin richtig stolz auf Sie«, lobte Walli die Courage der jungen Frau.

»Trotzdem löst das weder die zwei Mordfälle noch das Rätsel, warum Rudi sich in der Nähe der Bäckerei aufgehalten hat.«

Sepp Grubinger fühlte sich wieder auf den Plan gerufen. »Das Seltsame ist, dass es auf seinem Handy Fotos aus der Bäckerei gibt. Interessanterweise auch vom Tatort im Keller mit etlichen Aufnahmen der Mohnsäcke vom Zirnwald. Der Mohn ist darauf aus nächster Nähe zu sehen.«

»Grubinger, Sie haben doch gesagt, dass Rudi mehrere Dokumente abgelichtet hat. War auch etwas aus dem Büro vom Schiefer dabei?«

»Nein. Nur aus dem vom Zirnwald. Es handelt sich um Lieferscheine eines Pharmakonzerns, die ihn wohl interessiert haben.«

»Hm. Apropos Schiefer: Was ist eigentlich mit der Moni Schiefer? Ist die wieder aufgetaucht?«

Grubinger verneinte. »Aber die Suche nach ihr wurde eingeleitet.«

Harry Kain blieb im selben Moment der Wein in der Kehle stecken, als er Eleni Papadopoulos mit dem jungen Herrn Pfarrer vertraut plaudernd kommen sah. »Ja, des is jetzt aber nicht möglich. Da taucht die plötzlich seelenruhig mit diesem Frauenschwarm auf und war vorher wie vom Erdboden verschwunden. Das wird sie uns noch erklären müssen, wo sie gesteckt und was sie gemacht hat«, starrte Harry ihnen nach.

Resi Grubinger lächelte. »Wer weiß?«, sah sie ihnen nach. Etwas Unergründbares lag in ihrem Blick.

Ihr Mann brachte sie wieder zurück in die Realität. »Also i glaub, du schaust zu viele Liebesgeschichten, Resi«, vermutete er und verdrehte dabei die Augen.

Einige Jäger in Montur überquerten die Festwiese und hörten Lena aufmerksam zu, die immer noch eindringlich sprach.

»Was is eigentlich mit dem Bertl Frühwirth? Der gehört ja auch zu den Jägern und hilft sonst beim Feuerwehrfest fleißig mit«, fragte Sepp Grubinger in die Runde und sah Nico dabei an.

»Also ich bin überfragt«, reagierte Harry spontan.

Nico Salmer hob ebenso ahnungslos die Schultern. »Wahrscheinlich ist er auf der Jagd oder mit einigen Wienern beim Erdgrillen. Die bestellen so etwas gerne bei ihm«, wusste er.

»Was ist denn das?«, fragte Lukas Breitenecker interessiert.

»Na, da wird ein Tier, zum Beispiel ein Hase, zuerst

auf der Jagd erlegt, dann gehäutet, mit glühenden Kohlen in einem Erdloch vergraben und gebraten. Das dauert meist einige Stunden, bis alles durch ist. Das Gericht wird im Wald an Ort und Stelle wie in Urzeiten verzehrt. Ehrlicherweise muss man sagen: Das Ganze wird sogar zelebriert. Denn es wird oft sehr fein à la Picknick mit allem Drum und Dran diniert.«

»Was es alles gibt«, reagierte Walli überrascht und kratzte sich am Ohr.

»Der Frühwirth ist eben schlau, verdient sich etwas dazu. Und wenn sich Leute dafür finden: Warum sollte er das nicht machen?« Harry Kain speicherte gedanklich bereits seinen künftig geplanten Artikel ab.

»Ich weiß sogar, wo er das macht«, zeigte sich Nico informiert. »Ich fahr manchmal an seinem geparkten Firmenwagen vorbei.«

»Ist Grillen im Wald nicht verboten?«, fragte Walli nach.

»Wenn es mit dem Besitzer eine Regelung gibt, dann nicht. Es muss eine fixe Stelle dafür vorgesehen sein«, wusste Sepp Grubinger.

»Und Erdgrillen macht exklusiv bei uns nur der Frühwirth?«

Eine kräftige Grillwolke wehte jetzt vom Grillstand zu ihnen herüber.

»Ah, der hat eindeutig zu viel Fett erwischt. Riecht aber trotzdem gut«, kommentierte Harry sein kulinarisches Interesse, obwohl er eben erst seine Wurst gegessen hatte. »Frau Winzer, wollen Sie vielleicht auch einmal ein Kaninchen aus einem Erdloch verkosten?«, offerierte er ihr amüsiert sein Vorhaben.

Adile suchte Blickkontakt zu Lukas und war plötzlich wieder sehr am Gespräch interessiert. »Dort, wo ich im Wald war, hat es ziemlich nach Gegrilltem gerochen. Vielleicht war dort das Grillloch. Ich hab auch Geräusche gehört. Ein Schnauben und Rufen. Dachte, es wäre ein Wildschwein hinter mir her.«

Walli Winzer sah zu Grubinger, dann zu Nico, Harry und Adile, während Resi Grubinger offensichtlich unbehaglich wurde.

»Harry, Sie bleiben bei Resi und bringen sie nach Hause. Wir fahren jetzt zu dem Erdloch. Ich glaub, ich weiß jetzt, wie beide Morde zusammenhängen.«

27. KAPITEL

Zielgerichtet ging er durch den Wald. Auf dem Weg waren ihm die Tiere, die ihn aus der Ferne beobachten, gleichgültig. Ein Hase blieb kurz stehen, spitzte seine Löffel, fand es aber ratsamer, sich lieber aus dem Staub zu machen, bevor jemand auf dumme Ideen kam. Auch eine Kreuzotter auf einem Wackelstein hob ihren Kopf und beschloss, sicherheitshalber zu verschwinden.

Die Schritte von Bertl Frühwirth waren bestimmt und verrieten sein Vorhaben. Während er ging, sah er auf den Boden und war in Gedanken versunken. Ganz so, als würde er im Detail die Reihenfolge der Maßnahmen durchgehen.

Mit keinem Blick musste er sich orientieren. Als Hobbyjäger kannte er das Gebiet nur zu gut. War diesen Weg oft gegangen. Würde den Wald auch im Schlaf durchwandern können. Hin zum Grillbereich. Dort hatte er Löcher und Schächte gegraben. In unterschiedlichen Tiefen. Wie eben die Waldtiere unterschiedlich groß waren. Wobei er Rehe nach der Jagd zerlegte. Nur Teile wie Keulen und Rippen mit der glühenden Holzkohle gemeinsam in der Erde vergrub. Meist für Gesellschaften.

Im drei Meter tiefen Schacht lagerte er sonst sein Grillzubehör samt Geschirr und Besteck.

Das hatte er vor ein paar Tagen alles weggetragen. In seinen VW Golf Country hineinverfrachtet. Damit es nicht störte. Wenn er stattdessen einen anderen Fang mit sich führte. Bis dieser mürbe wäre. Sich nicht mehr wehrte. Gegen Abmachungen, die selbstverständlich gewesen waren. Lange Zeit gehalten hatten und jetzt nicht infrage gestellt werden sollten.

Er nämlich hielt sich immer an alles, was er mit jemandem ausgemacht hatte. Brauchte keine schriftlichen Verträge. War ein Ehrenmann. Wie andere auch. Denn das gesprochene Wort galt. Wie schon in alten Zeiten. Wo niemand etwas auf Papier geschrieben hatte. Solches nicht brauchte. Weil man alles im Gedächtnis abspeicherte. Das damals noch nicht so überladen wie heute war.

Er hielt sich daher auch von diesem ganzen Medienzeug fern. Das das Gehirn nur verramschte. Es regelrecht vermüllte. Den Sinn für das wahrhaft Wichtige verdeckte. Für das Natürliche. Für die Person, die man eben war. Ohne die versteckte Manipulation, der man durch viele äußere Einflüsse ausgeliefert war.

Sogar Computerspiele, wo es in erster Linie um Geschicklichkeit und Strategie ging, veränderten das reale Verhalten ihrer Benutzer. Das hatte er nicht nur in einer Sendung gehört, sondern es bei einigen Jagdkollegen selbst erlebt. Die interessierten sich plötzlich für Jagdspiele. Nicht nur während der Schonzeit. Verbrachten Stunden am Computer mit Strategie- und

Geschicklichkeitsspielen im Schießen. Wurden davon letztlich so eingenommen, dass sie keine Tiere mehr schießen wollten. Wo kämen wir denn da hin? Wenn es niemand mehr auf das Wild abgesehen hätte, sondern lieber am Bildschirm ballerte?

Er wurde richtiggehend zornig. Diese traten meist aus dem Jagdverein aus. Aber die Mehrheit blieb noch. Aus gesellschaftlichen Gründen. Weil man in Niederösterreich dort halt verlässliche Kontakte pflegen konnte. Der Jagdverein hatte sogar in den letzten Jahren an Mitgliedern dazugewonnen. Selbst Frauen waren dabei. Auch wenn er das nur widerwillig hinnehmen konnte. Aber gut: Sie zahlten ihren Mitgliedsbeitrag und beteiligten sich finanziell an der Jagd. Das war wichtig.

Ihm jedoch wurde alles zu beliebig, was derzeit überall geschah. »Liberal« nannten das einige. Er übersetzte das mit »wurscht sein«. Da musste man schon ein echter Dummkopf sein, wollte man das wortlos hinnehmen. Daher hatte er für sich eine eigene Strategie entwickelt. Brauchte dazu kein Computerspiel, das Männer zunehmend verweichlichte. Die gängigen Spiele waren sogar so ausgerichtet, dass man mit Opfern Mitleid hatte. Aus seinen Kollegen machte das auch keine Ehrenmänner mehr, auf die man sich verlassen konnte. Weil es in Wirklichkeit nämlich um etwas ging. Am Computer war alles nur ein Spiel. Das verpuffte, wenn es zu Ende war. Die Spieler übernahmen diese Muster auch im richtigen Leben. Gaben sich damit zufrieden, wenn es für sie nicht gut lief.

Waren daher keine Abenteurer wie er. Die die Wildnis liebten. Sich immer und überall zurechtfanden. Daher kein Computerspiel brauchten.

Für sich hatte er daher einen ganz anderen Plan. Er wollte sich Wälder in Georgien kaufen. War mit Freunden dort einmal auf der Jagd gewesen. Herrliche Wälder gab es dort. Mit dichtem Baumbestand. Gut für die Jagd und gut für die Forstwirtschaft. Ebenda wollte er sich eine neue Existenz aufbauen. Großgrundbesitzer werden. Eine Georgierin heiraten. Dann wäre er gleich Doppelstaatsbürger. Hätte daher österreichisches und georgisches Recht auf seiner Seite. Was auch gut für internationale Fördermittel wäre. Hübsche Frauen gab es hier wie dort. Das hatte er damals überall festgestellt. Eine würde sich mit Sicherheit für ihn finden. Denn Frauen fuhren sowieso immer nur aufs Geld ab. Das hätte er dann ja auch. Außerdem sah er, wie er fand, nicht schlecht aus.

Aber ein bisschen musste er noch an seinem Traum arbeiten. Mehr Geld zusammentragen, das ihm einen Neuanfang ermöglichen würde. Nicht nur für die Grundstückskäufe, sondern er brauchte auch große Summen für Bestechungsgelder, die notwendig waren, wollte man überleben. Andernfalls konnten manche Georgier recht ungemütlich werden. Waren in ihren Methoden recht erfinderisch, wie das seinerzeit auch Josef Stalin grausam bewiesen hatte, der ein gebürtiger Georgier gewesen war.

Bertl Frühwirth wurde langsamer. Horchte, ob er auf seinem Weg zur Grube etwas hörte. Aber alles war still.

Sie hatte sich wahrscheinlich hingekauert. Einen Tag in diesem Erdloch zu verbringen, war für sie keineswegs angenehm gewesen. 24 Stunden hielt man aber ohne Essen und Trinken schon aus. Die Wasserflasche würde er ihr dennoch erst reichen, wenn sie den Abmachungen, die er einst mit ihrem Mann getroffen hatte, endlich zustimmen würde. Ja, er wollte sie dazu vorher einen Vertrag unterschreiben lassen. In dem sie sich selbst belastete, falls sie auf die Idee käme, jemandem etwas davon zu verraten. Frauen waren eben keine Ehrenmänner. Das besagte ja schon der Name. Daher hatte sie sich das alles selbst zuzuschreiben: die Moni Schiefer.

Sie hatte sich spröder erwiesen als erwartet. War eine harte Nuss, die sich von ihm nicht knacken ließ. Hatte nicht auf den Deal eingehen wollen. Na gut, deshalb saß sie jetzt auch da unten. Um mürbe zu werden. Abzuhängen. Wie gutes, edles Fleisch, das nach einiger Zeit weich und zart wurde. Sie hätte alles leichter haben können, wenn sie sich ihm gegenüber ein wenig kompromissbereiter gezeigt hätte – wie einst ihr Mann.

Bertl Frühwirth strich die trockenen Buchenblätter, mit denen er das Verlies verdeckt hatte, beiseite. Er öffnete die Klappe und sah Moni Schiefer zusammengekauert in einer Ecke sitzen. Sie legte ihre gefesselten Arme instinktiv schützend über den Kopf und verbarg ihn zwischen den aufgestellten Knien. Daraufhin rührte sie sich nicht mehr.

Bertl Frühwirth war kein Unmensch. Ihm tat die Frau leid. Aber er konnte nicht anders. Er brauchte ihr Geld, und wenn sie nicht anders wollte, dann eben so.

Er schob die alte Eisenleiter, die er neben der Falltür versteckt hielt, in den Schacht. »Da, kommen Sie hoch. Ich bin sicher, dass Sie sich die Sache schon anders überlegt haben. Sie brauchen nur noch den Vertrag zu unterschreiben. Sie zahlen mir aber jetzt mehr, als Ihr Mann das getan hat. Es bleibt Ihnen dennoch einiges an Erträgen übrig. Nur: Eine zweite schöne Villa werden Sie sich nicht mehr leisten können. Das müssen sie ja auch nicht. Sie haben ja schon eine.«

Moni Schiefer robbte die Wand hoch. Über ihrem Mund und um ihre Hände klebten immer noch diese verdammten Bänder. Nur ihre Beine hatte Frühwirth davon gelöst. Damit sie den Weg vom Auto selbst hierhergehen konnte. Dann hatte er sie mit einem Seil um ihren Körper über die Leiter in die Grube hinabgelassen.

Jetzt stand er wie gestern oben. Mit einem Strang in der Hand. Er dirigierte sie zur Leiter und wand das Seil um ihren Oberkörper. Dann zog er sie über die Leiter zu sich herauf. Moni Schiefer legte sich erschöpft auf den Waldboden. Durch Laute und entsprechende Kopfbewegungen wies sie ihn darauf hin, dass er das Klebeband von ihrem Mund abnehmen solle.

Bertl Frühwirth wollte die Angelegenheit schnell hinter sich bringen. Er stellte eine Wasserflasche vor sich hin und zog den Vertrag aus seiner Jagdweste. Dann löste er behutsam das Klebeband von ihrem Mund.

Ah, stöhnte sie dennoch. »Ich brauche etwas zu trinken. Ich verdurste. Bitte geben Sie mir das Wasser.« Sie wollte danach greifen.

»Langsam, langsam. Ich kann mir vorstellen, dass Sie das wollen. Aber ich will vorher auch etwas. Nämlich Ihre Unterschrift unter das Geständnis und dass Sie mir wie Ihr Mann die Säcke mit Schlafmohn-Trester abkaufen. Und zwar zu meinen Bedingungen und nicht zu denen, die er wollte.«

»Was heißt Schlafmohn. Ich dachte, es sei ganz normaler Graumohn-Trester, den wir zum Backen verwenden.« Sie schluckte mühsam. Versuchte, das Blut auf ihren aufgesprungenen Lippen mit dem Finger abzutupfen.

»Ist Ihnen nicht aufgefallen, wie aufgeweckt die Leute nach Ihren Mohnspeisen unterwegs sind? Ihre Mohnkipferl und Mohnweckerl waren in den vergangenen Monaten der Hit in Großlichten. Haben Sie sich nie gefragt, warum?«

Moni Schiefer schloss die Augen und kämpfte mit ihrem Durstgefühl.

»Ihr Mann wurde nach den hohen Weizenpreisen leider habgierig und wollte die Summe für meinen Trester drücken. Wollte mich erpressen, den Behörden davon erzählen. Ich sollte ins Gefängnis kommen. Er hingegen hatte zu seiner Sicherheit unser Gespräch mit dem Handy aufgenommen. Er war überzeugt, mit einer Geldstrafe davonzukommen. Da sind dann bei mir die Sicherungen durchgegangen und ich habe ihn … erstochen.«

Aus Angst vor ihm wich Moni Schiefer zurück. »Das ist nicht Ihr Ernst. Sie wollen das jetzt auch mit mir so machen?«

Bertl Frühwirth schlug wieder einen moderaten Tonfall an. Dieser sollte beruhigend auf sie wirken. »Da, unterschreiben Sie.« Er schnitt das Klebeband um ihre Handgelenke durch. »Es wird Ihnen durch mich nichts passieren. Ich will ja nur, dass Sie mir einen Teil der Säcke abnehmen, die ich sonst entsorgen lassen müsste. Keiner im Werk weiß davon. Die Abwicklung liegt bei mir, und ich sorge für die entsprechenden Papiere. Ich will durch Sie nur an Geld kommen. Und Sie haben den Vorteil, weniger als für den Graumohn zu bezahlen. Das passt doch. In ein paar Jahren sehen Sie mich nie wieder.«

Moni Schiefer sah erschöpft aus. Sie hielt sich vor Durst kaum noch aufrecht. »Bitte geben Sie mir zu trinken. Ich kann nicht mehr«, beschwor sie ihn. »Ich unterschreibe dann sofort. Versprochen«, setzte sie nach.

Bertl Frühwirth zückte seinen Kugelschreiber und legte den Vertrag auf die Falltür. Dann reichte er Moni Schiefer die Plastikwasserflasche.

Hastig griff sie danach und trank begierig. Als diese halb leer war, setzte sie sich seitlich und sprang auf. Mit einem kräftigen Stoß schlug sie Frühwirth unerwartet die Flasche ins Gesicht.

Erschrocken wollte er Monika Schiefer fassen, aber sie lief so schnell sie konnte weg.

Es war ihm nicht möglich, ihr sofort zu folgen. Seine Nase blutete. Flüssiges rann ihm auch die Kehle hinunter. Er hustete. Spuckte Blut aus. Suchte nach einem Taschentuch. Hielt es sich vors Gesicht. Diese Schlampe! Doch er war selbst schuld. Weil er ihr das

Wasser gegeben hatte. Sich von ihr hatte weichklopfen lassen.

Als Frühwirth das Blut abtupfte, merkte er, dass seine Nase wackelte. Sie musste gebrochen sein. Das gab's doch nicht. Na warte, ich krieg dich, stöhnte er.

Er riss sein Papiertaschentuch in zwei Hälften, faltete diese und rollte sie zusammen. Dann stopfte er das Papier in beide Nasenlöcher und rannte ihr nach. Während er lief, spuckte er immer wieder Blut aus. Vor Zorn darüber spannte er seinen Körper so stark an, dass er Moni Schiefer nicht nur beinahe eingeholt hätte, sondern auch den Blutsturz in seiner Nase fast zur Gänze zum Stillstand gebracht hatte.

Ja, wenn er etwas wollte, konnte er das auch. Und von der Moni würde er sich seinen Lebenstraum sicher nicht vereiteln lassen. Nie und nimmer.

Monika Schiefer war der Weg durch den Wald nicht so vertraut wie ihm als Jäger. Sie kam daher immer wieder vom Pfad ab. Ließ sich durch ausgetretene Wege des Rotwilds davon abbringen. Blieb mit ihrer Kleidung an Sträuchern hängen, weil sie nicht achtgab. So wie jetzt! Wo sie Mühe hatte, ihr T-Shirt aus dem Dornenwust der Himbeeren zu befreien.

»Um Gottes willen! Wie sehen Sie denn aus?«, schrie plötzlich eine Stimme aus der Ferne seitlich von Bertl Frühwirth. Er drehte sich um und sah mehrere Menschen auf sich zukommen.

Moni Schiefer nutzte die Gelegenheit, riss sich nochmals los und flüchtete zu den riesigen Wackelsteinen in der Nähe. Hinter diesen Millionen Jahre alten Megalithen der Urzeit würde sie sich vor ihm verstecken. Ihn nicht mehr aus den Augen lassen. Durch die breiten Spalten, die sich zwischen deren Steinrundungen gebildet hatten, hindurchschlüpfen. Dann immer wieder die Seite wechseln, bis die anderen da waren, die sie vor ihm retten würden.

Bertl Frühwirth war jetzt nahe den Wackelsteinen. Sepp Grubinger rief ihm zu, dass er sich ergeben sollte. Doch das würde ihm nicht einmal im Traum einfallen. Die Schiefer hatte er vor, allein aus Zorn zum Schweigen bringen. Auf eine Leiche mehr oder weniger kam es ihm nicht mehr an. Vor wenigen Minuten war sein Traum vom gewinnbringenden Leben in Georgiens Wäldern noch real gewesen, und plötzlich sollte alles aus sein? Das würde sie büßen. Musste sie büßen!

Wie von Sinnen lief er um den Wackelstein herum. Doch Moni Schiefer hatte Frühwirth im Blick und erahnte punktgenau, wohin es ihn zog. Sie nahm die Gegenrichtung.

Der Polizist, Walli Winzer, Nico, Lukas und Adile waren inzwischen auf der Lichtung angekommen. Sepp Grubinger beschwor Frühwirth, aufzugeben. Alles Weitere würde nichts bringen.

Doch Bertl Frühwirth wäre kein Jäger gewesen, wenn er klein beigegeben hätte. Man musste immer etwas wagen, um als Gewinner hervorzugehen. Sein Ziel war jetzt daher die Flucht. Nach Georgien. Dann schauen, wie es dort weiterging.

Adile war inzwischen auch am Wackelstein angekommen. Sie wollte Moni helfen, die entkräftet im Gras lag.

Stattdessen überwältigte Frühwirth sie, legte ihr seinen Arm um den Hals und schleifte sie an den Stein heran. Er zückte sein Jagdmesser und hielt es ihr an den Hals.

»So, meine Herren. Jetzt ist Schluss. Ihr bleibt schön hier, während ich mit der Kleinen da zum Auto gehe. Denn einsperren lasse ich mich von euch sicher nicht. Falls ihr mir folgt, war's das mit ihr.«

Adile atmete schwer, sprach kein Wort und konnte wohl selbst nicht glauben, welcher Gefahr sie plötzlich ausgesetzt war.

»Stehen bleiben, habe ich gesagt!«, drohte er.

Walli Winzer und Sepp Grubinger taten, wie ihnen gesagt worden war. Sie wollten keineswegs Adiles Leben in Gefahr bringen. Lukas war inzwischen aufs Plateau des Wackelsteins geklettert. Er deutete Walli und Grubinger, nicht nach ihm zu sehen.

»Wir werden die Lichtung jetzt langsam Richtung Auto verlassen«, schrie Frühwirth aufgeregt und machte bereits einige Schritte rückwärts.

Lukas stand nun genau über ihm und schwang sein Lasso, das er wegen der oft fliehenden Ziegen seiner Mutter stets bei sich trug. Er zielte auf Frühwirth und warf es über seinen Kopf. Dann zog er fest daran.

Dieser wusste nicht, wie ihm geschah. Vor Schreck ließ er sofort das Messer fallen und Adile los, die daraufhin schreiend in Wallis Arme lief. Danach griff er sich an den Hals, um die feste Schlinge loszuwerden.

Lukas zerrte Frühwirth so nahe an die Steinwand, dass dieser sich kaum noch bewegen konnte. Er ließ ihn mit aller Kraft am Seil zwei Zentimeter über dem

Boden baumeln. Sepp Grubinger hatte inzwischen seine Waffe gezogen und hielt sie gegen Frühwirth gerichtet.

»Bertl, es ist Schluss! Du kannst nicht mehr gegen uns gewinnen. Du bist festgenommen.«

Nachdem Lukas Frühwirth auf Grubingers Geheiß Handschellen angelegt hatte, befreite er ihn auch vom Seil.

Sepp Grubinger steckte seine Pistole wieder ein, stellte das Jagdmesser sicher und schüttelte seinen Kopf. »Warum nur, Bertl? Zwei Tote und a no die Schieferin einsperren. Das is ja alles Wahnsinn, was du gmacht hast!«

Bertl Frühwirth sprach kein Wort.

Dafür sprang Moni Schiefer, die sich wieder im Griff hatte, ein: »Der Toni hat von ihm den Schlafmohn-Trester gekauft. Irgendwann is er auf die Idee kommen, den Preis runterzudrücken und den Bertl zu erpressen. Das hat sich der Bertl nicht gefallen lassen. Den Rest kennt ihr. Ich hatte keine Ahnung davon und wollte auch den Trester nicht von ihm kaufen. Dann hat er mich eingesperrt und wollte mich zermürben.«

»Bertl, des alles wegen deiner Habgier«, reagierte Nico Salmer fassungslos und ließ sich enttäuscht in die Wiese fallen.

»Aber warum haben Sie dann auch noch den Rudi ermordet?«, fragte Walli Winzer zögernd weiter.

Jetzt kam langsam wieder Leben in Bertl Frühwirth. Er sah Walli an und erklärte: »Er war einfach zur falschen Zeit am falschen Ort. Er hatte die Bäckereitür offen stehen gesehen und war leise heruntergekommen.

Er beobachtete, wie ich den Toni erstochen habe. Später hat er mich damit und mit Fotos von der Lieferung des Schlafmohns erpresst. Deshalb ist er in der Konditorei gesessen und hat weiter dokumentiert. Hätte ich mir das für immer gefallen lassen sollen?«, fragte er ohne Reue.

Walli Winzer traten nun Tränen in die Augen. Sie konnte Frühwirths Anblick nicht länger ertragen. Adile merkte, dass sie ihre Unterstützung brauchte, und löste sich aus Lukas Umarmung. Sie hakte sich bei Walli ein und beide verließen wortlos den Wald.

28. KAPITEL

»Hey, wer immer es ist: Wir sitzen hier draußen«, rief Resi Grubinger, als sie die Haustüre ins Schloss fallen hörte. Sie saß mit Harry Kain im Garten auf der Terrasse, wo sie sich mit veganen Aufstrichen, Gemüsesnacks und Mohnweckerl stärkten.

»Na, bei euch schaut's ja gemütlich aus«, vermittelte Lena Breitenecker den Eindruck, froh darüber zu sein, in diese kleine Idylle einzutreten zu können. Lukas und Adile waren mit ihr gekommen, blieben aber in der Küche, um sich alkoholfreie Getränke aus dem Eisschrank zu nehmen.

»Ja, tut nur so, als wärt ihr zu Hause. Meine Buam waren auch a so. Haben immer gleich was zum Trinken gebraucht, wenn sie heimgekommen sind«, freute sich Resi, dass die jungen Leute sich offenbar bei ihr wohlfühlten.

»Wir kommen zwar von daheim, aber es ist so heiß draußen, dass man sofort wieder etwas trinken möchte«, versuchte Lena das Verhalten ihres Sohnes zu erklären.

»Is schon recht. Das heißt: Du hast auch Durst. Willst du ein Mineral?«, fragte Resi und schenkte unaufgefordert ein Glas ein.

»Danke, Resi.« Lena trank gleich.

»Ja, heute war schon einiges los«, fuhr sie fort. »Ich bin heiser von den vielen Gesprächen, die ich auf dem Feuerwehrfest geführt habe. Und es waren deutliche Worte gewesen.«

»Wir haben deiner Rede zugehört. Du bist ganz schön angriffig gewesen, hast aber dann die Balance gefunden, die Stimmung des Festes nicht zu zerstören. Das hätten dir manche doch übel genommen, weil sie sich das ganze Jahr darauf gefreut haben.«

»Ich konnte seiner Selbstbeweihräucherung einfach nicht mehr zuhören. Das war ja geradezu infam. Dass alle seinetwegen so gut drauf sein sollten. Da lachen nicht einmal mehr die Hühner«, echauffierte sie sich weiter.

»Nur Ruhe. Dass der Brunner alles andere als ein Heiliger ist, wissen die Leute spätestens ab jetzt. Es stellt sich nur die Frage, wie sie das hinnehmen und zu welchem Gegenschlag der Pepi Brunner ausholen wird. Dass er das macht, davon gehe ich nämlich aus.« Harry Kain stand auf. Er hatte fertig gegessen und machte Platz für Lena.

»Ich kenne recht viele, die auf meiner Seite stehen. Sie haben gleich meine Argumente aufgenommen und weiterdiskutiert. Ich bin dann nach Hause gefahren, während der Hans und die Mizzi in den Debatten mit den Brunner-Leuten regelrecht zur Höchstform aufgelaufen sind.«

»Wo is die Mizzi jetzt?«, fragte Resi interessiert.

»Die bleibt mit dem Hans auf dem Fest und hilft aus. So war's auch ausgemacht. Und ihr beide? Geht ihr noch einmal hin?«, fragte Lena ihren Sohn und seine Freundin.

»Naa, uns reicht's für heute. Wir machen sicher nix mehr«, stellte Lukas klar.

»Dann sag deiner Schwester, dass sie beim Fest vorbeischauen und dem Papa ein bisserl helfen soll.«

Lukas zeigte sich genervt und ließ sich im Wohnzimmer erschöpft aufs Sofa fallen. Adile hingegen kam heraus. »Ich glaube, er will jetzt seine Ruhe.«

»Ka Wunder! Der Sepp hat mich angerufen und vom Lukas seiner tollen Leistung erzählt, dass er dich und die Schieferin vorm Bertl Frühwirth gerettet hat. Der Lukas is a richtiger Held. Der darf bei uns heute alles machen«, stellte Resi zufrieden fest und sah, wie er grinsend mit zwei Fingern das Victory-Zeichen machte.

»I hätt ma nie gedacht, dass einer wie der Bertl, der sonst immer so korrekt war, zu so was fähig is: Menschen zu töten, zu kidnappen und vorher zu erpressen. Des is ja nicht zu glauben. Und alles nur wegen dem Geld. Was is denn jetzt mit der Moni?«, fragte Resi Grubinger weiter.

»Die lassen sie über Nacht im Krankenhaus. Da wird sie durchgecheckt, ob wirklich alles in Ordnung ist. Der Nico hat sie begleitet«, wusste Lena.

»A ganz schöner Schreck war das für sie. Da war also doch nix zwischen dem Rudi und ihr, wie der Sepp mir den Tratsch weitererzählt hat.«

»Na, da kennst du das Neueste noch nicht«, schüttelte Lena ihren Kopf. Alle warteten gespannt darauf, was nun kommen würde.

Stattdessen hörte man die schwere Haustür ins Schloss fallen. »Ah, des is da Sepp. Des erkenn i am Klang.«

Resi Grubinger stand auf und ging ihrem Mann entgegen. Beide blieben eine Weile in der Küche, bis der Dorfpolizist mit einer Flasche kaltem Bier herauskam. Die Uniform hatte er abgelegt und setzte sich im weißen Kurzarmhemd ganz privat zu seinen Gästen.

Er führte die Flasche zum Mund und zeigte sich über den Tagesausklang erleichtert. »Auf des hab i mi schon die ganze Zeit gfreut.«

»Prost, Sepp!«, hoben auch die anderen ihre Gläser.

»Aber Lena, jetzt wolln ma die Neuigkeit wissen«, insistierte Resi.

Lena schien das vor dem Polizisten ein wenig peinlich zu sein, weshalb sie nicht gleich damit herausrückte.

»Also zieren Sie sich doch nicht«, wollte auch Harry Kain endlich hören.

»Wir haben doch die Eleni, die Frau vom Rudi, gesucht. Aber jetzt kommt's: Die war zum Trost nach seinem Tod im Pfarrhaus. Als Griechisch-Orthodoxe. In Klausur. Innerer Einkehr. Deshalb hat sie niemand gesehen. Dort scheint sie unseren Herrn Pfarrer in irgendeiner Weise berührt zu haben. Jedenfalls – haltet euch fest – will er sich ein Sabbatical nehmen und für ein halbes Jahr nach Kreta gehen und Eleni unterstützen.«

»Na, des is net schlecht«, verschlug es sogar Harry die Sprache. »Was sagt denn die Frau Winzer zu der Neuigkeit? Wo ist sie überhaupt?«

»Wir haben sie vorhin nach Hause gebracht. Ich hab

ihr gesagt, dass die Resi auf uns wartet. Vielleicht kommt sie noch«, erklärte Sepp Grubinger.

»Is ja alles diesmal recht viel für sie. Sie kommt frisch aus dem Urlaub und dann gleich nix wie Aufregung«, konnte Resi Grubinger sie gut verstehen.

Während sich alle anderen entspannt unterhielten, holte sie Geschirr, Brot und eine vorbereitete kalte Platte aus dem Kühlschrank und brachte sie auf die Terrasse. Hinter den Sträuchern sah sie plötzlich eine Gestalt. Da diese nervös auf und ab ging und die Hausglocke nicht betätigte, ahnte sie den Grund dafür. »Geh, Sepp, i glaub die Batterie von der Klingel is scho wieder aus. Da will jemand rein.«

Sepp Grubinger öffnete das Nebentor. Walli Winzer hatte mit einer Flasche Wein in der Hand gewartet.

»Das is aber fein, dass du da bist, Walli«, freute sich Lena und umarmte sie. »Und? Geht's dir besser?«, fragte die Freundin weiter.

Walli Winzer lächelte, seufzte und zuckte dabei geschafft ihre Achseln. Niemand wagte mehr, die vorangegangenen Ereignisse zu kommentieren. Warum auch? Alles war gesagt. Die Fälle abgeschlossen. Was noch zählte, war jetzt eine angemessene Stärkung in trauter Gesellschaft. Wahrscheinlich war auch Walli Winzer letztlich deswegen gekommen.

Sepp Grubinger holte ihr ein Weinglas und goss ein. Sie bedankte sich und blieb an der Terrassentür stehen. Für sich selbst organisierte er noch eine Bierflasche, während sich Lukas inzwischen auch an den Tisch gesetzt hatte und eifrig zulangte.

Walli beobachtete das und lächelte. Sie freute sich über die Harmonie zwischen ihren Freunden. Was sie allerdings faszinierte, war das Himmelsbild der untergehenden Sonne. Jede Minute änderte es sich und brachte unzählige Nuancen von Orangetönen hervor.

Sepp Grubinger stellte sich jetzt neben sie und lehnte an der anderen Seite des Türstocks. Auch er schien vom Farbenspiel angetan. »Tja, i schau da auch immer gerne hinauf. Und jeden Tag is des anders.«

»Ja, ich hab auch schon viele Sonnenuntergänge in meinem Leben gesehen. Oft sind für mich damit Erinnerungen verbunden«, reflektierte sie. »Aber eines hab ich jetzt gelernt: Selbst wenn sie noch schön sind, werde ich sie in Zukunft ruhen lassen. Beziehungen sollte man nicht wieder aufwärmen. Denn alle Menschen verändern sich im Laufe der Zeit. Niemand ist mehr so, wie er war.«

Sepp Grubinger wusste nicht, was er antworten sollte und nahm kleine Schlucke aus seiner Flasche. Die Sonne war inzwischen versunken.

»Sehen Sie: Irgendwo beginnt jetzt ein neuer Tag. Mit Hoffnung, Erwartung. Durch einen neuen Sonnenaufgang.«

Sepp Grubinger ahnte, was die Wiener PR-Lady damit meinte. Und das erste Mal seit er ihr begegnet war, fühlte er mit ihr. Denn Erinnerungen anders zu ordnen und zugleich Abschied von einem vertrauten Menschen zu nehmen, war sicher für niemanden einfach.

Lachen kam währenddessen vom Tisch vor ihnen.

Lukas, Adile und alle anderen hatten die Ereignisse des Tages wohl schon hinter sich gelassen. Denn einer der schönen, milden Sommerabende im Waldviertel brach eben an. Die Solarlichterkette war angegangen und einige Windlichter flackerten inzwischen am Gartentisch.

Walli lächelte. Manchmal war das Leben wirklich eine Herausforderung. Sie nippte an ihrem Glas und sah zur heiteren Tischgesellschaft hinüber. Doch dann war es auch wiederum schön.

Weitere Titel finden Sie auf den folgenden Seiten und im Internet:

WWW.GMEINER-VERLAG.DE

PR-Agentin Walli Winzer ermittelt:

1. Fall: Waldviertelmorde
ISBN 978-3-8392-2273-7

2. Fall: Killerkarpfen
ISBN 978-3-8392-2411-3

3. Fall: Waldviertelfluch
ISBN 978-3-8392-2601-8

4. Fall: Waldviertelblut
ISBN 978-3-8392-2865-4

5. Fall: Waldviertelrache
ISBN 978-3-8392-0207-4

6. Fall: Waldviertelspur
ISBN 978-3-8392-0424-5

7. Fall: Waldviertelfalle
ISBN 978-3-8392-0655-3

Stille Nacht, keiner wacht
ISBN 978-3-8392-0304-0